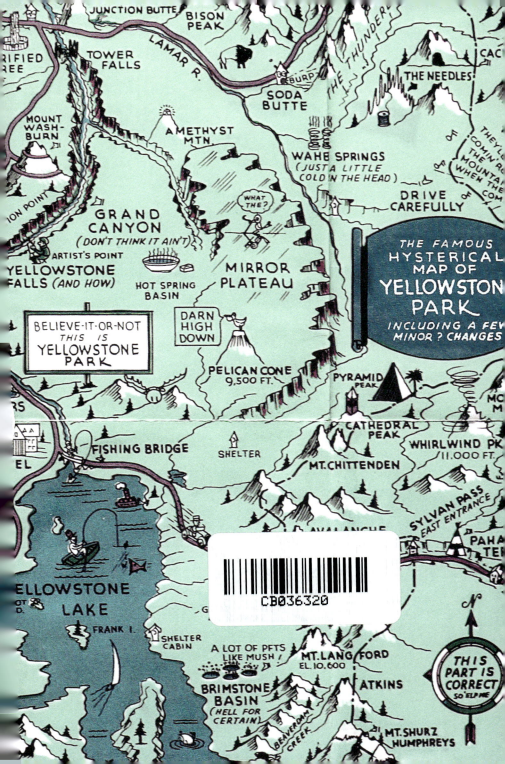

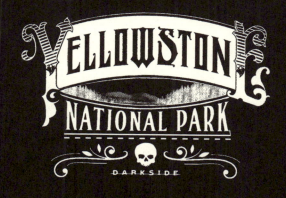

Department of the Interior
U.S. Geological Survey of the Territories
YELLOWSTONE NATIONAL PARK
D A R K S I D E

Copyright © 2014 by Catherine Ryan Hyde
Tradução para a língua portuguesa
© Débora Isidoro, 2018
Os personagens e as situações desta obra são reais apenas no universo da ficção; não se referem a pessoas e fatos concretos, e não emitem opinião sobre eles.

Publicado mediante acordo com
Amazon Publishing, www.apub.com.

Diretor Editorial
Christiano Menezes

Diretor Comercial
Chico de Assis

Gerente de Novos Negócios
Frederico Nicolay

Gerente de Marketing Digital
Mike Ribera

Editores
Bruno Dorigatti
Raquel Moritz

Editores Assistentes
Lielson Zeni
Nilsen Silva

Capa e Projeto Gráfico
Retina 78

Designers Assistentes
Marco Luz
Pauline Qui

Revisão
Amanda Cadore/Estúdio do Texto
Ana Kronemberger

Impressão e acabamento
Gráfica Geográfica

DADOS INTERNACIONAIS DE CATALOGAÇÃO NA PUBLICAÇÃO (CIP)
Angélica Ilacqua CRB-8/7057

Hyde, Catherine Ryan
  Leve-me com você / Catherine Ryan Hyde ; tradução de Débora Isidoro. — Rio de Janeiro : DarkSide Books, 2018.
  336 p.

ISBN: 978-85-9454-042-3
Título original: Take me with you

1. Ficção norte-americana I. Título II. Isidoro, Débora

17-0892   CDD 813

Índices para catálogo sistemático:

1. Ficção norte-americana

[2018]
Todos os direitos desta edição reservados à
DarkSide® *Entretenimento LTDA.*
Rua do Russel, 450/501 — 22210-010
Glória — Rio de Janeiro — RJ — Brasil
www.darksidebooks.com

YELLOWST

NATION

PARK

Grand C

Yellowstone

YELLO

Old
Faithful

CONTINENTAL

Bechler R.

Snake

Fall R.

Big Game Ridge

Bobcat Ridge

Huckleberry
Mtn.

MTNS.

Moose
Basin

JACKSON LAKE

PARTE UM
COMEÇO DE JUNHO

1

AUGUST, PARADO

August Schroeder estava na porta dos fundos do motor home quebrado, olhando pela janelinha quadrada. Se tivesse olhado por qualquer outra janela — para-brisa, janelas laterais, aquela acima da pia da cozinha —, teria visto o interior de uma oficina mecânica. Ele queria ver o céu. Estava ali para ver o céu. Não caixas de ferramentas, fileiras de pneus novos e elevadores hidráulicos.

Ele passou pela porta, desceu os dois degraus e andou pela oficina. Parou na frente do capô aberto, onde o mecânico podia vê-lo. O homem levantou o tronco e alongou as costas, empurrando a base da coluna com uma das mãos. Limpou as mãos em um paninho vermelho e a testa com a manga da camisa do uniforme.

Wes. Seu nome era Wes. August havia tido o cuidado de perguntar, porque boa parte de seu destino dependia do mecânico. Parecia sensato diminuir ao máximo a distância entre eles.

"E aí?", August perguntou.

"Tudo de acordo com o programado, se é isso que quer saber."

August suspirou. Usando as mãos como apoio, sentou-se sobre uma pilha de três pneus desmontados. "Eu nem sei o que quero saber. Acho que estou só puxando assunto."

Wes tirou um maço de cigarros do bolso sobre o peito e o sacudiu, pegando entre os lábios o cigarro que pulou do maço. "O que tem feito para se ocupar durante o dia?"

"Não muito. Só tentando aceitar o fato de que Yellowstone não vai acontecer."

Wes acendeu o cigarro. Olhou para August através da fumaça com os olhos meio fechados. "Você falou que tem o verão inteiro. Acho que vai sobrar um bom tempo."

"Tem, sim. Eu tenho tempo. Não é esse o problema. Dinheiro é o problema. Sempre separo o suficiente para o combustível no verão. Yellowstone fica a quatro estados daqui."

"Sempre tem férias no verão?"

"Sempre."

"É professor?"

"Sou."

"De que matéria?"

"Ciências. Ensino médio."

"Ciências", repetiu Wes. Como se descrevesse um carro novo e brilhante que quase ninguém podia comprar. "Eu era bom em Ciências. Então... Yellowstone pode ficar para o *próximo* verão, talvez."

"É", respondeu August. "Acho que sim." Mas quando pensou de novo em abrir mão da parte da viagem que Phillip teria adorado, de que devia ter participado, a dor voltou e o rasgou ao meio. O velho e o novo. Essa dor agora era bem conhecida. Quase bem-vinda. Chegava até a sentir falta dela. "Mas o parque era o ponto principal da viagem desse ano. Era... muito importante. Mas você não precisa saber de tudo isso, e é meio pessoal. Não vou poder ir, ponto."

Ele olhou para o rosto de Wes e viu alguma coisa, mas não sabia o que era. Alguma coisa que o mecânico escondia. Algo que poderia dizer, ou não dizer. Uma análise de opções.

"Prometo que não vou te quebrar com esse conserto", disse ele, mas não era isso.

"Eu sei que não", respondeu August.

"Agradeço pela confiança."

"Não é exatamente confiança. Eu nem te conheço. Não faz nem um dia inteiro que te conheço. Sei que não vai ser caro porque seus preços são justos. Meu pai foi dono de oficina. Eu trabalhava lá no verão. Não sou mecânico, mas sei algumas coisas. Sei que coisas podem dar problema e sei quantas horas de trabalho são necessárias para consertá-las. Então, se você estivesse me explorando, eu saberia."

Cerca de uma hora mais tarde, August estava olhando novamente pela porta dos fundos, para dois meninos que brincavam. Um devia ter onze ou doze anos, era alto e magro. Ele lhe lembrava um cavalo jovem, com as pernas longas e, de alguma forma, conseguia combinar falta de jeito com uma estranha graça. O cabelo era castanho-claro e desgrenhado. O menor era bem pequeno, devia ter uns sete anos. Cada movimento dele era hesitante. Ele era todo hesitante, e essa característica chamou a atenção de August.

Os garotos chutavam uma bola no enorme terreno de terra e mato, tão próximo da oficina que August deduziu que pertencia ao mecânico em cujas mãos ele havia caído. Deviam ser irmãos, porque meninos com essa diferença de idade não costumavam brincar juntos. Além do mais, pareciam irmãos. Eram como dois exemplos do mesmo tema.

Enquanto olhava os meninos, a longa e conhecida lâmina da dor o rasgou ao meio, descendo do fundo da garganta e abrindo caminho entre os pulmões. Estava bem ali em seu corpo, agora sabia. Nunca foi coisa da sua cabeça. Sempre havia sido real, mas ele havia vivido todos esses anos sem saber disso. Esses anos agora pareciam inúteis e perdidos.

Woody se agitou, choramingando, ao lado de sua canela esquerda. Havia também uma janela baixa na porta dos fundos. Woody via os garotos brincando e queria sair. A cauda cortada tremia mais do que balançava. O barulho que o cão fazia despertava em August a lembrança da mangueira de seu jardim quando a água era contida por um bico fechado.

Ele se abaixou e afagou as costas de Woody entre os ombros, a ponta dos dedos desaparecendo entre os pelos brancos. O cachorro latiu uma vez, meio que por acidente. Como se fizesse esforço para não latir, mas não conseguisse evitar.

"Tudo bem", disse August. "Por que não?" E abriu a porta dos fundos.

Estavam bem longe da rua. Mais longe ainda da estrada. Com a porta aberta, August conseguia ouvir ao longe o barulho da estrada. Bom, não da estrada propriamente dita, mas dos carros que passavam por ela. O ronco distante. O som também rasgava seu peito. Porque não estava naquela estrada com os outros carros. Devia ter partido. Não devia estar aqui. Mas a palavra "devia" não consertava o que quer que fosse. Definitivamente, não consertava problemas no motor.

Ele saiu do ambiente com ar-condicionado e mergulhou no calor de junho. Viu Woody correr em direção aos dois garotos, pulando para percorrer a distância coberta de mato. À medida que ele se afastava, sua imagem ia ficando distorcida pelas faixas de calor que se desprendiam do chão.

O menino maior levantou a cabeça, e seu rosto se iluminou quando ele viu o cachorro. Woody era perfeito para uma criança daquela idade. Um terrier de porte pequeno para médio, cheio de animação, sempre pronto para brincar, que ficava satisfeito quando fazia seus truques. O menino virou para ver o que havia chamado a atenção do irmão. Ele pulou, abandonou a bola e correu para se esconder atrás do garoto mais alto.

"Ele é manso", August gritou. "Só quer brincar. Ficou muito tempo preso no motor home."

O menino saiu de trás do irmão. Hesitante, como era de se esperar. Cheio de fascínio e medo, as emoções brigando entre si. August sabia que o fascínio venceria. Queria poder comunicar ao menino amedrontado o que sabia, mas isso nunca ajudou. As pessoas aprendem com a experiência. Pouco importa o que outros dizem.

O pequeno estendeu a mão apreensiva para Woody, mas o cachorro pulou de novo, correndo em um círculo amplo e voltando para mais um convite. Não queria ser afagado. Isso ele tinha em casa. Queria brincar.

August se aproximou. O menino mais velho se manteve ereto e alto. Assumia o comando. Aparentemente, era sua natureza. Havia algo singularmente maduro em sua atitude. Algo que reduzia um pouco a dor lancinante de August. Pois o menino diante dele não era Phillip. O menino diante dele era só ele mesmo.

O mais novo recuou novamente e se escondeu atrás do irmão quando August se aproximou.

"É seu?", o mais alto perguntou, apontando com o queixo para o terço posterior do motor home que ficara pro lado de fora da oficina. "É bem legal."

"Obrigado."

"O cachorro também é legal. É um Jack Russell terrier?"

"Mestiço, talvez. Não tenho certeza. Estava no abrigo."

"Qual é o nome dele?"

"Woody", disse August, e o cão levantou as orelhas.

"Ele faz algum truque?"

"Vários. Mas agora está agitado, ficou muito tempo preso. Ele quer extravasar. Sabe de uma coisa? Vou fazer uma proposta: se conseguir pegar o cachorro, ganha cinco pratas."

"Ele não volta se você chamar?"

"Ah, não, não é isso", respondeu August. "Ele faz o que eu mando. Mas essa é a brincadeira de que ele mais gosta, crianças tentando pegá-lo."

Os olhos do garoto se iluminaram.

"Ei, Henry", ele disse. "Cinco pratas. O que acha?"

Os dois saíram correndo atrás do cachorro, de zero à velocidade máxima infantil em segundos. Woody corria desenhando um arco, olhando para trás como se desse risada.

Eles nunca pegariam Woody. Não era justo, na verdade. Se corressem até ele ficar satisfeito e cansado, August daria a eles os cinco dólares. Caso contrário, era só uma pegadinha cruel. Ele voltou à oficina, porque era doloroso ver crianças brincando. Apesar de, há algum tempo, estar fazendo exatamente isso, de propósito.

Mais ou menos dez minutos depois, August sentou-se sobre uma pilha de pneus, e o mecânico tirou a cabeça da parte de baixo da tampa do capô. Ele olhou para August como se tivesse alguma coisa a dizer. Mas não disse. Em vez disso, acendeu um cigarro, puxou uma longa tragada, soprou a fumaça e ficou olhando para ela como se estivesse hipnotizado. Como se nunca tivesse visto algo parecido antes. "De que tamanho é sua vontade de ir a Yellowstone?", perguntou.

"Enorme", respondeu August, sentindo o perigo da pergunta. Uma cilada. Havia uma oferta pairando no ar. Tudo era um mistério, exceto o peso dessa proposta, que ele podia sentir. "Se tem alguma ideia, estou ouvindo."

"Esquece." Wes olhou para o chão de concreto. "Esquece que falei isso."

"Se tem alguma coisa a dizer, diga."

Nesse momento, o garoto mais velho entrou na oficina carregando Woody. O cachorro estava com a língua para fora, uma língua mais comprida do que parecia ser fisicamente possível, e, enquanto ofegava, deixava cair pequenas gotas de saliva no braço do menino. O efeito era o de um sorriso largo no rosto do cachorro. E talvez fosse isso mesmo. August olhou para o garoto. Estava vermelho e suado do esforço e do calor.

"Seth", disse o mecânico. "O que está fazendo com o cachorro do homem?"

"A ideia foi dele", Seth respondeu.

"Foi ideia minha", August confirmou. "Ele está fazendo o que eu pedi." E disse para o menino: "Não acredito que o pegou. Ninguém nunca o pegou antes. Você deve ser bem veloz".

"Não foi assim que consegui. Não foi com as pernas. Foi com o cérebro."

Seth depositou o animal nos braços de August, que o colocou no chão. Ele foi buscar a carteira, de onde tirou uma nota de cinco dólares e a deu a Seth.

"Foi um prazer fazer negócios com o senhor", disse o menino com um gesto que parecia quase uma continência.

Era uma frase estranha para uma criança daquela idade, mas August logo pensou que ele vivia no meio dos negócios do pai, ou atrás deles, pelo menos. Devia ouvir coisas assim o tempo todo.

August o viu voltar para o calor forte.

"Bons meninos", disse.

Nenhuma resposta. Wes apagou o cigarro em um cinzeiro sobre a bancada de trabalho e enfiou novamente a cabeça embaixo da tampa do capô.

August pegou Woody no colo e ficou ali observando o trabalho por alguns momentos para passar o tempo. Mas não era mais interessante que olhar para o céu. Quando já pensava em voltar para dentro do trailer, a parte superior do corpo de Wes apareceu novamente.

"Quando eu encerrar o expediente, talvez a gente possa ir beber alguma coisa", ele sugeriu.

"Ah, hum... eu não bebo."

"Nada?"

"Não. Nada."

"Bem, a bebida não é o objetivo. Pode ser um café, então?"

August se sentiu desconfortável. Esse homem alto e estranho queria alguma coisa, e August não conseguia sequer imaginar o que podia ser. Não imaginava o que podia ter para despertar o interesse ou o desejo do mecânico. Por um instante, pensou que o cara podia estar dando em cima dele, mas não era o que parecia. De qualquer maneira, a sensação era de que ele queria alguma coisa igualmente pessoal, assustadora e emocionalmente importante.

"Tenho café no trailer", August respondeu. "Bate na porta quando terminar o trabalho."

"Vou trabalhar até tarde, provavelmente. Oito ou nove, no mínimo. Quero me esforçar para te mandar de volta para a estrada."

"Eu espero. É só bater na porta."

August passou o resto do dia pensando no tamanho do erro que havia cometido.

No fim do dia, o mecânico guardou suas ferramentas, apagou as luzes e saiu da oficina por uma porta lateral. Não bateu na porta do trailer.

August bebeu o café sozinho e, como era de se esperar, não conseguiu dormir.

2

ISSO VAI PARECER LOUCURA

De manhã, quando fazia café fresco, August ouviu as batidas tímidas na porta dos fundos do motor home. Woody latiu. E latiu. E latiu.

"Está atrasado", ele falou, mas só para si mesmo. Baixo. Baixo demais para ser ouvido do outro lado da porta.

Já tinha aberto as persianas da janela lateral, mas não as cortinas sobre a porta dos fundos. Essa era uma tarefa mais complexa, porque elas ficavam do outro lado da porta de tela. Tinha de abrir a porta para chegar nelas. Por isso, sempre ficavam por último.

"Shhh", ele disse ao cachorro, mas sem resultado.

August terminou de preparar a cafeteira e a ligou. Depois foi abrir a porta. Na terra, ao pé da escada metálica de dois degraus, estavam Seth, com o boné de beisebol educadamente entre as mãos, e seu irmão Henry, que permanecia atrás dele.

"Bom dia, Seth", ele disse.

"Como sabe que meu nome é Seth?"

"Ouvi quando seu pai chamou você ontem."

"Ah. É verdade. E esse é..."

"Henry", August interrompeu. "Ouvi você chamá-lo também."

"Ah. Eu chamei?"

"O que posso fazer por vocês, meninos?"

"Desculpe pelo incômodo, senhor. Espero não atrapalhar. Se estamos atrapalhando, é só falar, vamos embora agora mesmo. Não teríamos batido se achássemos que podia estar dormindo. Vimos as persianas abertas. Daí deduzimos que estava acordado. Espero que não seja um incômodo. É que... Henry... meu irmão... e eu, nós pensamos... será que podemos brincar com aquele cachorro? De graça. Não estamos pedindo cinco pratas. Gostamos do cachorro, só isso. E achamos que ele também gostou de nós."

"Eu sei que ele gostou", disse August. "Olhem para ele." E abriu um pouco mais a porta para que os meninos pudessem ver Woody sobre as patas traseiras, as dianteiras erguidas como se arranhassem o ar, e pulando. Sim. Pulando sobre as patas traseiras. Woody era meio que cachorro de circo. Ele conseguia fazer essas coisas.

Henry deixou escapar um gritinho que August reconheceu como uma risada entusiasmada.

"Ele é bom nisso", disse Seth. "Como se equilibra tão bem nas patas de trás?"

"Acho que nasceu para isso. Ele consegue atravessar uma sala andando sobre as patas traseiras."

"Seria legal ver os truques que ele sabe fazer qualquer dia."

"É claro. Talvez quando vocês o trouxerem de volta."

August abriu totalmente a porta para Woody e deu a permissão simples: "Vai". O cachorro correu para fora e começou a pular em volta dos meninos, saltando em cima deles e batendo com as patas nos garotos, lambendo o rosto de Henry, já que conseguia alcançá-lo com os pulos.

"Acho bonito ele ter só uma orelha marrom e ser todo branco", Seth comentou.

"É", concordou August. "Também gosto disso."

"Quanto tempo ele pode passar aqui fora?"

"Bem... fiquem onde eu possa ver, se ele tiver que voltar por alguma razão, eu aviso."

"Certo, obrigado." Seth mal conseguia conter o sorriso.

"Tem uma condição, porém", disse August.

O desânimo se estampou no rosto do menino, que recuou um passo como se tivesse levado um tapa.

"Nada muito complicado. Só quero que me conte como o pegou ontem."

"Ah, isso." Seth relaxou. Depois assumiu uma atitude de orgulho. "Usei o cérebro."

"Isso você já disse. Mas não explicou como."

"Bem. Veja. Percebi que ele corre toda vez que você vai atrás dele. Um passo é suficiente. Um movimento. Mas, se ficar quieto e olhar para o outro lado, ele se aproxima. Fui esperto, sentei no chão, virei de costas para ele e fingi que não queria nem saber dele. E o cachorro se aproximou e subiu no meu colo. Mas não se preocupe, ele correu bastante antes de eu pensar nisso. Não quero que pense que não me esforcei pelos cinco dólares."

"Não pensei nisso. Divirtam-se, vocês três."

August estava sentado no alto da escadinha havia meia hora, mais ou menos, os pés no degrau mais baixo, os cotovelos apoiados sobre as coxas, bebendo café e vendo os três brincarem. Esperando sentir a dor. Mas ela não vinha. Tentou localizá-la. Provocá-la. Perguntar onde estava escondida. Talvez fosse por já conhecer os garotos, por eles serem muito diferentes de seu filho. Talvez por quase querer a dor de volta, e ela estar determinada a fazer exatamente o contrário do que ele queria.

O clima estava ótimo, um pouco frio e sem qualquer brisa. Sobre uma montanha distante, o sol ainda brilhava levemente avermelhado, com resquícios do amanhecer. Ao ouvir passos no chão de terra, August se virou e viu Wes se aproximando, a cabeça ligeiramente baixa.

"Bom dia", August o cumprimentou. "Não é tarde demais, se ainda quiser aquele café."

"Ah, obrigado, mas já tomei café. Desculpe se te fiz ficar acordado ontem à noite."

"Tudo bem. Era você que queria conversar."

"Eu decidi..." Wes parou de falar e ficou quieto por um longo instante, olhando ao longe como se a resposta estivesse na linha do horizonte. "Foi uma ideia idiota", disse finalmente. "Você me acharia maluco."

August pensou um pouco e percebeu que não sabia o que responder. Agora estava curioso, mas não seria sensato pressionar alguém a contar uma ideia que parecia maluca até para o próprio criador.

Nenhum dos dois falou por um tempo.

August olhou para Seth, que brincava no terreno.

"Tem alguma coisa... muito..." Um ou dois segundos de hesitação, e ele projetou as palavras com mais empenho. "Decente. Tem alguma coisa muito decente naquele menino."

"Quem? Seth?"

"Sim. Não estou dizendo que o pequeno não é decente. Só que ele não me disse nada, nem uma palavra, por isso não sei. Mas Seth..."

"Decente... como assim?"

"Não sei. Tem alguma coisa nele que é respeitável."

Wes sufocou o riso. "É, esse é o Seth, verdade. Ele vai te deixar maluco com tanta respeitabilidade. E com o quanto acha que você deve ser respeitoso. Tem filhos?"

"Tive um filho."

"Teve?"

August não respondeu.

"Tudo bem. Não é da minha conta. Desculpe."

Wes voltou à oficina. August terminou de beber o café e foi atrás dele. O mecânico abriu uma gaveta de ferramentas em um gaveteiro de metal vermelho da altura de seu peito. Ele ia escolhendo e pegando, reunindo aquelas de que ia precisar, depois deixou as ferramentas sobre a bancada de trabalho antes de abrir a gaveta seguinte. Sabia que August estava ali, era óbvio. Mas nada disse, nem virou a cabeça.

"Essa... *coisa*", disse August. "Isso que você ameaça dizer, mas não diz. A que me faria pensar que você é maluco. Ontem tive a impressão de que existe alguma relação entre isso e eu ainda poder seguir viagem para Yellowstone. Eu me enganei?"

"A possibilidade existe", Wes confirmou, sem interromper a seleção de ferramentas ou levantar a cabeça.

"Faça-me um favor, então. Chegar a Yellowstone seria muito importante esse ano. Mais do que pode imaginar. Mais do que qualquer pessoa pode entender. Então, se tem alguma ideia, em algum momento antes de eu pegar a estrada de novo, pode falar logo e me deixar decidir se isso é loucura ou não? Eu vou embora em breve, nunca mais vamos nos ver. Não sei o que pode ter a perder."

"Espero terminar o serviço amanhã, mais no fim do dia, provavelmente. Sete, oito da noite. Talvez mais tarde. Se for esse o caso, vai partir à noite ou vai dormir aqui e deixar para ir embora na segunda-feira de manhã?"

"Se terminar depois das sete, é provável que eu durma aqui."

"Ah, certo."

"O que está certo?"

"Certo, em algum momento antes de segunda de manhã eu conto em que estava pensando, aí você vai poder rir da minha cara, me chamar de idiota e ir embora balançando a cabeça."

August estendeu a mão direita. O mecânico demorou um pouco para perceber, mas, quando finalmente notou, apertou a mão dele e selou o acordo.

August não saiu para chamar Woody porque não teve motivo para isso. E os meninos só voltaram com o cachorro quando faltavam quinze minutos para o meio-dia.

Ele abriu a porta dos fundos e Woody entrou pulando, deu duas voltas e caiu deitado de lado no chão da cozinha, a língua fora da boca, as costelas se movendo com a respiração arfante.

"Acabou com meu cachorro", disse August. Mas, quando viu o pânico nos olhos de Seth, tentou consertar o estrago. "É brincadeira. É bom que ele tenha se divertido. Mas vamos deixar o Woody descansar um pouco, antes de pedirmos para ele fazer algum truque."

"Temos que ir almoçar", Seth avisou. "Meu pai sempre sai da oficina mais ou menos meio-dia e vamos comer com ele. Henry e eu. Depois voltamos para os truques. Se não se incomodar, é claro."

"Não me incomodo."

Quando August olhou para o relógio novamente, passava das duas e meia, e os meninos ainda não tinham voltado. Ele olhou pela janela.

Seth estava lá fora com uma velha raquete de tênis, batendo uma bola contra a parede lateral da oficina, como se quisesse extravasar a raiva — a bola era o motivo da raiva, e a raquete, a ira indignada. Henry não estava lá fora.

August tentou retomar a leitura, mas não conseguia se manter atento às páginas. Quando saiu pela porta dos fundos do trailer, Woody o seguiu com uma lentidão atípica.

Seth virou a cabeça quando percebeu a aproximação de August. Em seguida, desviou o olhar novamente e bateu na bola de tênis. E bateu. E bateu. O ritmo havia mudado. Alguma coisa havia mudado. Não havia explicação na cabeça de August, mas também não havia dúvida.

"Cadê o Henry?", ele perguntou.

"Lá dentro."

Seth errou a bola quando respondeu. August esperava que ele fosse buscá-la, mas não foi o que aconteceu. O menino soltou a velha raquete, virou e sentou no chão com as costas apoiadas na parede da oficina. Woody se aproximou dele e pôs as patas em seu ombro. Farejou o rosto de Seth como se tivesse perdido alguma coisa ali. Seth abraçou o cachorro e o aninhou contra o peito.

August sentou-se ao lado dos dois. Recostou-se. Estavam sob o sol do meio-dia, e August sabia que não conseguiria ficar ali por muito tempo. Seth morava ali, no vale quente. Devia estar acostumado com isso.

Ficaram em silêncio por um tempo. August não saberia dizer quanto. "Não voltou para ver os truques do cachorro."

"Outra hora, talvez", respondeu Seth.

Mais silêncio. August não queria perguntar diretamente qual era o problema porque achava que não tinha esse direito. E porque nunca havia conhecido um menino dessa idade que quisesse conversar sobre suas dores e decepções com um quase desconhecido.

A voz de Seth o assustou.

"Para onde você está viajando?"

"Para todo tipo de lugar. Parques nacionais, basicamente. Zion e Bryce Canyon. Salt Lake City. O destino principal era Yellowstone, mas não vou conseguir chegar lá depois dessa despesa inesperada com o conserto do motor home. Na volta, quero seguir para o leste e conhecer Arches e Canyonlands. Talvez Escalante e Capitol Reef. Quem sabe Canyon de Chelly. Depende das circunstâncias. Gosto de deixar as possibilidades abertas. É a única época do ano em que isso é possível."

"É uma grande viagem."

"Espero que sim. Não começou muito bem. Estou torcendo para melhorar daqui para a frente."

"Tem filhos?"

August suspirou. Um suspiro contido.

"Eu tinha. Um menino."

Foi a primeira vez que Seth virou a cabeça e olhou diretamente para August. "Como assim, *tinha*? Um filho não é para sempre? Ou está só querendo dizer que não é mais um menino, agora é um homem?"

"Ele morreu em um acidente." August esperou sentir a velha dor. Nada.

"Ah. Sinto muito. Ele tinha a minha idade?"

"Não. Era mais velho. Tinha dezenove anos."

"Sinto muito por tudo isso."

"Eu também."

Um silêncio prolongado caiu sobre eles. Seth foi o primeiro a rompê-lo. "Sente falta de ter filhos por perto quando está viajando por aí?"

Foi então que a dor voltou. Radiante, mais um ardor que um rasgo, uma queimação irritante, contida. *Ah, aí está você de novo*, August pensou. *Já estava estranhando.*

O sentimento o distraiu parcialmente da sensação de que havia algo errado na pergunta de Seth. August havia dito que tivera um filho. Um menino. Não *filhos*. Não no plural. Mais que isso, porém, havia a sensação de que algo muito importante permeava o que Seth tentava fazer parecer uma conversa comum.

"Sinto falta dele sempre, em tudo que faço", disse August. "A saudade não para nunca."

Nenhum dos dois falou por um tempo, e August decidiu que havia atingido o limite de tempo de exposição ao sol quente. Ele ficou em pé e caminhou até a entrada da oficina, de onde olhou para trás uma vez antes de seguir para a sombra. Woody preferiu ficar com Seth.

Wes trabalhava no motor do trailer com a mesma energia que Seth havia exibido quando brincava com a bola de tênis.

"Não sei qual é o problema", August falou, "mas, por favor, não desconte no meu motor."

O mecânico tirou a cabeça da parte de baixo do capô e levantou o tronco para encarar August, mas só por um instante. "O que quer dizer?" Ele tirou o maço de cigarros do bolso e pegou um cigarro.

"Só que tudo estava ensolarado e claro hoje de manhã, metaforicamente falando, e agora tenho a impressão de que uma enorme nuvem de tempestade encobriu esse lugar enquanto todos nós estávamos almoçando."

Wes demorou muito para responder. Em silêncio, pegou o isqueiro descartável azul e acendeu o cigarro, tragando com vontade. Uma nuvem de fumaça pairava em torno de sua cabeça. Fazia calor, e o ar não se movia. Nem um pouquinho.

"Não é sempre que a gente pode dizer aos filhos o que eles querem ouvir", Wes falou finalmente. "Às vezes, é preciso dar más notícias."

"É, acho que sim." August sentou no lugar de sempre, em cima da pilha de pneus. "Fale sobre aquela ideia."

A mão que segurava o cigarro se aproximou do rosto. Mas, em vez de levar o cigarro à boca, cobriu os olhos e ficou lá por um tempo.

"Vai achar que eu sou maluco."

"Você já disse isso. Mas vá em frente e me deixe pensar o que eu quiser. Acho que é hora de pôr as cartas na mesa. Sejam elas quais forem."

Wes suspirou. Depois se abaixou, apoiado sobre os calcanhares, o que o colocava mais perto de August. "É o seguinte:

posso te ajudar a chegar a Yellowstone se não cobrar nada pelo conserto. Não cobro nem pelas peças. E devolvo o que já pagou pelo guincho. Você volta à situação em que estava antes do problema no motor do trailer. Só perdeu três dias. E, como já disse, tempo você tem de sobra. Vai poder seguir viagem e fazer o que é importante para você."

August esperou para ver se Wes ainda tinha alguma coisa a dizer, mas era só isso.

"É, desse jeito eu poderia chegar lá, sem dúvida. Mas tenho uma pergunta óbvia. Por que faria isso por mim? Não, espera. Deixa eu colocar a pergunta de um jeito mais direto. Se fizer isso por mim, o que vai querer em troca?"

Wes deu mais uma tragada no cigarro e soprou a fumaça, formando uma série de círculos perfeitos que se abriam e desapareciam flutuando sobre um macaco hidráulico. Era como se ele nem pretendesse responder.

"Você vai acabar falando, Wes, mais cedo ou mais tarde. Vamos resolver isso já, por favor."

"Leve meus meninos com você."

No silêncio que seguiu a fala de Wes, August pensou: *É, tem razão, acho que você é maluco.* Mas ele disse apenas: "Durante o verão inteiro?".

"Sim. Vai voltar antes do começo das aulas, não vai? Pode deixar os dois aqui na volta. Até lá, eles vão ver o mundo. Conhecer alguns parques nacionais. Gêiseres. Eles vão poder visitar Yellowstone e conhecer gêiseres. Sabe o que esses garotos viram durante a vida toda? Nada. Só o que existe em torno daqui num raio de setenta quilômetros, mais ou menos. E, vamos reconhecer, isso é nada."

August respirou fundo duas ou três vezes.

"Eles não vão querer conhecer esses lugares com um estranho. Vão querer ir com você."

"Eu não vou. Você vai."

"Mesmo assim. Eles vão te esperar. Vão querer passar o verão aqui com o pai. E vão esperar o dia em que você vai poder viajar com eles. Os meninos querem sua companhia."

"Bem, é aí que está. Nos próximos noventa dias eles não a terão. É nessa parte que você descobre que eu não sou maluco. Desesperado, talvez. Sabe como é? Sem opções. Vou passar noventa dias na cadeia."

"Não entendi."

"O que tem para não entender? Fui condenado a noventa dias de detenção."

"Então como pode estar aqui? Sempre imaginei que uma pessoa condenada é levada algemada diretamente para a cadeia depois do julgamento." Queria muito perguntar o motivo da condenação, mas não o fez. Não era de sua conta, e, além do mais, uma parte dele não queria saber.

"Bem, poderia ser assim, se eles quisessem. O juiz pode fazer tudo que ele quiser. Acontece que tenho esses dois filhos e expliquei ao juiz que precisava de alguns dias para arrumar um lugar para eles. Alguém para cuidar deles. É meio idiota, porque não tenho muitos parentes, e os que tenho diriam não, eu sei. Disseram não na última vez. Não sei por que agora seria diferente. Acho que só pensei que, se tivesse um tempo, eu encontraria alguma solução. O juiz me deu até segunda-feira de manhã. Na segunda de manhã tenho que me entregar, ou eles vêm me buscar para me levar preso."

"O que vai ser dos meninos, se não conseguir pensar em uma solução?"

"O estado vai cuidar deles."

"O que aconteceu com eles na outra vez?"

"O estado cuidou deles."

"Ah, não é ruim, é? Não é o fim do mundo."

Wes bufou, e a fumaça saiu pelo nariz. "Não é para você, mas eu sei que não é bom para eles. Henry não disse uma palavra desde que os trouxeram de volta. Acho que ele fala com o irmão, mas não posso provar. É só uma suspeita."

Houve uma longa pausa. August aproveitou o silêncio para pensar em maneiras gentis de dizer não.

"Eu mando dinheiro para a comida deles", Wes continuou. "São bons meninos. Você mesmo pode ver. Você mesmo disse. Henry não vai falar nada. Seth é conversador, mas para de falar, se você pedir. Ele faz qualquer coisa, é só pedir. E também pode cuidar do irmão, tem idade suficiente para isso. Não são bebês. Não vai ter que cuidar deles o tempo todo."

"Wes..."

"Não. Não responda. Por favor. Ainda não. Pense um pouco. Tem duas noites para pensar nisso. Hoje e amanhã. A menos que queira partir antes do planejado. Pense nisso nas próximas duas noites, não responda por impulso. Eles nem vão incomodar. São bons meninos." August viu o lábio inferior do mecânico tremer quando ele falou a última frase.

"Tudo bem. Eu vou pensar." *E depois vou dizer não*, ele acrescentou em pensamento.

"Obrigado."

O silêncio que se seguiu foi longo e tenso. August não gostou muito. Por isso se esforçou para encerrá-lo.

"Eles sabem que você vai cumprir pena?" Antes que o mecânico respondesse, ele deduziu a resposta. "Não. Esqueça. Não precisa nem me explicar. Eles não sabiam antes do almoço. Agora sabem."

Wes fumava em silêncio.

"Eles sabem que me pediu para levá-los?" De novo, August já sabia a resposta. Lembrou-se de Seth perguntando aonde ele pretendia ir. Se sentia falta dos filhos. "Esqueça. Acho que já sei essa também. Como eles se sentem em relação a isso? Passar três meses fora com um estranho?"

"No outro lugar também tem estranhos."

"Sei." August voltou à confusão dos próprios pensamentos. "Escuta", disse depois de um tempo, "sei que você é o melhor pai que sabe ser para eles. Mas você nem me conhece. Não sabe se pode confiar seus filhos a mim."

"Também não sei se posso confiá-los a qualquer outra pessoa desse lugar."

August não respondeu. Os argumentos haviam acabado. Ainda sentia que a resposta tinha de ser não. Mas não tinha mais razões lógicas para justificar essa negativa. Não aceitaria o pedido, porque não queria aceitar o pedido. Porque era estranho. Porque perturbava os padrões familiares a que precisava se apegar. Era tarde demais para disfarçar a decisão com uma justificativa mais nobre que essa.

Quando levantou a cabeça, Wes olhava diretamente em seus olhos. Como se fizesse algum tipo de análise.

"Você é *confiável* para cuidar dos meus filhos?"

"Sim", August respondeu em voz baixa.

"Foi o que pensei." Wes se levantou, apagou o cigarro e voltou ao trabalho.

3
NOVA OFERTA

Quando o sol se punha, August voltou à oficina. Wes estava deitado sobre um carrinho, com metade do corpo embaixo do motor. Não dava para colocar o trailer no elevador porque o veículo era muito pesado e muito alto, e o teto da oficina não tinha altura suficiente.

Wes não tirou a cabeça da parte de baixo do motor home.

"Não vi as crianças a tarde toda", August comentou.

Nada. Era como se nem tivesse falado.

Depois de uns segundos, Wes disse: "Eu disse para ficarem longe de você".

"Por quê?"

"Não queria que pensasse que estou jogando sujo, tentando te convencer com aqueles olhinhos castanhos. Falei que era melhor te darem um tempo para pensar." Ele continuava embaixo do carro. O som da voz chegava meio abafado. "Além disso, se vai dizer não, prefiro que eles não vejam a resposta na sua cara."

"Entendi."

Quando voltava para a porta do trailer, ele pensou: *Isso, mantenha as crianças longe, se não quer que percebam a minha recusa chegando.*

Faltavam vinte minutos para a meia-noite quando as batidas na porta acordaram August. Woody enlouqueceu, reagindo com muito barulho, mais uma espécie de grito prolongado do que latidos individuais.

Esfregando os olhos, August cambaleou para a porta. Woody o seguiu de perto, tão perto que bateu com o focinho na parte de trás de sua perna enquanto rosnava baixo.

"Quem é?", August perguntou.

"Sou eu, Wes."

Ele suspirou e abriu a porta. Woody continuou onde estava, encostado em sua perna e se sacudindo suavemente.

"Desculpe. Acordei você, sinto muito. Não devia, eu sei. Mas disse para você pensar na minha proposta hoje e depois mudei de ideia, pensei em outra proposta e vim fazer a nova oferta. Estava pensando na coisa errada. Posso contar qual é a nova ideia, e aí você aproveita a noite para pensar nela?"

August olhava para o rosto do mecânico na penumbra. Seu cabelo estava desalinhado de um jeito engraçado. Era evidente que Wes estava deitado quando pensou na nova proposta. August olhou por cima da cabeça dele, viu a lua quase cheia sobre a paisagem plana, meio deserta, e pensou: *Ele tem razão. Isso aqui é nada. Os meninos não viram nada porque não tem nada aqui para ver.*

"Agora já acordei. É melhor falar de uma vez."

"Eu faço o conserto de graça de qualquer jeito. Não vou cobrar, seja qual for sua decisão. Acabei de decidir. Sabe por quê? Porque você precisa. Eu vejo essa necessidade em você, de homem para homem, e somos ambos humanos, por isso vou te ajudar. Porque eu posso. Se isso te faz tão feliz, você vai querer retribuir e me ajudar, o que eu apreciaria muito. Mas, seja qual for sua decisão, pode ir embora quando eu terminar. Não precisa pagar nada. Sendo assim, parabéns. Você vai a Yellowstone."

August piscou algumas vezes, muito consciente de seu próprio gesto. Ouvia os grilos. Não ouvia grilos desde que era um menino. De repente percebeu que eles deviam estar por ali o tempo todo, e só agora registrava o barulho. Era estranho que antes nem tivesse tomado conhecimento do som, e agora o percebesse tão nitidamente.

"Não sei o que dizer."

"Não diga nada. Pense nisso."

Wes saiu do trailer, contornou a oficina e voltou para a casa escondida atrás dela. À luz da lua cheia, August via as nuvenzinhas de poeira levantadas pelos sapatos do mecânico. Ele fechou a porta e olhou para o cachorro.

"Isso foi curioso", disse, e Woody olhou para ele intrigado, como se devesse ajudar August a entender a situação. "Não sei o que vou fazer."

Woody inclinou a cabeça, mas deixou August refletir.

"Isso torna o não ainda mais difícil."

Ele se sentou na beirada da cama, apoiou a testa na mão e tentou decidir se a pressão que sentia havia sido exercida deliberadamente ou se a oferta era um ato de puro altruísmo e a culpa era só um efeito colateral. Como não conseguia chegar a conclusão alguma, ele voltou a dormir.

Depois de muito tempo.

August adormeceu muito mais tarde do que pretendia. Quando acordou, se vestiu depressa e começou a abrir as persianas das janelas. Começou pelo lado do motorista, a janela sobre a mesa da cozinha. O rosto do mecânico surgiu a centímetros da tela da janela, e ele se assustou. August pulou para trás com uma exclamação sufocada, imediatamente envergonhado com a reação. Woody latiu uma vez, um latido forte.

"Desculpe", disse Wes. "Não queria te assustar. Mas sabia que estava acordado, o carro balança um pouco quando você anda aí dentro. Dormiu até tarde. Sabia que já passa das dez?"

"Ah. Não exatamente, mas sabia que era bem tarde. Não costumo dormir até essa hora, mas passei muito tempo acordado essa noite."

"Certo. Desculpe. Minha culpa. Eu sei. Enfim... acabei de perceber uma coisa, e queria te contar. O serviço está adiantado. Acho que termino hoje, no começo da tarde. Bem, não muito cedo. Mas acho que mais perto das três do que das seis. Achei que ia querer saber."

August se inclinou e apoiou as mãos na mesinha, porque era estranho e desconfortável ficar ereto, com as mãos junto das laterais do corpo, conversando através da janela.

"Como conseguiu ganhar três horas só hoje de manhã?"

"Bem...", disse Wes, coçando a cabeça como se a resposta fosse um mistério também para ele. "Não foi bem assim. A verdade é que sempre faço uma previsão com tempo de sobra, porque parece que sempre acontece alguma coisa. Um parafuso espana quando estou desmontando uma peça, porcas se perdem. E eu tenho que procurar substitutos ou alguma coisa assim. Ou desmonto as peças quebradas e descubro que o problema é maior do que eu imaginava. Mas agora estou montando tudo. E não aconteceu nada de errado. E não sobrou nada que ainda pode dar errado. Achei que devia vir te contar porque imaginei que... se terminar tudo até as três, vai querer pegar a estrada hoje. Certo?"

"Provavelmente", August confirmou, identificando o subtexto sem abordá-lo.

"E você vai querer... sabe... se preparar. E... por aí."

"Certo. Por aí."

"Vai dar uma volta para testar", Wes falou um pouco depois das duas e meia.

August sentou-se ao volante pela primeira vez em três dias. Woody pulou para a caminha no chão, entre o assento do motorista e o do passageiro. Como sempre fazia. Era como se ficar em qualquer lugar atrás dos bancos enquanto August dirigia fosse equivalente a ser deixado para trás.

August ligou o motor um pouco apreensivo, mas não teve qualquer problema. Depois olhou para Wes pelo para-brisa. O mecânico levantou um polegar, e August odiou ver o medo e a necessidade em seu rosto. Desviando o olhar, engatou a ré. Pisou no acelerador. Quando a cabine do trailer passou pela porta da garagem, ele viu os meninos.

Estavam apoiados na parede da oficina, embaixo do sol quente. Penteados. Quase arrumados e limpos demais para ser verdade. Camisa branca para dentro do short. Não bastava ser branca e limpa, tinha de estar para dentro do short. Os meninos nem se mexiam.

Ao lado de cada um havia uma malinha velha. Uma era verde-escura, a outra era marrom com uma listra vertical mais escura. August desviou os olhos rapidamente porque era triste demais.

Quando voltou e parou na frente da oficina, os meninos não tinham saído do lugar. Wes também não. Era como se os houvesse colocado em um estado de animação suspensa por não tomar uma decisão, ou por não a anunciar claramente.

August pisou no freio e desengatou a marcha. Wes se abaixou e olhou embaixo do carro por um tempo. Verificando a existência de vazamentos, August deduziu. E olhou novamente para os meninos. Eles o lembravam uma criança sozinha em uma plataforma de trem na época da guerra, esperando que um estranho qualquer os transportasse para a segurança. Esperando o resgate, apesar de os pais terem ficado para trás. Não que algum dia tivesse visto essa cena. Mesmo assim...

Henry virou a cabeça e olhou para um ponto distante, e o movimento tirou do lugar uma mecha de cabelo perfeitamente penteado. A mecha caiu sobre a testa, uma minúscula rebelião. August viu Seth tirar um pente de plástico do bolso do short, debruçar-se sobre o irmão e pentear a mecha errante de volta ao lugar.

O coração de August se partiu. E agora tinha de partir o deles. Um forte impulso contrário cresceu em seu peito. A reação o deixou furioso. Era injusto estar nessa posição. Mas lembrava o que havia recebido em troca. Disse a si mesmo que dar as más notícias a eles era o preço a se pagar por Yellowstone e o equivalente a três dias de consertos caros. E não era um preço muito pequeno. Deveria ser, talvez, mas não era.

August abriu a porta e desceu do trailer, deixando o motor ligado. Contornou o veículo por trás, pelo caminho mais longo, para evitar Wes. Previsivelmente, os garotos olharam para ele. Exatamente como o pai havia dito que não deviam fazer. Porque não era justo. Simplesmente não era justo.

"Parecem ter certeza de que vão a algum lugar", ele disse. A intenção era entrar no assunto de um jeito mais ameno. "Nosso pai falou para ficarmos prontos", Seth respondeu. "Só por precaução. Ele disse que, se sua resposta fosse sim, não faríamos você esperar. Mas também disse que não esperava um sim."

Henry olhou para o chão de terra, e a mecha caiu novamente sobre sua testa. Seth se mexeu, mas não saiu do lugar, como se pensasse em ajeitar o cabelo do irmão, mas mudasse de ideia. August via o estresse que isso causava nele. Seth não conseguia tirar os olhos da testa do irmão, incapaz de desviar a atenção de uma imperfeição que, aparentemente, acreditava ser sua responsabilidade.

August ouviu um ganido, virou e viu Woody no banco do passageiro, as patas dianteiras na janela, aflito para se aproximar dos garotos.

"É o seguinte", disse. E parou de falar por um tempo. Mais tarde ele analisaria este momento muitas vezes, pesando o que sabia e quando. Os dois meninos o encaravam com olhos bem abertos — com aqueles olhos castanhos e injustos. Nada diziam. Só esperavam.

"Tem gavetas no trailer", August falou finalmente, "e tem armários. Os armários são altos, mas Henry pode subir no sofá para alcançá-los, desde que tire os sapatos antes. Vou esvaziar uma gaveta para os dois dividirem e um armário para cada um. Depois que guardarem suas coisas, as malas ficam aqui porque elas só vão atrapalhar. O espaço é apertado para três pessoas e um cachorro, mesmo que o cachorro seja pequeno. Enfim. Vamos ter que fazer o melhor que pudermos pela convivência."

August parou de falar, e o silêncio reverberou e pareceu se estender por muito tempo.

Seth o interrompeu. "Pai!", gritou. Tão alto que feriu o ouvido de August do lado dele. "Pai! Adivinha? Ele disse sim!"

E August pensou: *Ai, caramba. Eu disse? Eu disse sim? E por que eu fiz isso? E como posso ter feito isso sem nem sequer discutir o assunto comigo antes?*

Ele então percebeu que nada dessa bobagem tinha importância. Era tarde demais para voltar atrás. Estava feito.

"Estou anotando o número do meu celular", disse August.

Ele e Wes estavam no escritório apertado. O tipo de lugar onde você encontra o dono da oficina quando o conserto fica pronto, normalmente para pagar a conta, e não o tipo de lugar onde você troca informações necessárias para devolver os filhos de alguém no fim do verão.

August olhou para trás, para a porta aberta. Seth estava sentado no banco do passageiro, já com o cinto de segurança afivelado, e Henry estava em pé entre os bancos, com uma das mãos apoiada em cada um. Os dois olhavam para os adultos pelo para-brisa. A euforia parecia ter se esgotado rapidamente, revelando a mistura de incertezas por trás dela.

"Obrigado", respondeu Wes. "Procurei o número do telefone do presídio do condado e anotei. Deixei o papel com o Seth e dei dinheiro a ele para ligar de um telefone público. Posso receber até três ligações por semana. Segunda, quarta e sexta. Dentro de um horário determinado. Anotei tudo."

"Pode receber telefonemas? Não pensei que detentos pudessem atender ligações."

Wes pareceu se encolher ao ouvir a palavra "detentos".

"Só em caso de emergência ou com autorização especial. Consegui a autorização por ser o único provedor dessas duas crianças, e eu sabia que eles não poderiam ir me visitar. De jeito nenhum."

"Ah. Tudo bem. Seth pode ligar do meu celular. Tenho minutos saindo pelas orelhas."

"Que bom. Obrigado."

August observou o mecânico com atenção. Estudou os olhos, a disposição, as reações. Queria ver como um homem se sentia quando mandava os filhos passarem o verão com um desconhecido. Mas Wes sentia bem pouco, ou, mais provavelmente, não gostava de demonstrar sentimentos.

"Por nada. Não vai me custar nada. Ligaremos para você três vezes por semana."

"Seria ótimo. Ajudaria muito. A eles e a mim. Ah, espero que não se importe, anotei o número da placa do trailer e vou pedir para escrever seu nome completo e endereço neste papel. É que... se as autoridades perguntarem onde deixei meus filhos... sabe... vai ficar esquisito se eu não tiver nenhuma informação para dar. O que vou falar? 'Bem, eles viajaram com um cara que parecia legal, e ele disse que vai trazê-los de volta depois.' Não posso dizer às pessoas que entreguei meus filhos para um cara que eu nem conheço."

O mecânico sorriu, um sorriso que distorceu seu rosto, e concluiu com um ruído que era quase uma risada. Risada sardônica. Depois, sua expressão mudou de repente. Os olhos se arregalaram, e ele se sentou na cadeira atrás da mesa. Levou uma das mãos ao peito como se tivesse dificuldade para respirar.

"Ei, Wes. Tudo bem?"

Primeiro Wes só olhou para August, ainda com os olhos meio arregalados. Olhando sem enxergar realmente. Depois respondeu: "É isso que estou fazendo? Meu Deus. É o que estou fazendo, não é? Estou entregando meus filhos para um homem que nem conheço".

August se debruçou sobre a mesa e o segurou com firmeza pelos ombros. "Olhe para mim", disse. Não adiantou, e ele repetiu: "Wes, olhe para mim". Dessa vez, os olhos cheios de pânico encontraram os dele. "Eu vou cuidar bem dos garotos. E vamos telefonar para você três vezes por semana. Eles vão ver coisas incríveis. Lugares que nunca souberam que existiam. E eu vou trazê-los de volta em setembro. E, se quiser saber como eles estão, é só ligar para o meu celular."

"Vou ter que ligar a cobrar."

"Ligue, se for preciso. Se achar que é importante."

"Vou te dar dinheiro para a comida dos meninos."

Wes pegou a carteira e tirou todo o dinheiro que havia nela. August aceitou a quantia sem olhar, sem contar e sem fazer comentários.

"Obrigado. De verdade. Obrigado, August. Estou falando sério. Sabia que você era legal. Sabia que não tinha me enganado com você. Não sei por que perdi isso de vista por um minuto. É que eu..."

"Ama aqueles meninos?"

Wes começou a chorar. Não abertamente, não soluçando. Era silencioso, e ele tentava se controlar. Mas August viu as lágrimas se formando e transbordando. "Eles são a minha vida", disse, limpando os olhos com as costas da mão. "Meu mundo. Entende?"

"Entendo", respondeu August.

"Posso me despedir deles?"

"É claro."

August nem assistiu à cena pelo para-brisa. Era um momento deles, e ele os deixou a sós.

"Meu pai estava bem?", Seth perguntou quando entraram na rua que os levaria à estrada.

"Estava."

"Ele parecia estar sofrendo um ataque do coração ou alguma coisa assim."

"Não. Nada disso. Acho que só ficou com medo por estar mandando vocês comigo."

"Mas você é legal. Não é?"

"Sou. E falei isso para ele. E aí ele se sentiu melhor. É só amor por vocês, meninos, muito amor."

Seth sorriu, mas era um sorrisinho triste, perdido.

August olhou para Henry pelo retrovisor. O menino estava sentado no sofá e usava o cinto de segurança, conforme as instruções que recebeu. Woody estava deitado com a metade da frente do corpo sobre o colo de Henry e a outra metade no sofá. Henry afagava o cachorro com uma das mãos. E chorava. E limpava o nariz na manga da camisa branca e limpa.

"Não lembro seu nome", disse Seth. "Lembro o nome do cachorro, mas não o seu."

"August."

"Como o mês de agosto?"

"Isso. Agosto em inglês."

"Sr. August?"

"Não, só August. É meu primeiro nome."

"Ah. Nunca conheci ninguém que tivesse nome de mês."

"Nunca conheceu uma garota chamada April? Ou May? Ou talvez June?"

"Hum, deixa eu pensar. Não. Conhecer, de verdade, não. Acho que já ouvi falar. Mas nunca ouvi falar em um homem com nome de mês. Como quer que eu te chame?"

"August."

"Tem certeza de que não é desrespeitoso? Meu pai disse para termos muito respeito."

"Pode ser desrespeitoso chamar um adulto pelo primeiro nome se ele não disser que deve ser assim e se não tiver certeza de como ele se sente em relação a isso. Mas, se um adulto diz para chamá-lo de August, é isso que você faz."

"E aí não é desrespeitoso."

"Não é."

"Estou falando demais. Não estou?"

"Bem, não sei. Demais para quem?"

"Meu pai disse que eu não devo falar demais."

"Mas como sabe o que é demais?"

"Foi o que eu perguntei. Ele disse que falar como eu falo sempre é demais."

August riu, e Seth ficou surpreso, sem saber que parte da conversa era engraçada.

"Vamos combinar uma coisa", disse ele. "Se eu achar que é demais, eu aviso. Falo alguma coisa como 'a gente pode ficar quieto um pouco'. Se eu não disser nada, é porque não é demais."

"Tudo bem, combinado", Seth respondeu.

E depois ele ficou em silêncio durante o resto do trajeto pela Califórnia.

ꝙ
REUNIÕES

"Fronteira de Nevada", disse August. "Três quilômetros."
Seth levantou a cabeça.
"Henry! Ouviu isso?" E virou para trás para olhar para o irmão. August olhou pelo espelho. Henry fazia um esforço para acordar. Woody continuava deitado com a metade do corpo em cima dele.
"Henry! Olha! Um novo estado! Nevada! Nunca estivemos em Nevada. Você precisa acordar. Tem que ver isso."
"Sério? Nunca vieram a Nevada?", August perguntou.
"Nunca."
"Não é muito longe de onde vocês moram."
"Sério? Parece longe. Bom, a gente nunca foi lá."
"Que estados conhecem, além da Califórnia?"
"Nenhum. Podemos parar?"
"Parar? Como assim? Parar onde?"
"Em Nevada."
"Bem... Seth... vamos passar um tempo atravessando Nevada. E vamos parar várias vezes."
"Estou falando de quando a gente chegar lá. Quero ver se é diferente."
"Não é muito diferente. Um quilômetro do lado de cá, antes da divisa entre os estados, é bem igual a um quilômetro do lado de lá, depois que a gente atravessa."

"Ah. Tudo bem." A decepção do menino era evidente, e era de partir o coração. "Você decide onde vai parar. Tudo bem. E você provavelmente está certo, mas eu só queria ver por mim mesmo."

"Eu acho que é diferente", disse Seth. "Não sei nem dizer como, mas é o que sinto."

Ele estava em pé na área de descanso à beira da estrada. Haviam parado suficientemente perto da linha divisória para ler a placa. August segurava a coleira de Woody, contendo o cachorro, que tentava puxá-lo em direção a cheiros mais interessantes. Lugares melhores para levantar a perna.

"Eu entendo", disse August. E olhou para Henry, que continuava encolhido ao lado do irmão. "O que acha, Henry? Nevada é diferente?"

Henry virou o rosto para o outro lado.

"Tem uma câmera?", Seth perguntou. "Ficaria bravo se eu pedisse para tirar uma foto daquela placa? A que diz que estamos em Nevada?"

"Seth, não vou ficar bravo com nada que você pedir. Posso dizer sim ou não, mas não vou ficar bravo por você perguntar. Eu tiro uma foto da placa. Mas estamos do lado errado."

"Não. Estamos no lugar perfeito, August."

"Você não quer a foto da placa que diz 'Bem-vindo a Nevada'? Do lado de cá, vai ter 'Bem-vindo à Califórnia' e 'Nevada Deseja Boa Viagem, Volte em Breve'."

"Sim, é isso. Exatamente isso. Porque, se a placa diz que estamos chegando a Nevada, é porque ainda não chegamos. Mas se Nevada deseja uma boa viagem, é porque já estamos lá."

"É uma lógica bem razoável", concordou August. "Segura a guia do Woody."

Ele voltou ao motor home, destrancou e abriu a porta do motorista e pegou a câmera no compartimento interno da porta. Depois apontou a lente para a placa, acionou o zoom e bateu a foto. Mesmo tendo estado em Nevada muitas vezes.

"Obrigado", disse Seth. "Quero me lembrar disso."

"Não foi nada. Estão com fome?"

"Estou." Seth se abaixou e cochichou alguma coisa no ouvido do irmão. August não via nem ouvia resposta alguma, mas Seth acrescentou apressado: "É, estamos. Obrigado por perguntar".

"O que acham de sanduíche de queijo e presunto?"

"Gostamos de sanduíche de queijo e presunto. Não é, Henry?"

Henry não respondeu.

Eles comeram em uma mesa de piquenique na área de descanso e à sombra das árvores, porque assim todo mundo teria mais tempo ao ar livre. Woody estava sentado na grama entre os dois meninos, a cabeça virando de um lado para o outro como se acompanhasse uma partida de tênis, claramente esperando que alguma coisa caísse ou fosse compartilhada.

"O sanduíche está muito bom", disse Seth. "Obrigado, August. Henry, o sanduíche não está bom?"

Um movimento de cabeça quase imperceptível de Henry.

"Ah, esse é o jeito do Henry de dizer obrigado."

"Escuta, Seth, você é um menino muito educado. E admiro muito isso em você. Mas, sério... é óbvio que vou alimentar vocês. Não teria concordado com isso se não fosse para cuidar bem de vocês."

Seth assentiu, parecendo um pouco constrangido.

Eles comeram em silêncio por um tempo.

Depois, Seth perguntou: "Você odeia isso?".

August levantou a cabeça de repente, mas o menino evitava o contato visual. "Se eu... o quê? Odeio o quê?"

"Isso. Sabe? Ter que trazer a gente. Sei que não queria."

"Não odeio. Não."

"Quem ia querer passar o verão todo com os filhos de outra pessoa? Ninguém que eu conheça."

"Eu não teria concordado se odiasse a ideia."

"Sério?"

"Sim, sério."

"Mas não gosta dela, acho."

"Acho que a gente pode ficar quieto um pouco."

E Seth se calou.

Cerca de noventa quilômetros depois, August parou para encher o tanque. Fazia calor do lado de fora, por isso, apesar do ar-condicionado ligado dentro do trailer e de pagar pelo combustível com o cartão de crédito diretamente na bomba, ele entrou na loja de conveniência para comprar três refrigerantes. Quando estava na fila do caixa, viu câmeras descartáveis à venda em uma prateleira ao lado do balcão. Pegou duas, verificou se cada uma faria trinta e seis fotos, e as empurrou sobre o balcão junto com os refrigerantes gelados.

Um adolescente com ar entediado registrou os produtos e colocou tudo em um saco de papel. August saiu da loja rumo ao calor, abriu a porta do motorista e deixou o saco em cima do banco. Depois lavou o para-brisa, subindo no para-choque dianteiro para alcançar todas as partes do vidro. Devolveu a mangueira à bomba, pegou o recibo e voltou para dentro do veículo, empurrando o saco de papel para poder se sentar.

Em seguida, pegou um refrigerante gelado e entregou o pacote a Seth. "Para você e seu irmão", disse.

Seth olhou dentro do saco de papel, mas estava apreensivo, como se August pudesse ter comprado um saco de cobras.

"Só os refrigerantes, certo?"

"Não. Tudo que tem aí é para você e Henry."

"Comprou câmeras para nós?"

"São descartáveis, baratas."

"Nunca tive uma câmera. De nenhum tipo."

"Achei que seria legal se pudessem decidir o que querem lembrar. Prendam o cinto de segurança. Vamos seguir viagem."

"Tudo bem", Seth respondeu, obediente.

August olhou para trás, para Henry, e viu que o menino nem havia soltado o cinto.

"Quantas fotos posso bater?", Seth perguntou.

"Trinta e seis em cada máquina. Mas pode ter cópias de todas as fotos na minha máquina, quando voltarmos. É só para o caso de eu não pensar em fotografar alguma coisa que é importante para vocês, como a placa na fronteira de Nevada. Podem tirar fotos sozinhos."

Silêncio.

August saiu do posto e voltou à pista a caminho da rampa de acesso. Quando estava entrando na rampa, Seth falou: "Posso agradecer por isso. Certo?".

"Pode agradecer pelo que quiser. Mas eu entendi. As câmeras são um pouco mais que comida. Então... não tem de quê."

Pelo canto do olho, August viu Seth abrir a caixinha da câmera e rasgar a embalagem de alumínio que a continha. Seth leu com cuidado as instruções impressas na aba da caixa de papelão.

"Olha, Henry", ele disse. "Uma delas é sua. E você faz assim: gira o botão até ele travar. Depois aperta o outro botão para bater a foto. Aí gira o botão de novo até travar para poder bater outra foto."

Seth virou para trás e estendeu o braço o máximo que pôde, e Henry se inclinou para a frente com o braço esticado para pegar a câmera. Para isso, ele teve de debruçar parte do tronco sobre a cabeça de Woody, mas Woody não se mexeu, nem pareceu se importar. Na verdade, ele nem acordou.

August olhou pelo retrovisor e viu Henry girar um botão da câmera e apontar a lente para o cachorro dormindo em seu colo. Ouviu o clique do botão do obturador. Girou o botão novamente, guardou a máquina no bolso da camisa, virou a cabeça e olhou pela janela de novo.

"Seth", August chamou, sacudindo levemente o menino pelo ombro. "Ei. Parceiro."

Faltavam três minutos para as oito da noite. Provavelmente, os meninos não costumavam dormir tão cedo. Mas tinha algo de sonolento em um veículo em movimento. E todos aqueles quilômetros intermináveis.

August olhou novamente para as janelas iluminadas do prédio. Havia encontrado um espaço de duas vagas para estacionar atrás do edifício, o que foi muita sorte. Tinha certeza quase absoluta de que esse era o prédio que procurava. Os carros estacionados sugeriam atividade suficiente para confirmar que estava no lugar certo.

Seth se mexeu, se espreguiçou, olhou em volta e esfregou os olhos. "Onde estamos, August?"

"Em nenhum lugar especial. Não é onde vamos passar a noite, nada disso. Estamos em uma cidadezinha de Nevada, e só queria avisar que vou ficar fora por uma hora e meia."

"Aonde vai?", Seth parecia um pouco assustado.

"Só naquele prédio, logo ali", ele explicou apontando. "Henry está dormindo. Pode cuidar dele, não pode?"

"É claro, cuido do Henry o tempo todo, mas..."

"Tenho que ir a uma reunião."

"Reunião? Mas você está de férias."

"É um tipo diferente de reunião. Não é de trabalho."

"Mas não conhece ninguém nessa cidade, conhece?"

"É uma longa história, parceiro. E a reunião já vai começar. E se eu te contar tudo mais tarde?"

"Tudo bem."

"Vou trancar o trailer para ninguém poder entrar. E Woody vai ficar de guarda. Mas se tiver algum problema, se ficar com medo ou achar que tem alguma coisa errada, é só buzinar."

"O motor não tem que estar ligado para isso?"

"Não. A buzina funciona com o motor desligado."

"É que algumas buzinas só funcionam com o carro ligado."

"Essa não. Ela é independente. É melhor em territórios onde há muitos ursos. Às vezes é preciso fazer muito barulho à noite para espantar os ursos da sua vaga no camping."

"Vamos a algum lugar cheio de ursos?" Seth tentava parecer casual, mas não conseguia.

"Vamos a um lugar onde há *ursos-pardos*."

O menino arregalou um pouco os olhos, mas não respondeu.

"Mas vamos tomar muito cuidado. Agora tenho que ir, parceiro, volto logo."

August deu uns tapinhas na cabeça de Woody e atravessou o trailer para sair pela porta dos fundos. Quando ele tocou a maçaneta, Seth falou de novo.

"August? Eu sou seu parceiro de verdade?"

"É claro que sim. Por que não seria?"

"Não sei. É que eu não sabia disso."

"Bom... acho que seremos todos parceiros em pouco tempo. Eu só me adiantei um pouco."

August entrou na sala quente e iluminada justamente quando a secretária da reunião perguntava se havia algum iniciante. Se houvesse, o procedimento poderia ser um pouco mais demorado, mas, como não havia, a secretária passou imediatamente aos visitantes.

August sentou-se em uma cadeira e levantou a mão. "Meu nome é August e sou um alcoólatra de San Diego. E peço desculpas pelo atraso."

Havia oito pessoas em torno da mesa comprida. Seis homens e duas mulheres. Todos responderam quase em uníssono: "Oi, August. Bem-vindo".

Era assim que as coisas aconteciam em uma reunião. Não fazia diferença de onde você era, nem mesmo onde estava. Não importava se conheciam você. Em um nível bem básico, não importava se você havia bebido, mas, felizmente, August não precisava testar a teoria. Era só aparecer e você seria bem recebido.

Depois que o cesto foi passado, os anúncios foram feitos e os relatórios foram lidos, a secretária sugeriu que August poderia começar. Contar sua história, se quisesse. Nada incomum para um visitante. Mesmo assim, esperava que a leitura dos passos e as tradições tomasse mais tempo. Aparentemente, havia perdido essa parte por ter chegado tarde.

Imediatamente, ele sentiu a relutância. As outras pessoas estavam em casa. Ele não. Elas tiveram tempo para se ajustar à energia da sala e às pessoas, que já conheciam, inclusive. Ele não. Mesmo assim, superou o sentimento e começou a falar.

"Meu nome é August e sou um alcoólatra", começou. Uma pausa para os cumprimentos. De novo. Era assim que as coisas funcionavam.

"Vou falar o que falo em todas as reuniões, toda vez que conto minha história. A única diferença é a contagem dos dias. Estou sóbrio há dezenove meses e três dias. A data do começo do meu período de sobriedade é 3 de novembro do ano retrasado. O dia em que meu filho de dezenove anos morreu. Desde aquele dia, nunca mais bebi.

"Vou ser bem honesto, nunca me considerei um bêbado desses que caem. Bebia muito, bebia demais, provavelmente. Nunca me meti em confusão por isso, mas teria, provavelmente, se nada tivesse me feito parar. Sempre pensei que poderia parar quando quisesse, mas não tenho provas disso, porque nunca quis parar."

Uma pequena vibração como resposta. Poderia ter sido riso, se ele não houvesse começado a história com um tom tão sério. August esperou passar.

"Ninguém falava para eu parar, talvez porque minha esposa bebia tanto quanto eu, e meu filho me respeitava demais para me dar conselhos. Talvez ele pensasse que meus hábitos estavam dentro de algum tipo de limite aceitável. Não sei o que ele pensava. Queria que ele estivesse aqui. Eu perguntaria.

"Naquele dia 3 de novembro, ele estava no carro com minha esposa, e ela atravessou um farol verde... um cruzamento. Alguém estava atravessando o mesmo cruzamento, com o farol vermelho. É fácil culpar um motorista que não respeita o farol fechado, e nós dois tentamos. Mas, normalmente, antes de atravessar um cruzamento, você dá uma olhada para ter certeza de que pode passar, mesmo com o farol verde, sabe? É aquela consciência da situação que deriva do instinto de sobrevivência. Enfim, o garoto bateu no meio do nosso carro, do lado do passageiro, e meu filho morreu no local. Minha esposa sobreviveu. Bem, era minha esposa. Agora é ex-esposa. Pode parecer que ela teve sorte por sobreviver, mas não é bem assim. Não na minha opinião.

"Ficamos esperando o laudo do exame toxicológico. Deve ter demorado um dia, mas sentimos como se fossem meses. Perguntei várias vezes se devíamos esperar alguma coisa anormal, mas ela sempre respondia que não, que estava tudo bem. Porém deduzi que ela havia bebido. Pois bem, os resultados chegaram, e ela não estava embriagada. Não foi acusada de nenhum crime. Mas havia álcool em sua corrente sanguínea. Sempre havia. Nunca acima do limite legal, mas perto dele."

August olhou para os três homens à direita dele na mesa. Estavam inclinados para a frente e silenciosos, absolutamente atentos ao que dizia. Ele desviou o olhar.

"Juro por Deus, acho que teria sido mais bondoso com ela se a tivessem jogado numa cadeia. Pelo menos ela teria saído depois de um tempo. Mas, quando ninguém a puniu, ela teve que cuidar disso sozinha, e para esse tipo de pena não tem prazo ou limite. Somos sempre mais duros conosco do que qualquer órgão governamental poderia ser.

"Até hoje, não posso afirmar que as coisas teriam sido diferentes se ela não tivesse nenhum grama de álcool no sangue. Mas sinto que teria sido diferente, e acho que sempre terei essa sensação. Os reflexos dela teriam sido mais rápidos. Não nos separamos porque eu precisava castigá-la. Não foi assim. Não sei do que eu precisava. Não sei nem do que preciso agora. Ela ainda não parou de beber. Não quero julgá-la por isso. Talvez eu também não fosse capaz de parar, se estivesse dirigindo o carro naquele dia. Não quero julgá-la, mas talvez a julgue todo dia de algum jeito, mesmo sem querer. Uma coisa é saber o que é certo, outra coisa é fazer. Mas nunca a abandonei. Nunca joguei nada fora. As coisas simplesmente desmoronaram. Eu olhava para ela todo dia e tentava imaginar como me sentiria em seu lugar, e não conseguia imaginar, mas sabia que não queria descobrir. Sabia que, se duas doses podiam criar aquele tipo de situação de vida ou morte a qualquer momento e sem aviso prévio, eu não ia beber mais nada, nem uma dose. Nem um gole.

"É engraçado. Bom... talvez não seja engraçado, considerando as circunstâncias, mas... a diretora da minha escola, do colégio onde leciono, perdeu o marido. Faz alguns meses. Um dia, eu estava almoçando com ela, e ela sabia que eu havia perdido um filho, e estávamos conversando. Finalmente, perguntei o que tinha acontecido com o marido dela. Se ela não se importasse de contar, sabe? Fiquei bem chocado, mas o que ela disse foi: 'Ele bebia demais'. Não contou o que o matou de fato. Se foi o fígado ou... não sei, e não quis pressionar, pedir mais detalhes. Mas ela deixou claro que a resposta direta para a pergunta sobre o motivo de ele ter morrido era que ele bebia demais. E também não parecia se envergonhar disso. Ela parecia muito... compreensiva. Tolerante. Contou que ele havia enfrentado muito estresse no trabalho, na vida, e que era isso que ele fazia para suportar tudo.

"Naquela época, eu tinha pouco mais de um ano de programa e disse: 'Não quero ser invasivo, e não precisa responder, se não quiser, mas ele alguma vez tentou o AA?'. Ela olhou para mim com a cara mais espantada do mundo. Juro, vocês vão achar que é piada, mas foi exatamente isso que ela disse, palavra por palavra. Ela me respondeu: 'Ah, meu Deus, não! Ele não estava tão mal'."

August parou para esperar as reações. Poderia ter sido uma explosão de gargalhadas. No AA, às vezes as pessoas riem muito de confissões que as pessoas de fora podem considerar sérias demais para provocar alegria. Mas o filho de August havia morrido. Por isso, as reações se limitaram a bufadas e algumas balançadas de cabeça.

"De qualquer maneira", ele continuou, "não consegui tirar aquilo da cabeça, porque minha esposa também achava que não estava mal o bastante para procurar o AA. Enquanto estávamos juntos, pelo menos, ela nunca achou. E não cabe a mim dizer. Mas é engraçado como você pega uma coisa que pode se tornar fatal e a classifica como algo que não vale a pena consertar. Então, nunca mais bebi nada desde aquele telefonema me avisando sobre o acidente. Nem um gole. Não sei se sou o que vocês podem chamar de alcoólatra de verdade ou não. Só sei que procurei o grupo com o desejo de parar de beber, e isso é tudo de que preciso para ocupar minha cadeira. E o que eu era, seja qual for o nome, é ruim o bastante porque eu decidi que é ruim o bastante, e essa decisão é minha. E espero que respeitem essa decisão e aceitem que me qualifico para esse programa, mas imagino que aceitarão, porque já contei essa mesma história para muita gente e muitos grupos do AA, e ninguém jamais deixou de me respeitar.

"E... não sei... perdi o fio da meada. Acho que ia dizer mais alguma coisa, mas me fugiu completamente. De qualquer maneira, acredito que seja o suficiente sobre mim. Sei que não é um relato muito apropriado. Não falei de como era, o que aconteceu, como é agora, nada disso. Não sei quantos de vocês consideram isso importante. Mas já disse o que tinha para dizer. Obrigado por terem me escolhido para começar. Obrigado por estarem aqui para uma reunião quando eu precisava."

August apoiou as costas na madeira dura da cadeira. Inspirou profundamente. O grupo o aplaudiu, e ele se sobressaltou. O grupo que frequentava não costumava aplaudir quem se colocava. Sabia que havia grupos que aplaudiam, e até já havia participado de alguns. Mesmo assim, a reação o pegou de surpresa.

"Quer chamar alguém?", a secretária do grupo perguntou.

August apontou para um homem do outro lado da mesa, na sua frente, porque ele o havia escutado com uma expressão que o fez sentir que era o que mais o compreendia.

O homem falou: "Meu nome é Tom. Eu sou alcoólatra".

E o grupo respondeu: "Oi, Tom".

"Que bom que nos encontrou aqui hoje, August. Não só porque sua história é muito intensa, mas porque a cidade é pequena, e estamos bem cansados de ouvir as histórias uns dos outros há tanto tempo."

E com isso a atmosfera ficou mais leve e o pior passou. E August só ouviu. E respirou.

Depois da reunião, uma mulher se aproximou de August quando ele tentava chegar à porta. "O que leciona?", ela perguntou. "Sou professora. Por isso estou perguntando."

Ela era dez ou quinze anos mais velha que August, com um rosto simpático e olhos que ainda tinham algum brilho. Não parecia esgotada ou desgastada, nem um pouco.

"Há quanto tempo?", August perguntou, pensando que poderia ser uma segunda carreira.

"Há quanto tempo leciono? Quase trinta anos."

"Uau", ele disse. Mas decidiu não elaborar.

"E você, que matéria leciona? Para que ano?"

"Ciências, ensino médio."

"Deve ser difícil, depois de ter perdido um filho."

"Não", ele disse. Mas, notando a expressão estranha no rosto dela, acrescentou rapidamente: "Bem, tudo é difícil desde que Phillip morreu".

"Todos esses garotos mais ou menos da mesma idade. Você deve sentir..."

August levou alguns instantes para perceber que a mulher esperava que ele concluísse a frase. E o fato de não ter percebido imediatamente indicava que estava se desconectando. Como havia acontecido durante o ano letivo. "Nada", disse. "Não sinto nada."

Silêncio. August pensou em sair, simplesmente. Mas, em vez disso, encarou a situação. "Dou aula como se estivesse sonhando. Os alunos estão ali, na minha frente, e leciono para eles, falo com eles, mas é como se nem fossem tridimensionais. Parece que nem são totalmente coloridos. E não sinto nada. Estou sempre esperando alguém dizer que nota a diferença. Ou demonstrar, mesmo sem dizer nada. Os alunos, os outros professores. Ninguém nunca faz nada."

"Deve ser uma dessas coisas que você percebe mais nitidamente em si mesmo."

"Acho que sim", ele respondeu.

"Não acredito que o entorpecimento possa durar para sempre."

"Não", August falou. "Infelizmente, acho que tem razão."

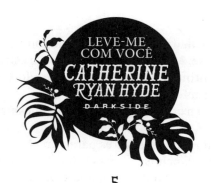

5
O PORTA-LUVAS

Quando August abriu os olhos, estava claro. Havia dormido no sofá-cama do trailer. Os meninos dormiam nas almofadas grossas da saleta de jantar do outro lado. Mas Seth não estava dormindo. Estava meio sentado. Tinha levantado uma parte da persiana sobre a janela e olhava para fora.

Woody havia escolhido o lado deles. A cama deles.

August sentou-se e se espreguiçou, e Woody pulou na cama dele para dar bom-dia, esfregando o corpo no de August como se fosse um gato.

Seth perguntou: "Que lugar é esse, August? Não parece um acampamento, no fim das contas".

"Não é. Estamos na entrada da garagem de alguém."

"Quem?"

"Um homem que conheci na reunião ontem à noite. Quando a reunião acabou, eu estava cansado demais para continuar dirigindo, e perguntei a algumas pessoas se havia algum lugar para acampar na região. Mas não tem nada perto como eu queria. Um dos homens me deixou estacionar na entrada de sua garagem para passar a noite."

"Ah", Seth reagiu. Ele não disse, mas o "ah" era carregado de perguntas que sabia que não devia fazer.

"Vamos levantar, trocar de roupa e levar o Woody lá fora para fazer xixi. Depois vou preparar café para todos nós e então vou lhes contar o que são essas reuniões."

"As panquecas estão boas", Seth comentou.

"Que bom que gostou. Woody. Desce." O cão, que havia apoiado as patas dianteiras no colo de Henry, desceu e foi deitar no canto perto da porta dos fundos.

"Já ouviu falar no AA?", August perguntou a Seth.

"Não é aquele lugar para onde as pessoas ligam pedindo um guincho quando o carro quebra na estrada, é? Meu pai sempre chama de Triplo A."

"Não. Estou falando do Alcoólicos Anônimos."

"Sim", Seth respondeu depois de um tempo. "Já ouvi falar. É para pessoas que não conseguem parar de beber, não é?"

"Sim, é uma descrição tão boa quanto qualquer outra. É para quem quer parar de beber e não consegue parar sozinho. Funciona muito melhor do que ficar sentado em casa apelando para a força de vontade. Na verdade, força de vontade não tem muito a ver com isso. Não para quem realmente é alcoólatra."

Seth o encarou. "Você é alcoólatra, August?"

"Acho que sim. Mas o que realmente importa é que decidi que queria parar de beber."

"E por isso vai às reuniões."

"Isso."

"Mesmo quando está na estrada."

"Sim. Tento frequentar as reuniões regularmente."

"Se parasse de ir no verão, você recairia e voltaria a beber?"

"Provavelmente não. E, provavelmente, também não vou me envolver em um acidente nesse verão. Talvez nunca me envolva em um acidente em toda a minha vida, mas, mesmo assim, uso o cinto de segurança sempre que dirijo. Além do mais, eu me sinto melhor quando vou às reuniões."

"Como é possível não ter certeza de que é um alcoólatra?"

"Bem...", August começou. Olhou para Henry e viu que o menino não olhava para eles. Mas imaginava que ele ouvia tudo. É difícil imaginar o que um garotinho como ele percebe do mundo quando ele não o diz. "Eu não bebia como algumas pessoas que frequentam as reuniões. Mas bebia o suficiente para querer parar."

"E como você sabe? Como sabe que alguém é alcoólatra?"

"No programa, fica mais ou menos estabelecido que você é um alcoólatra se diz que é."

"Mas você nem sabe se é."

"Eu digo que sou, e escolhi parar de beber. Então, eu sou."

"Ah."

Um longo silêncio. Henry terminava de comer as panquecas. Seth comeu mais um pouco, mas também empurrava outros pedaços de panqueca pelo prato deixando rastros de calda.

"Posso ir a uma dessas reuniões, August?"

Ele pensou um minuto antes de responder. Era uma questão complicada. Não tinha uma resposta imediata.

"Não sei se ia querer, parceiro. Provavelmente, acabaria achando tudo muito chato."

"Não. Eu quero ir, de verdade."

"Por quê?"

Seth olhou para o prato. Enfiou dois pedaços de panqueca na boca. E não respondeu.

"Você não bebe, não é?"

Seth deu risada. Quase cuspiu toda a comida que estava mastigando. "August", disse, com a boca ainda cheia, "eu tenho doze anos."

"Não seria o primeiro alcoólatra com essa idade."

"Eu não bebo."

"Por que quer ir à reunião, então?"

Ele terminou de mastigar sem pressa. Pensativo. Engoliu com dificuldade. Woody voltou e sentou aos pés de Henry, mas ficou quieto e August não disse nada.

"Se eu contar, vai ser só porque quer saber? Ou, se eu contar, vai pensar em me levar a uma dessas reuniões?"

"Depende da reunião. Algumas são abertas, e isso significa que todo mundo pode ir. Mas muitas reuniões são fechadas, exclusivas para alcoólatras. Eu teria que encontrar uma reunião aberta. Tenho listas das reuniões ao longo do nosso caminho, mas não anotei quais são abertas ou fechadas, porque não pensei que precisaria saber."

"Ainda não sei se isso é sim ou não."

"Eu posso perguntar. Na próxima vez que eu for a uma reunião, posso perguntar se é aberta. E, se for, você pode ir. Mas e o Henry?"

"Acho que ele vai ter que ir também. Henry não vai se importar. Ele vai aonde eu for. Mas ainda tenho que explicar por que quero ir, antes de você decidir me levar, certo?"

"É um pedido incomum para uma criança. Digamos que eu prefiro saber."

"Só quero entender por que as pessoas bebem."

"Pergunta difícil de responder. Deve ser diferente para todo mundo."

"E por que não param. Nem quando isso cria problemas."

"Tudo bem."

"Vai me levar?"

"É claro. Por que não? Na primeira reunião aberta que eu conseguir encontrar."

"Vamos atravessar mais uma divisa", August avisou.

"É? Verdade? Que estado?"

"Arizona. Mas não vamos passar muito tempo nele. Vai ficar para a volta. Hoje vamos só atravessar um canto. Vai entender o que estou falando se olhar o mapa. Depois vamos atravessar outra divisa e entrar em Utah."

"Mais dois estados, todos hoje?" Seth se inclinou para a frente e abriu o porta-luvas.

August pisou no freio quase sem pensar. O motorista atrás dele buzinou, depois o ultrapassou pela esquerda.

"O que está fazendo?", August perguntou.

Seth ficou paralisado, os olhos bem abertos. "Eu só ia pegar minha câmera."

"Que diabo sua câmera está fazendo no meu porta-luvas?"

"Não sei. Guardei aí dentro ontem à noite. Só queria deixar a máquina em um lugar seguro."

"Foi para isso que esvaziei uma gaveta e dois armários. Para terem um lugar seguro onde guardar suas coisas e para ficarem longe das minhas."

"Por que está gritando comigo?", Seth berrou, esforçando-se para não chorar.

August não tinha percebido que estava gritando. Mas era evidente que Seth estava certo.

Uma saída se aproximava, e August seguiu por ali. No fim da rampa, encontrou uma larga faixa de terra ao lado de uma estrada pavimentada no meio do nada e de lugar nenhum. Ele parou o trailer e desligou o motor.

Quando olhou pelo retrovisor, viu Henry chorando e Woody lambendo as lágrimas do menino. Olhou para Seth, que olhava para o outro lado, pela janela. Como se tivesse alguma coisa para ver lá fora.

"Tem a ver com aquela garrafa de refrigerante?", Seth perguntou com tom pesado, ressentido.

August fechou os olhos com força tomando cuidado para não gritar. "Você não tem o direito de me perguntar sobre isso."

Quando abriu os olhos, August se surpreendeu ao ver Seth olhando para ele, não com medo, mas com uma emoção intensa. Alguma coisa que parecia quase... desprezo.

"Seth, desculpa por eu ter gritado. Algumas coisas são privadas, é só isso."

Seth o encarava, e suas narinas se abriram ligeiramente. August se inclinou, abriu o porta-luvas e pegou a câmera descartável do menino. Estava em cima da garrafa plástica de chá gelado. Seth devia ter visto. Ele fechou o compartimento e entregou a câmera ao garoto, que ainda o encarava. "Aí está a sua máquina, Seth."

O menino não a pegou.

"Você disse que eu podia perguntar *qualquer coisa*. Disse que eu podia fazer a pergunta que quisesse. E que você responderia sim ou não, mas nunca ficaria bravo comigo por ter perguntado. E acabou de ficar bravo comigo porque fiz uma pergunta. Não sei o que pode haver de tão privado nisso. É só uma garrafa velha de refrigerante. Só estava pensando o que era aquilo. Dentro dela."

"Não é de refrigerante. A garrafa é de chá gelado. E você está certo, eu disse que poderia perguntar qualquer coisa. Desculpa. A culpa foi minha, não sua. Peço desculpas. Agora pegue sua máquina."

Seth pegou a câmera e a enfiou no bolso da camisa, sem falar nada. Depois virou para a janela e olhou para fora. Ficaram assim por um tempo, em silêncio, exceto pelos soluços de Henry. "É melhor ir acalmar seu irmão. Diga a ele que peço desculpas por ter gritado."

Um pouco depois das seis daquela tarde, August parou em uma área de acampamento ao norte de St. George, em Utah. Passou pela vaga no escritório e, em vez de dirigir o trailer para o local designado, parou na estação de coleta de resíduos. Desligou o motor e olhou para Seth. O menino estava acordado e olhava pela janela. Ele não havia falado uma palavra sequer durante o dia todo.

August suspirou e atravessou o trailer para pegar um par de luvas descartáveis da gaveta de utensílios. Henry o observava. Woody, rebolando e abanando o toco de cauda, deixou escapar um longo ganido.

August suspirou novamente. "Dá para esperar, amigão?"

"Eu levo ele lá fora", Seth anunciou.

"Obrigado", August respondeu, sem tentar definir se isso significava que Seth havia voltado a falar com ele.

"O que está fazendo?", Seth perguntou ao aparecer repentinamente perto de seu ombro direito.

August pulou assustado. Abaixado como estava, quase caiu. "Estou esvaziando os tanques."

"Tanques? Tipo..."

"Isso. Quando usamos a pia, o vaso sanitário ou o chuveiro, a água suja vai para um tanque de contenção. De vez em quando é preciso esvaziá-los."

"Eca."

"Agora sabe por que uso as luvas. Voltou a falar comigo?"

Seth se abaixou ao lado de August. Os dois ficaram olhando a água cinza e espumante da pia da cozinha escorrer pela mangueira para o cano de esgoto.

"Desculpa", Seth pediu. "Por não ter falado com você o dia todo."

"Pensei que fosse minha culpa, não sua."

"Você pediu desculpas por ter gritado. Isso devia ter encerrado a história."

August assentiu pensativo. Tinha pensado nisso várias vezes ao longo do dia, mas estava surpreso por ouvir Seth repetir a mesma coisa.

"Deixei Woody lá dentro com o Henry", o menino avisou.

"Obrigado."

"Ele fez as duas coisas. Xixi e... você sabe. Eu recolhi. Levei um daqueles sacos. Joguei na lixeira no fim da rua. Achei que não ia querer aquilo no lixo dentro do trailer."

"Obrigado."

"Acha que pode me ensinar isso aí?"

"O quê? Esvaziar os tanques?"

"É."

"Por que quer esvaziar os tanques?"

"Só para ser útil."

"Sabe que não precisa ser perfeito, não sabe?"

"O quê?"

"Você sabe que não pode ser tudo para todo mundo. Não sabe?"

"Não entendi."

"Ah, eu imaginei que não entenderia."

Eles ficaram em silêncio por um minuto, olhando para a água corrente.

"Passei o dia inteiro de mau humor", disse Seth. "Foi por isso que pedi desculpas."

"Isso vai acontecer", August respondeu.

"Eu sei por quê. Mas não quero contar. Vai achar que sou idiota."

August fechou o canal de escoamento da pia e desconectou a mangueira de esgoto do motor home. Antes de levantar para lavar o equipamento na torneira de água não potável, ele encarou Seth. "Não me leve a mal, parceiro, mas parece que você *quer* contar, sim."

"Não. Não quero."

"Por que tocou no assunto de novo, então?"

"Você vai achar idiota."

August suspirou. O dia havia sido desse tipo, cheio de suspiros. Ele levantou e foi lavar a mangueira de esgoto. "Seth", disse, "quanto mais você vive, mais entende que o seu interior é muito parecido com o interior de todo mundo. Se está sentindo alguma coisa, é bem provável que qualquer outra pessoa sinta a mesma coisa."

"Então você acha que eu devo contar."

"Na verdade, acho."

"Já estou com saudade de casa."

"Isso não é idiota."

"Sério?"

"Não é, de jeito nenhum."

"Não fica bravo. Não quero parecer ingrato. Mas pensei que veríamos tantas coisas interessantes que eu não teria tempo de sentir saudade de casa. Não que não tenhamos visto lugares. Acho que essa cidade é legal. Com as montanhas e tudo. Parece que as montanhas são de cores diferentes. Mas não foi o suficiente para me impedir de sentir saudade de casa."

"Dá um tempinho. Estamos em um dos trechos entre uma coisa legal e outra. Ainda não chegamos a lugar nenhum." Ele levantou a cabeça e viu que Henry os observava de dentro do trailer, com as duas mãos apoiadas na janela. Woody ofegava ao lado dele, deixando marcas de focinho no vidro.

"Quando vamos chegar a algum lugar?"

"Amanhã. Amanhã estaremos no Parque Nacional Zion. Lá vai ter muito o que fazer. Acho que você vai gostar."

"Como é? Conta."

"Seth, amanhã cedo estaremos lá. Não posso só mostrar?"

Os ombros do menino caíram. Era como se ele deixasse sair do corpo uma grande quantidade de ar. Depois virou e entrou no trailer.

Aí está, August pensou. *Vai começar tudo de novo.*

"Seth. Espera."

Ele parou e virou para trás. Esperou para ouvir o que August tinha a dizer. E, em muitos aspectos, August também esperava.

"A velha garrafa plástica de chá no porta-luvas tem um pouco das cinzas do meu filho Phillip."

Um silêncio desconfortável.

"Dele? Como assim, dele? Ele tinha uma coleção de cinzas, tipo isso?"

"Não. As cinzas não *pertenciam* a ele. As cinzas são *dele*."

"Ah."

"Eu sei. É estranho. Por isso não queria falar sobre esse assunto, certo?"

"Não deviam estar em uma, tipo... uma bela... como chamam aquelas coisas?"

"Urnas?"

"Sim. Isso."

"O resto está. Aqui só tem um pouquinho das cinzas."

"Ah. Mesmo assim. Por que guardá-las em uma garrafa velha de chá gelado?"

"Talvez essa seja uma história para outro dia, parceiro", ele respondeu.

August estava sentado na cadeira de acampamento, comendo uma salsicha assada na grelha sobre a fogueira e lamentando não ter trazido três cadeiras de acampamento. Tinha as três, eram uma reminiscência dos tempos em que a família viajava junta, mas havia deixado duas na garagem. Jamais havia imaginado que poderia precisar delas.

A noite chegava. Estava quase escuro.

"Agora está mais parecido com o que eu achei que seria", Seth comentou. "Como acampar."

Os meninos estavam sentados lado a lado sobre um cobertor dobrado, olhando para o fogo. O vento mudou de direção e soprou a fumaça na direção deles. Os dois mudaram de lugar. Seth pegou o cobertor para levar para o outro lado da fogueira.

"Eu não perderia tempo se fosse você", disse August. "O vento vai mudar de posição novamente. Não importa onde vai sentar, sempre vai ter fumaça em algum momento. Vamos acampar na maior parte do tempo, mas quando se viaja de carro e percorre longas distâncias é preciso estar preparado para os períodos intermediários."

"Tudo bem. A gente não se importa. Principalmente agora, que sabemos como é. Essa salsicha está uma delícia. Nunca comi uma tão boa. Deve ser o fogo. Nosso pai sempre ferve a salsicha em uma panela com água."

A menção ao pai provocou um silêncio prolongado. Até eles terminarem de comer. Então, Seth perguntou: "Posso comer mais uma? Por favor? Sei que três é demais...".

"Tudo bem, Seth. Pode comer quantas quiser. Mas vai ter que pôr mais salsicha na grelha."

"Não me importo de fazer isso. Mas não tem problema mesmo? Não é egoísmo?"

"Tudo bem. Isso não é um problema."

"Sinto que ter trazido a gente vai custar muito caro para você."

"Seu pai deu dinheiro para a comida."

"Ah. Eu não sabia. Agora me sinto melhor."

Seth abriu o pacote de salsichas, pegou uma, embrulhou com cuidado o que ficou na embalagem e colocou sua terceira salsicha na grelha. Ele não sentou de novo. Ficou em pé olhando o fogo.

"Meu pai bebe", ele disse. "Não muito, não o suficiente para ter que ir para o AA. Bem... talvez. Não sei. Aí é que está, não sei quanto é suficientemente ruim."

"Ninguém sabe", August falou. "Não olhando de fora." Ele olhou para Henry, que comia uma salsicha com ketchup e olhava para ela com a testa franzida.

"O que interessa é que ele tem problemas por causa disso. Então por que não para de beber? Não foi por isso que ele se meteu em confusão da última vez. Dessa vez foram os cheques. Não eram cheques sem fundos. Ele não estava tentando roubar, nada disso. Eram só cheques que não viraram dinheiro a tempo. Sabe como é quando você faz um cheque, não tem todo aquele dinheiro na conta, mas acha que vai ter? Sabe? Você acha que vai conseguir o dinheiro e colocar no banco a tempo, antes de o cheque ser descontado. Só que nas três primeiras vezes... nas três primeiras vezes ele estava dirigindo bêbado. E ele ainda volta do bar dirigindo, só que não foi pego de novo fazendo isso. Ainda."

De repente ele parou de falar, e parecia confuso e um pouco envergonhado. Como se nem imaginasse quem havia falado tudo aquilo ou por quê.

August disse: "Pensei que fosse só a segunda vez que ele é levado para a cadeia".

"Não. É a quarta."

"Ele disse que era a segunda."

"Ah, talvez tenha esquecido as outras vezes."

Mas August não conseguia imaginar como alguém podia esquecer que tinha estado preso. No entanto, não disse nada. Só comentou: "Por isso quer ir comigo a uma reunião".

"Mais ou menos. Sim."

"Tem outro programa para isso. Para quando é outra pessoa que bebe. O nome é Al-Anon. Eles têm até o Ala-teen. Para os jovens."

"Seria legal. Se acharmos um. Mas imagino que vai nas suas reuniões de qualquer jeito. Não precisamos falar sobre isso. Não sei nem por que eu..."

E, nesse momento, Woody, que estava sentado ao lado de Henry e seu cachorro-quente, decidiu pedir comida. Era algo que ele havia aprendido que não podia fazer quando as pessoas estavam comendo. Por isso, August ficou surpreso. E se perguntou por que o cachorro ainda não havia pedido comida aos meninos.

Henry riu e deu a ele um pedaço de pão.

"Ah, não", August falou. "Agora não vamos mais ter sossego."

"Henry", disse Seth, "não dá comida para ele desse jeito, ou Woody vai deixar de ser educado. Ei. Nunca vimos os truques que ele faz."

August cortou uma salsicha e conduziu a apresentação. Segurando um pedaço atrás das costas, usou a outra mão para formar uma arma e apontou para o coração do cachorro.

"Estica para cima", ele disse ao animal. Woody levantou as patas dianteiras e as esticou. Henry gargalhava.

Depois, August fez Woody girar como uma bailarina e dar a volta na fogueira andando sobre as patas traseiras. Ele abraçou Woody, depois disse para ele se fingir de morto. Woody caiu em seus braços, a cabeça e as patas pendendo sem vida. Os dois meninos riram. Para encerrar, pediu a Woody que cumprimentasse todo mundo com uma das patas, depois com as duas.

"É o melhor cachorro de todos", disse Seth. "August, você tem marshmallows?"

"Temos três pacotes."

Ele não comentou sobre Seth estar mais animado, porque algumas coisas não precisam ser anunciadas. É melhor assim.

6
LÁ

"Quer dizer que não pode entrar de carro no vale?", Seth perguntou. "Tem que ir de ônibus?"

Eles haviam acabado de se acomodar no fretado. Metade da manhã já havia passado, talvez uma hora depois de terem chegado ao parque.

Finalmente, era hora de chegar "lá". Em algum lugar. Em um dos muitos "lás" do verão. Tinham passado muito tempo *a caminho* de lá. Até August, que tinha a paciência de um adulto, sentia a insistência dessa necessidade.

"Fora da temporada, dá para ir de carro. No verão, só se for de ônibus. Não é exatamente um vale. É um cânion. O Cânion Zion."

"É legal?"

"Você já vai ver."

O ônibus partiu por uma estrada estreita, mas perfeitamente pavimentada. Henry se equilibrava na beirada do assento de Seth, porque assim podiam ir todos juntos. August acomodara os meninos no assento da janela, porque já havia estado em Zion antes.

"Foi uma pergunta idiota", disse Seth. "Desculpa. Porque já sei que é legal, porque é legal até quando a gente olha do acampamento. Gosto de como dá para ver as grandes montanhas de rocha, mas a gente vê o verde das árvores na frente da pedra. E aquela coisa sai das árvores e fica flutuando, voando em volta de tudo. Isso é ainda mais legal. Como é o nome daquelas árvores mesmo?"

"Álamo."

"E aquilo que voa é algodão?"

"Não é, mas parece. Algodão de verdade não nasce em árvore."

"Estou falando muito?"

"Não sei. Talvez não. É normal ficar entusiasmado. Mas devia ouvir o motorista, porque ele vai anunciar as coisas que vamos ver."

Eles viajaram em silêncio por vários minutos, até o motorista anunciar o Pátio dos Patriarcas.

"O quê?" Seth se inclinou para a janela tentando enxergar alguma coisa.

"Pátio dos Patriarcas."

"Aquelas três grandes... sei lá... parecem montanhas? Por que têm esse nome?"

"Não sei se lembro. Tenho uma ideia. Vamos parar no centro de visitantes na volta e pegar uns desses guias de turismo. E, se não encontrarmos todas as respostas, há pessoas lá para quem você pode perguntar."

"Elas são muito bonitas", disse Seth.

São mais que bonitas, August pensou. Eram majestosas. Faziam perder o fôlego, mesmo depois de vê-las muitas vezes.

"Gosto de como elas são vermelhas, mas ficam brancas no topo. Nunca vi montanhas vermelhas e brancas. E meio verdes embaixo. Essa coisa no centro de visitantes vai me dizer por que a rocha é vermelha, branca e verde?"

"Se não disser, eu digo. Mas a rocha não é verde. Os Patriarcas plantaram árvores nela. Perto da base."

"Como as árvores podem brotar na pedra?"

"A natureza é estranha."

"É sério, August. Você me explica isso?"

"Explico. Mas agora temos que decidir se vamos descer do ônibus perto do alojamento. Podemos subir a Trilha Emerald Pools, mas é íngreme. Henry consegue subir?"

"Não sei. Tem outras trilhas menos íngremes?"

"Tem. Podemos continuar no ônibus até o fim do trajeto e seguir pela Trilha do Rio. Acompanhando o rio Virgin."

"Mas dá para ver o rio pela porta dos fundos do trailer no acampamento."

"É diferente no cânion. Confie em mim."

Quando se aproximaram da parada de Angels Landing, o motorista reduziu a velocidade e apontou para um grupo de montanhistas que escalava a parede do penhasco avermelhado. Pareciam formigas penduradas a trezentos metros do chão ou mais, três quartos da escalada cumpridos. August ouviu Seth soltar o ar lentamente. Mas ele nada disse, e August também ficou quieto.

Porém, quando chegaram à parada Angels Landing, à chamada Gruta, Seth pediu:

"Podemos descer aqui para ver?"

"Acho que sim."

"Mas depois não vamos poder andar ao longo do rio?"

"Podemos fazer as duas coisas. Quando terminarmos aqui, podemos pegar outro ônibus."

Eles desembarcaram sob o sol forte. Ficaram parados sob um céu incrivelmente azul. Já dava para perceber que o dia seria quente. August calculou que deviam estar perto dos trinta graus.

Seth tirou a câmera descartável do bolso e apontou a lente para os montanhistas.

"Minha câmera é melhor para isso", disse August. "Não vai conseguir muita coisa sem o zoom." Ele pegou a máquina, ligou, tirou a tampa da lente e a entregou a Seth, que parecia ter medo de operá-la.

"Pendure a alça no pescoço. Assim não tem perigo de derrubar a máquina."

"Certo."

"Agora aponte para os montanhistas."

"Certo."

"Mexa naquela alavanca à direita."

August posicionou o dedo de Seth no controle de zoom.

"Certo."

"Ainda consegue ver os montanhistas?"

"Sim, mas vejo tudo borrado."

"Ponha o dedo em cima do botão do obturador", disse August, apontando para o botão certo. "Aperte até a metade. Sem fazer força. Aperte de leve."

"Uau!", Seth gritou. Gritou tão alto que Henry deu um pulo. "Uau! Estou vendo. Estou vendo tudo, August. Como se eles estivessem na minha frente. Vejo que cor é a camisa que estão usando. E agora, o que eu faço?"

"Aperte o botão até embaixo."

August ouviu o clique.

"Vamos ver como ficou."

Ele pegou a câmera de volta, levantando a alça que a prendia ao pescoço de Seth. Mudou para o modo de exibição e viu a foto. Ótima. Um close perfeito dos três montanhistas e suas cordas na parede rochosa.

Ele mostrou a fotografia a Seth. "Viu? Ficou muito boa."

"É boa. Não é? Obrigado por me deixar usar a câmera."

"Não foi nada."

"Quero fazer aquilo." Seth apontou para os montanhistas.

August deu uma gargalhada. "De jeito nenhum!"

"Não falei que era *agora*. Não sou burro, August. Sei que aquilo é difícil demais para eu fazer *agora*. O que eu disse foi que quero *aprender* a fazer aquilo. Quando ficar mais velho. Quando for grande o bastante para decidir sozinho o que vou fazer, quando ninguém puder me impedir."

"Ah, isso é diferente. Mas tem que ser cuidadoso. Esse esporte é perigoso."

"Talvez não, se for bom nisso e fizer a coisa direito. Acha que não devo tentar nunca?"

"Não tenho o direito de dizer o que você deve tentar ou não. Acho que tem que ser cuidadoso. Mas, no geral, acho que você deve fazer o que quiser, se realmente quiser fazer."

"Eu quero. De verdade", Seth respondeu.

Eles desceram novamente do ônibus em Weeping Rock. Subiram pela pequena trilha até a face da rocha e passaram por baixo de gotas d'água que caíam constantemente para se colocarem embaixo de uma saliência, de onde olharam para fora do abrigo. Henry olhava diretamente para as gotas que caíam da saliência, inclinava-se para a frente com o rosto erguido e molhado, encharcando o cabelo cada vez mais. Havia um muro baixo de pedra, uma espécie de plataforma, que o amparava. Por isso ele podia se debruçar sem cair.

"Espero que Woody esteja bem", disse Seth.

"Por que não estaria? Você o levou para passear antes de sairmos. Ele foi ao banheiro e tudo. É claro que ficou bem no trailer."

"Mas ele não fica triste?"

"Ele sabe que há lugares onde um cachorro pode ir e outros onde ele não é aceito."

"Mas isso não deixa ele triste?"

August suspirou. E, infelizmente, parou para pensar na ideia. "Talvez. Não sei. Só sei que tem que ser assim."

Eles ficaram olhando a água em silêncio por um tempo. A cabeça e os ombros de Henry estavam ensopados, mas ele não recuava.

"Deviam chamar esse lugar de *Raining Rock*. Pedra Chuvosa."

"É, poderiam. Mas preferiram *Weeping Rock*. Pedra Chorona."

"Mas isso é triste demais", Seth argumentou.

"August! Olha! Dá para subir até Angels Landing por uma trilha!"

Haviam voltado ao centro de visitantes, a uns quatrocentos metros de onde estavam acampados, e olhavam para um mapa detalhado do Cânion de Zion.

"Sim. Eu sei. Mas é uma trilha difícil. Já subi por lá. É íngreme."

"Vamos por lá. Vamos."

"Não sei se Henry consegue ir até lá em cima. Não sei nem se você consegue subir, se não estiver acostumado com trilhas como essa."

"Eu consigo, sim. E posso até levar o Henry nas costas, se for preciso."

"Não tenho tanta certeza de que pode fazer tudo isso."

"Não podemos tentar? Não podemos nem tentar, August? Eu quero muito ir lá em cima."

"Hoje não. Já está muito quente. E muito cheio. Mas, se quiser realmente tentar, podemos subir amanhã, enquanto ainda estiver escuro. Vamos pegar o primeiro ônibus. Eu vou levar água e lanche e vamos ver até onde conseguimos chegar."

"Até o fim. Quero subir até o topo."

"Vamos ver até onde conseguimos chegar", August repetiu. "Mas e o telefonema para o seu pai? Amanhã vai poder ligar para ele pela primeira vez. Não quer telefonar de manhã?"

Seth mordeu o lábio por um minuto.

August percebeu que precisava sair do sol. Felizmente, a Trilha do Rio tinha muita sombra. Mas ainda não haviam percorrido uma distância muito grande. Só o suficiente para sentirem as paredes frias do cânion e se encantarem com a forma que o rio lhe dera.

"Não podemos telefonar quando descermos?"

"Você decide", disse August.

E pensou: *É muita vontade para um menino. Ele quer realmente chegar ao topo de Angels Landing, quer muito mais do que eu imaginava.*

"Será que tem sinal de celular lá em cima?", Seth perguntou esperançoso.

"Não sei."

"Leva o telefone, lá a gente descobre. Podemos telefonar do topo da trilha. Lá de cima, do topo do mundo. E eu vou poder contar a ele como é a vista de lá. O que eu vejo. Vai ser como se ele estivesse lá com a gente. Em vez de estar, você sabe..."

"Se chegarmos lá em cima. A trilha é bem difícil."

"Eu consigo chegar ao topo", Seth afirmou, sem qualquer sinal de dúvida.

"Vamos ver até onde conseguimos chegar."

"Acho que estou animado demais para dormir."

August se apoiou sobre um cotovelo. Olhou para os meninos acomodados nas camas na área de jantar, mas completamente acordados. Henry olhava para o teto e afagava o pescoço de Woody com uma das mãos. Até o cachorro estava acordado.

"Eu sei que é cedo", disse August. "Mas temos que levantar antes das quatro."

"Acho que nunca acordei *tão* cedo antes. Mas vai dar tempo. Você já arrumou sua mochila com a água e as outras coisas."

"Temos que levar Woody para dar uma volta antes de ir."

"Ah. É verdade." Seth estendeu a mão e acariciou as costas do cachorro. A área que a mão de Henry ainda não alcançava.

"De tudo que viu hoje, do que mais gostou?", August perguntou. Seth abriu a boca para responder, mas ele acrescentou: "Além dos montanhistas".

"Ah. Além dos montanhistas. Acho que foi o peru que vimos perto do Templo de... como era mesmo o nome?"

"Sinawava."

"Isso. Não entendo como pensam nesses nomes. Aquela corte, o templo... Quando olhamos os guias, as coisas eram mencionadas simplesmente como se alguém pensasse que elas tinham essa aparência. Mas isso não explica o nome do templo."

"Mas agora você entende que existe uma diferença mineral entre as rochas."

"Sim, você explicou muito bem. Melhor que os guias."

Silêncio por um tempo. Ninguém dormia, mas precisavam descansar para enfrentar a escalada na manhã seguinte. Já seria bem difícil depois de uma boa noite de sono.

"Pode falar comigo sobre alguma coisa, August?"

"Como assim? Sobre o quê?"

"Qualquer coisa. Isso me ajuda a dormir."

"Só falar sobre qualquer coisa?"

"Sim."

"Humm." August pensou um pouco. Deitado, juntou as mãos atrás da nuca. "Vamos ver. Posso falar sobre Bryce Canyon, mas é difícil descrever. Não posso falar sobre Yellowstone, porque nunca estive lá."

"Mas conhece a trilha para Angels Landing. Fale sobre ela."

"Não vai ficar mais agitado? Pode ter ainda mais dificuldade para dormir."

"Ah. É. Verdade. Fale qualquer coisa, então. Não precisa ser sobre coisas que vamos ver. Qualquer coisa. Fale sobre você. Porque eu e Henry nem conhecemos você direito."

August respirou fundo e tentou pensar em alguma coisa. Podia falar sobre o emprego de professor de ciências no ensino médio, mas seria muito chato. Por outro lado, o chato podia ser bom. Talvez conseguisse deixar os dois com sono. Mas ele percebeu que também ficaria muito entediado. Tinha de falar sobre ciências o ano todo no colégio, mas não precisava pensar ou falar sobre o assunto no verão.

"Estou pensando", ele falou.

Mais tempo passou. Nesse período, August refletiu sobre quantas vezes Wes havia sido preso. E por que ele havia mentido. "Mentira" era uma palavra dura, mas não conseguia acreditar que havia sido um engano.

August teve dois lampejos de medo. O primeiro por ser o responsável por esses meninos e ter concordado em levá-los ao topo de uma estreita formação rochosa quinhentos metros acima do fundo do cânion. E não havia grades de proteção. Não estavam na Disneylândia. Era bem possível cair lá de cima.

O segundo medo era que o verão pudesse trazer mais surpresas sobre a vida dos meninos em casa. Mais informações sonegadas. Por um instante ele pensou que em setembro, quando chegasse a hora de devolver os meninos, talvez não tivesse tanta certeza de que devolvê-los era a coisa certa a fazer.

Ele empurrou a ideia para um canto da mente. Empurrou com firmeza. Mas ela deixou uma sensação de desconforto, um receio de ter dado o passo maior do que a perna. De ter começado um longo caminho de assumir responsabilidade pelos meninos, sem nem imaginar aonde isso poderia levá-lo.

"Estou pensando", August repetiu.

"Tudo bem", respondeu Seth.

E o silêncio voltou.

"O nome do meu filho era Phillip", August contou, depois de um tempo. "Não vou falar sobre ele, porque quero que durmam logo. Mas vou falar sobre ele e o chá gelado. Ele adorava chá gelado engarrafado. Bebia umas cinco garrafas por dia. Comprava com o próprio dinheiro, porque a bebida tem açúcar. Eu achava que ele não devia consumir tanto açúcar, por isso parei de comprar o chá depois de um tempo. Ele continuou comprando. Phillip era assim. Tinha uma noção de justiça muito desenvolvida. Cumpria minhas regras, mas era o primeiro a me questionar quando as regras ultrapassavam os limites. Nós o chamávamos de O Executor."

"Nós?"

"Minha esposa e eu. Quero dizer, minha ex-esposa e eu. Enfim. Ele só não bebeu uma garrafa inteira uma vez, que eu me lembre. Estávamos sentados à mesa de jantar, ele bebia seu chá e conversávamos sobre se eu permitiria que ele viajasse com os amigos para acampar no feriado do fim do ano. Aquele garoto adorava acampar, era a coisa de que mais gostava. Mas, antes de terminarmos a conversa, e antes de ele beber todo o chá, a mãe dele entrou na sala e pediu para Phillip acompanhá-la a uma loja. Ela precisava fazer uma compra grande e queria ajuda para carregar tudo. Ele nunca recusava um pedido da mãe. Nunca. Acho que imaginou que voltaria logo. Então deixou a garrafa em cima da mesa, porque sabia que ia voltar logo. Mas ele não voltou logo."

"Quando ele voltou?"

"Não voltou. Ele e a mãe sofreram o acidente."

"Ah."

"Aquela garrafa ficou em cima da mesa nas duas semanas seguintes. Eu entrava na sala, olhava para ela, mas não conseguia jogá-la no lixo. No nível emocional, ainda não aceitava que ele não voltaria. Não sei como explicar essa parte. É como se eu soubesse, mas não compreendesse. Minha cabeça sabia, mas uma parte de mim não conseguia entender o que havia acontecido. Era como se a garrafa fosse prova de alguma coisa. Como se comprovasse que ele voltaria e terminaria de beber o chá. A garrafa quase tornava isso possível. Mas o tempo passou, e a garrafa começou a embolorar. E eu não suportava ver aquele bolor. Então lavei a garrafa e a guardei. Não consegui jogar fora."

"Por isso guardou as cinzas em uma garrafa velha de plástico, em vez de usar uma urna bonita."

"Isso."

"E leva a garrafa para todos os lugares aonde vai?"

"Não. Não levo. Estou levando para Yellowstone porque vou deixar as cinzas lá."

"Vai deixar lá?"

"Isso mesmo."

"Vai deixar a garrafa em algum lugar? E se alguém jogar fora?"

"Não, não vou deixar lá desse jeito. Vou deixar as cinzas, não a garrafa."

"Ah, vai espalhar. Já ouvi falar nisso."

"Acontece que acho que não é... bem, acho que não é exatamente legal. Mas ele viria comigo nessa viagem. E isso é o máximo que posso fazer para trazê-lo. Mas acho melhor não contar nada disso a ninguém."

Houve um breve período de silêncio antes de Seth voltar a falar. "Essa história é muito triste, August."

"Eu sei. Você tem razão. Desculpe. Não sei por que escolhi falar disso."

"Tudo bem. Eu disse que podia ser qualquer coisa. Além do mais, agora a gente sabe um pouco mais sobre você."

Era verdade, mas agora os meninos sabiam mais sobre sua tristeza, mais nada. Por outro lado, talvez não houvesse muito mais para saber sobre ele. E não haveria tão cedo.

Ele tentou pensar em outra coisa para contar. Um assunto mais feliz e que ajudasse a pegar no sono. August decidiu contar como havia encontrado Woody em um abrigo da Humane Society, um lugar que ele nem sabia que existia. Um lugar que havia encontrado quando estava perdido.

August levantou a cabeça para olhar para os meninos e descobriu que eles já estavam dormindo. Ou quase, sonolentos o bastante para dar a impressão de que dormiam.

Infelizmente, ele não tinha a mesma facilidade para pegar no sono.

7
O TOPO

Eles desceram do ônibus quase vazio na parada chamada Gruta. Ninguém mais desceu ali. O dia estava nascendo, e August desenrolou as alças da mochila e as pendurou nos ombros. Ainda estava escuro, mas dava para ver Seth saltitando na ponta dos pés, sem conseguir conter o entusiasmo.

"Poupe sua energia. Vai precisar dela", disse August.

E olhou para Henry, que estava muito quieto, os braços junto do corpo e uma atitude que nada revelava. Nem entusiasmo, nem medo. Nada. Ele só acompanhava.

"Estou muito surpreso por sermos os únicos a descer do ônibus. Essa é a trilha mais popular do parque. Sim, eu sei que muita gente não gosta de acordar antes das quatro da manhã. Mas, normalmente, tem uma meia dúzia ou uma dúzia no primeiro ônibus. Gente que quer chegar antes que o movimento aumente muito."

"E hoje só nós queremos chegar antes que o movimento aumente muito?"

"Parece que sim."

"Vamos correr, então, e chegar antes de todo mundo."

"Pensei que a trilha fosse de terra", disse Seth.

"Não é", August respondeu. "A maior parte é pavimentada."

"O que é isso no chão? Parece concreto cor-de-rosa. Não, não é rosa. Sabe? É como a cor das rochas."

"Não sei. Pode ser."

"Você disse que a subida era íngreme, mas não é. É fácil."

August parou. Henry percebeu e parou com ele. August esperou Seth notar, mas, depois de ver o menino dar mais uns dez passos, ele desistiu. "Seth", chamou.

Seth olhou para trás. "Por que paramos?"

"Quero que use a cabeça. E, sem ofensa, não é isso que está fazendo. Você viu Angels Landing ontem e também a viu do outro lado do rio quando começamos esse passeio. Dá para ver que é alto. E a trilha tem uns oito quilômetros, ida e volta. Menos até o Mirante do Escoteiro, que é nosso destino. O que significa que, em algum ponto, a subida vai ser bem inclinada."

"Por que não vamos até o topo?"

"Ainda não começamos a subir, ou não estaria perguntando."

"Eu quero fazer a trilha toda."

"Seth. Foco. Estou dizendo que a trilha atravessa esse cânion..."

"Sim! Estamos em um cânion, não estamos? Por isso ainda está meio escuro e fresco."

"Seth. Estou tentando dizer algo importante."

"Mas eu não sei o que é."

"Estou tentando dizer para você não subestimar essa trilha. Atravessar o cânion é bem fácil, mas depois começa a subida. E tem penhascos. Alguns de até trezentos metros de altura. E não tem grade de proteção, nada disso. Quero que preste muita atenção e não subestime essa trilha. E, quando subirmos e passarmos pelos penhascos, quero Henry no meio. E posso até pedir para andarmos de mãos dadas, para garantir mais segurança."

"Tenho certeza de que não vamos precisar de tudo isso."

"Ah, mas vamos. Preste atenção."

Eles pararam bem embaixo da assustadora série de curvas fechadas. August sabia que elas tinham um nome, mas não disse aos meninos qual era. Porque Walter's Wiggles era muito simpático, muito bonitinho. Queria dizer Rebolados do Walter.

Um vento leve balançou as folhas da faia.

"Nem parece uma trilha", disse Seth ainda entusiasmado. "Parece uma parede de tijolos."

A trilha tinha muretas de contenção embaixo de cada curva, e o trecho era tão íngreme que, de onde estavam, só conseguiam ver as muretas, não a trilha que elas ajudavam a sustentar.

"Aqui começa a ficar mais difícil", August avisou.

"Bem, vamos em frente", Seth respondeu sem hesitar.

August continuou andando. Seth continuou andando. Henry permaneceu onde estava. Seth voltou para perto do irmão, enquanto August esperava.

"Está cansado?", perguntou o mais velho.

August viu Seth colocar Henry nas costas, as mãos do caçula segurando seus ombros por cima da camisa azul-clara.

Eles começaram a percorrer as curvas fechadas. Ainda não tinham visto uma pessoa sequer. Outro ônibus podia ter deixado passageiros que fariam a trilha, mas, mesmo assim, ninguém se aproximava. Mantinham um bom ritmo.

August sentiu que isso estava prestes a mudar.

Seth parou e abaixou até os pés de Henry tocarem o chão. Henry ficou em pé, e Seth continuou abaixado e ofegante.

"É difícil", ele disse. "Mas só porque estou carregando Henry. Se fosse só eu, seria fácil."

"Lembra o que eu falei sobre irmos só até onde aguentássemos? Talvez seja aqui."

"Não! Eu levo ele. Eu posso levar o Henry. Daqui não dá nem para ver o cânion. Por favor, August. Eu vou conseguir."

August suspirou. Ele tirou a mochila dos ombros e pegou duas garrafas de água, uma para cada menino. Os dois beberam agradecidos. August saboreou o silêncio. Os únicos sons eram o vento e a respiração arfante de Seth.

"Eu posso continuar sozinho", disse Seth. "E você pode me esperar aqui."

"Não. De jeito nenhum. É perigoso lá em cima. Não é lugar para um garoto sozinho e sem experiência em trilha."

"Por favor, August. Quero muito chegar ao topo. Nunca mais vou voltar aqui. Quando vou ter outra chance? Eu levo o Henry. Eu levo. Você vai continuar subindo comigo se eu levar o Henry?"

August suspirou de novo.

"Toma, leva minha mochila", disse. "Se o Henry não tiver medo de subir nas minhas costas, eu levo ele."

Nenhuma reação de Henry.

Nem a expressão em seu rosto mudou.

"Por favor, Henry", Seth pediu. "Por mim?"

Henry deu três passos na direção de August e levantou os braços. August abaixou e virou de costas para o menino, e Henry subiu. August sentiu as mãos pequeninas, mas firmes, sobre os ombros. Ouviu e sentiu a respiração lenta e calma de Henry perto de sua orelha direita. Passou um braço embaixo de cada joelho do garoto e entrelaçou os dedos para travar as mãos. "Segure bem, Henry. Aqui não é um bom lugar para cair."

Henry soltou a camisa de August e passou os braços em torno de seu pescoço, abaixando as mãos para não apertar sua garganta e deixá-lo sem ar.

Seth pôs a mochila nas costas, e eles seguiram em frente. Com várias paradas para August recuperar o fôlego.

"Chegamos, aqui é o Mirante do Escoteiro", August anunciou, deixando Henry em pé sobre a pedra vermelha e irregular coberta de terra. "Fim da trilha." Endireitou as costas e se sentiu tão leve que podia imaginar o corpo levitando. Flutuando.

O sol, que havia nascido há um bom tempo, espiava por cima dos penhascos à esquerda deles, do outro lado do cânion. Adiante, correntes presas à rocha esperavam os montanhistas que se agarrariam a elas na subida pela estreita espinha de pedra que se erguia até o topo de Angels Landing. Diretamente à frente de onde estavam, o caminho era mais ou menos horizontal. Mais acima, parecia quase vertical. August já havia percorrido aquele último trecho antes. Não queria repetir a experiência. Não com dois meninos, um deles supercansado. Nem que estivesse sozinho.

Os primeiros raios de sol iluminavam o rio Virgin, que serpenteava como uma cobra dourada quase quinhentos metros abaixo. Estavam sobre a larga e plana faixa de terra do mirante. A última coisa larga que essa trilha tinha a oferecer.

"Mas o topo está ali", Seth falou, apontando para a espinha quase vertical até o topo da formação rochosa.

"Seth. Vá até aquela placa e volte para me contar o que ela diz."

Na placa havia a foto da mesma escalada vertical que se erguia diante deles. No canto tinha o desenho de uma pessoa, uma ilustração que tinha quase os mesmos detalhes do bonequinho na porta de um banheiro masculino, caindo. Estavam afastados demais para ler a informação na placa, mas August já havia estado ali antes. Sabia o que ela anunciava.

Seth andou com os ombros erguidos em direção à placa e voltou com uma postura menos ereta depois de ler o aviso.

"E aí, quantas pessoas já caíram daquela trilha e morreram?"

"Seis", respondeu Seth.

"Acho que também tem um aviso sobre os pais cuidarem dos filhos. E eu não vou subir. Nem você, não sem alguém para ficar de olho."

Seth sentou no chão de terra, e era evidente que estava lutando contra as lágrimas.

"A vista é muito boa daqui", disse August. "Vamos aproveitar."

"Quando vou ter outra chance? Eu queria ir até o topo. Você disse que essa era a trilha mais popular no parque. Centenas de pessoas já subiram até lá."

"Dezenas de milhares."

"E quase todo mundo que subiu voltou vivo."

"Seth, escuta." August relaxou as pernas cansadas e abaixou na frente do menino, adotando uma posição de onde ainda podia ficar atento a Henry. Henry não movia um músculo. "Quero que veja essa situação do meu ponto de vista. Você não é meu filho. É filho de outra pessoa. E eu sou responsável por você. Isso é ainda mais difícil que ser responsável pelo próprio filho. Como posso permitir que faça uma coisa perigosa? O que vou dizer a seu pai, se acontecer alguma coisa?"

Uma lágrima escorreu pelo rosto de Seth. Ele a enxugou com o dorso da mão suja de terra. "Meu pai deixaria eu ir."

August sentou no chão e suspirou, pensando se sempre havia suspirado tanto. Tirou o celular do bolso da camisa e viu se tinha sinal. Fraco, mas tinha.

"Trouxe o número dele?", perguntou a Seth.

"Trouxe, porque falamos de ligar para ele lá de cima."

"Ele falou que horas podia telefonar para lá?"

"A partir das sete. Das sete às três da tarde. Já são mais de sete?"

"Sim."

"E lá é a mesma hora?"

"Não. Em Utah é uma hora mais tarde. Mas lá já passa das sete, mesmo assim."

"Devo ligar para ele daqui? E contar que estou quase no topo do mundo e que August disse que não posso subir mais?"

"Não. Deve pedir permissão para ele para ir até o topo. Se seu pai deixar, você pode ir. Mas eu quero falar com ele. Quero ter certeza de que a situação vai ficar bem explicada."

Foram cinco minutos de espera só para Wes atender. August pensou que os minutos para ligação talvez não durassem tanto quanto havia imaginado.

"Oi, pai." O rosto de Seth se iluminou. "Sim... e aí?" Longo silêncio. "É, você sempre diz isso. Todas as vezes. Entendi. A comida é ruim... sim, estou... sim, é bom... ele... escuta, não vai acreditar onde estou. Preciso contar onde estou. No alto de uma enorme coisa de pedra no Parque Nacional Zion, chama Angels Landing. Ah, já ouviu falar? Eu não... ah, carreguei ele em boa parte do caminho, e August carregou na outra parte. Mas não estamos no topo, porque August acha que a última parte é muito perigosa. Sim, foi isso que eu disse. Milhares de pessoas já foram lá e não caíram. Eu também acho..."

Uma longa pausa, e Seth estendeu o braço com que segurava o telefone. "Ele quer falar com Henry, depois com você."

Henry pegou o celular e aproximou da orelha, mas não disse uma palavra sequer. August observou com atenção em busca de algum sinal de reação emocional. Uma mudança nos olhos ou na expressão, mas o rosto de Henry se manteve frio e vazio, como se ele ouvisse uma gravação com a voz feminina dando a hora certa muitas e muitas vezes.

August fechou os olhos, voltou a abri-los e viu o sol brilhando sobre o penhasco na parede leste do cânion. O calor aumentava. Ele viu o ônibus, que parecia uma formiga, serpenteando pela estrada estreita lá embaixo. Pensou por um instante no cachorro sozinho no trailer. Pela primeira vez, August se perguntou se isso deixava Woody triste.

O telefone apareceu diante de seu rosto, e ele o pegou. "Wes", disse, dando as costas para os meninos e se afastando alguns passos.

"August. Como vai, meu amigo?"

August olhou para os meninos, cobriu o bocal e disse: "Não se mexam. Nem um músculo. Não explorem, não cheguem perto da beirada". Depois para Wes: "Bem, mas descobri que é um peso enorme assumir a responsabilidade pela vida ou morte do filho de outra pessoa".

"Deixe-o ir. Ele vai tomar cuidado. Ele é muito leve e é bem atlético. Já fiz essa trilha uma vez. Há muitos anos. Tem correntes para segurar, não tem?"

"Sim. Tem correntes, mas não são cercas. São só um apoio. Se a mão escorregar da corrente, a pessoa cai."

"Pode deixar Seth subir. Isso é muito importante para ele."

"Wes, escuta, não quero ser invasivo, mas quantas vezes já foi preso?"

"Quantas vezes?"

"Sim. Um número. Tenho certeza de que você disse que essa era a segunda vez."

"Segunda. Isso. Está certo."

"Seth disse que é a quarta. E não foi com a intenção de te desmascarar, nada disso. Ele não sabia que tínhamos falado sobre isso. O assunto surgiu casualmente."

Um silêncio longo. Muito longo.

Depois, Wes disse: "Acho que imaginei que falariam sobre rocha vermelha e como fazer Henry subir essas encostas".

"E eu imaginei que tudo que você disse era verdade."

Silêncio.

"Eu não estava raciocinando direito quando partiu com eles. Acho que cometi um erro. Qualquer um pode errar, não?".

August olhou para trás para ver como estavam os meninos. Não haviam movido um músculo sequer. Seth sorriu para ele sem muito entusiasmo. Louco para saber a resposta. "Tudo bem. Olha, ele vai ficar feliz. Vou dar a boa notícia ao Seth. Nós ligamos de novo outra hora."

"Está bem, meu amigo. *Ciao*."

August desligou. "Pode ir", disse a Seth.

O menino levantou com um pulo e caiu em pé.

"Mas tem uma condição. Vamos esperar até..."

Um movimento atraiu o olhar de August e ele viu duas pessoas chegando ao mirante. Dois homens de vinte e poucos anos.

"Ei", ele os chamou. "Posso pedir um favor?"

Os dois se aproximaram meio ofegantes. "Algum problema?", um deles perguntou.

"Não. É que o garoto quer subir. Eu não quero ir, e o irmão dele também não. E não gosto da ideia de deixá-lo subir sozinho. Será que ele pode ir com vocês?"

"Tudo bem", um respondeu.

O outro balançou a cabeça na direção da rota com as correntes. "Vamos nessa, cara. Vamos chegar lá em cima logo."

Depois de passar uns quinze ou vinte minutos sentado no chão de terra com Henry, que olhava para o cânion enorme, nunca para ele, August ouviu um grito muito longe.

Seu coração deu um pulo quando ele pensou ter ouvido um grito de desastre. Mas o grito continuou e ficou claro que era um brado de triunfo. Uma espécie de "uhuulll" agudo. E quanto mais prestava atenção, mais tinha certeza de que estava ouvindo Seth.

Henry sorriu. Não era um sorriso largo, aberto, como aqueles que reservava para os truques de Woody. Era um meio sorrisinho discreto que levantava só um canto da boca.

"Acho que ele chegou no topo", disse.

Henry assentiu só uma vez.

Haviam percorrido mais ou menos um terço do calorento caminho de volta, quando Henry parou.

"Hummm", disse Seth. "Pensei que a descida seria tranquila para ele." O menino aproximou a cabeça do irmão menor por um instante. Se disse alguma coisa, August não ouviu.

Seth levantou a cabeça e falou: "Os pés dele doem".

August o sentou no chão, no sol, e desamarrou os tênis de corrida de Henry. As meias eram pretas e finas, como meias sociais. E tinham buracos nos dedos.

"Caramba. Eu devia ter checado que meias estavam usando. Você precisa de meias mais grossas, próprias para caminhada."

O equivalente à lotação de um ônibus subia pela trilha no calor cada vez mais forte. A trilha era estreita, e August sentiu pernas roçando em seu ombro quando as pessoas passaram por ali.

"Desculpe", ele disse a ninguém em especial.

Tirou as meias de Henry. O menino tinha bolhas nos dois calcanhares e na bola de um dos pés. August pegou a mochila e tirou dela um kit de primeiros socorros e uma embalagem de curativos reforçados.

"Posso usar os curativos para proteger as bolhas", ele disse ao solene garotinho, "mas ainda vai sentir dor quando andar, porque as bolhas são grandes e estão bem inchadas. É isso que as faz doer. Ou eu posso furá-las, esvaziá-las e cobrir com um curativo. Elas vão murchar, e você não vai sentir tanta dor quando andar, mas vai ter que deixar eu enfiar uma agulha nas bolhas. Não sei. O que acha?"

"Ele aguenta", disse Seth. "É forte."

"Prefiro que ele mesmo responda."

"Você sabe que ele não vai falar nada."

"Mas pode balançar a cabeça."

"Henry", disse Seth. Ele falou alto, como se Henry tivesse dificuldade para ouvir. Ou, mais provavelmente, para August poder ouvir. "August pode usar uma agulha para furar suas bolhas?"

Henry assentiu.

August abriu um pacotinho onde havia um bisturi esterilizado do tamanho de uma agulha e lancetou e drenou as bolhas nos pés de Henry, depois as protegeu com curativos. Henry nem se mexeu. Não se retraiu. Não fez qualquer ruído.

Quando August terminou, o menino calçou os sapatos e amarrou os cadarços. Eles retomaram a caminhada e foram desviando das pessoas que subiam pela trilha. Era como boiar rio abaixo, enquanto o resto do mundo nadava contra a correnteza.

Percorreram mais alguns metros, até Henry parar novamente. Seth se aproximou dele para mais uma conversa.

"As bolhas ainda doem?", August perguntou.

"Só um pouco. Agora é mais o cansaço."

August tirou a mochila dos ombros e a entregou a Seth, abaixando-se para que Henry pudesse subir em suas costas. Novamente a respiração suave junto da orelha direita de August.

Eles continuaram descendo a encosta.

"Essa foi a melhor coisa que fiz em toda a minha vida", disse Seth, alegre.

August sorriu. Sentia o suor brotando nas costas cobertas por uma criança, sem espaço para o ar circular. Não respondeu. Sabia que Seth falava a verdade, e não era necessário acrescentar algo à afirmação.

"Você é um bom homem, August."

A declaração o surpreendeu.

"Por que diz isso?"

"Porque você carregou Henry. Para eu poder subir. Ontem você disse que eu não conseguiria subir até lá carregando Henry. Era verdade. A maioria dos adultos, quando descobre que estava certo sobre alguma coisa, diz 'eu avisei'. Você não disse 'eu avisei'. Só carregou Henry."

"Era muito importante para você", respondeu August.

"Sim, era", concordou Seth. "Tirei uma foto lá em cima. Com a minha câmera. Porque minha câmera é tão boa quanto a sua para isso, porque não tem nada para dar zoom."

"É verdade."

"Não acredito que foi a primeira foto que tirei com minha câmera. Na verdade, são duas fotos, porque pedi para um daqueles moços tirar uma foto minha lá no topo. Você sabe. Caso ninguém acredite que eu consegui. Acha que eu devia ter tirado mais fotos, August?"

"É bom estabelecer um ritmo. Ainda temos muito para ver. Nosso verão está só começando."

8
O QUE ELE ME FALOU

Na noite seguinte, não muito antes do pôr do sol, eles andavam pela trilha pavimentada de Pa'rus, os três e Woody. Era a única trilha no parque que permitia que eles levassem o cachorro. Eles andavam devagar, cuidando de pernas doloridas e tendões de aquiles enrijecidos.

"Sabe", disse Seth, "pensei que essa trilha seria só uma coisinha à toa, um caminho que começa no acampamento e aceita bicicletas e cachorros, essas coisas. Mas é a mais bonita das que vimos até agora. O céu é muito azul, as pedras são vermelhas e brancas e dá para ver os penhascos, os pátios e os templos, como se fosse possível ver o conjunto completo o tempo todo."

"Essa é minha trilha favorita no parque."

"E Woody também pode ir."

"Isso faz parte do motivo."

"E adoro o jeito como ela vai e volta acompanhando o rio. Gosto das pontes."

Quando se aproximaram de outra ponte, Seth parou e tirou a câmera descartável do bolso.

"O que você vê?", August perguntou.

"Gosto de como a montanha rochosa se ergue atrás da ponte daquele jeito. É legal. Muito cênico, sabe?"

August olhou por cima do ombro de Seth.

"Tem um bom olhar para isso."

"Você acha?"

"Acho. Mas devia usar minha câmera. É digital, nunca vai ficar sem filme para fotografar."

"E se o cartão de memória ficar cheio?"

"É pouco provável. São dezesseis gigabytes. Mas, mesmo que encha, trouxe o laptop. Posso descarregar as fotos e esvaziar o cartão."

August tirou a alça da câmera do pescoço e a ofereceu a Seth.

"Posso tirar quantas fotos eu quiser?"

"Até cansar."

Eles andaram em silêncio por cerca de dez fotos.

Depois, Seth perguntou: "August, quantos quilômetros essa trilha tem?".

"Três."

"Ida e volta?"

"Só ida."

"Ah. É bem longa. Quero dizer, não é muito longa, na verdade, mas depois de ontem..."

"Pensei em descermos até o fim da trilha e subirmos pela estrada. O caminho acaba em Canyon Junction, onde tem uma parada de ônibus. Você e Henry podem pegar o ônibus, e Woody e eu seguimos a pé. Encontramos vocês no centro de visitantes."

"Ah, boa ideia, August."

"Está tão cansado assim?"

"Meus pés doem. Acho que também tenho bolhas."

"Como assim, *acha*?"

"É, e acho que você não tem. Só eu tenho."

"Por que não falou antes?"

"Achei que as bolhas de Henry já eram problema suficiente."

No minuto em que os meninos entraram no ônibus, August pegou o celular para ver se tinha sinal. Surpreendentemente, o sinal era bom. Ele começou a descer a trilha em direção ao centro de visitantes e, enquanto andava, ligou para Harvey, seu padrinho no AA em San Diego.

Harvey atendeu no quarto toque.

"E aí? Está se divertindo?"

Harvey nunca teve o hábito de dizer oi.

"Sim e não. Não está acontecendo exatamente como eu havia imaginado."

"Uma dessas merdas de oportunidades de crescimento?"

"Nada tão radical."

Woody correu atrás de um movimento no meio dos arbustos, um coelho ou esquilo, e esticou a guia até o ponto máximo. August o puxou de volta.

Ele contou uma versão resumida do problema mecânico com o trailer e a repentina adição dos meninos à expedição. Enquanto falava, August observava o sol de fim de tarde pintar as rochas a oeste de um dourado profundo.

"Basicamente, só tenho uma pergunta para você", concluiu.

Harvey ficou quieto. Ele não dizia coisas como "Qual é a pergunta?". Ele esperava. Também não ligava para os homens que apadrinhava para perguntar como estavam. Imaginava que August tinha seu número e sabia como usá-lo.

"Você acha que é possível alguém esquecer quantas vezes esteve na cadeia?"

"Talvez. Se a pessoa for presa algumas dúzias de vezes. É possível chegar naquele ponto em que o cara não sabe mais se foram vinte e nove ou trinta vezes."

"Mas se foram quatro vezes não dá para se confundir e pensar que foram duas."

"Não. Honestamente, não. Quero dizer, não fora de uma situação de demência. De quem estamos falando?"

"Do pai dos meninos."

"Transgressões relacionadas à bebida?"

"Principalmente."

"Não sou bom nessa coisa de adivinhação?"

"Você é incrível, Harv."

Ele atravessava a ponte. Os passos faziam um barulho metálico, e Woody ficou nervoso. August desceu à margem do outro lado e deixou o cachorro beber água no rio.

"Então, agora que sei que ele mentiu para mim, começo a me perguntar o que mais vou descobrir."

"Eu também. Espero que esteja preparado para continuar metido nisso por um bom tempo."

"É só até o fim do verão."

"Vai sonhando."

"Ele só tem que cumprir noventa dias."

"Como sabe?"

"Ele disse."

"Ele também disse que era só a segunda vez."

August parou e ficou imóvel sob a luz que se despedia. Pensou na beleza da vista que o cercava e no contraste dela com sua paisagem interna. "Por que ele faria isso? Por que me pedir para ficar com os meninos por três meses se precisava de alguém que pudesse cuidar deles por mais tempo?"

"Talvez tenha contado com a possibilidade de você se apegar aos garotos até lá. E acho que já está acontecendo."

"Acha que devo ligar para a prisão e descobrir?"

"Não sei se vão informar. Mas acho que deve fazer toda verificação independente que puder. Por que ficou com os meninos, aliás?"

"Sabe o quanto eu queria chegar a Yellowstone. E o porquê."

"Você podia ter deixado isso para o ano que vem. Phillip não teria se importado."

"São bons meninos."

"Ah. Agora acho que estamos chegando lá. Ter crianças por perto de novo preenche um buraco na sua vida?"

"Não é isso. Não é assim. Eles não são Phillip. Não tem nada a ver. Phillip tinha dezenove anos. Eles têm doze e sete."

"Certo. Entendi. É tudo muito diferente de Phillip. Porque todo mundo sabe que Phillip nunca teve sete e doze anos, não é? Enfim, que importância tem isso agora? Já se meteu nessa. Não vai abandonar os garotos. O tempo vai dizer de que tamanho é a encrenca e..."

Harvey poderia ter falado mais alguma coisa, mas a recepção do celular falhou e a ligação caiu. August verificou o sinal várias vezes na esperança de poder ligar de volta, mas a comunicação foi interrompida durante o resto da semana que passaram no fundo do cânion. Ele poderia ter ligado de algum telefone público ao longo do caminho, mas não o fez.

"Isso é muito diferente", disse Seth. Estavam na trilha de terra batida que formava a beirada do Bryce Canyon. Embaixo de uma chuva fina, leve. "Nunca vi nada parecido."
"Não sei se existe alguma coisa parecida com Bryce Canyon."
"Adoro esses... como vocês chamam?"
"Chaminés de fada."
"É um nome engraçado."
"É."
"Por que usam esse nome?"
"Não sei. Vamos olhar o guia quando voltarmos ao centro."
"Caramba, August. Acho que li aquilo dez vezes enquanto estávamos lá esperando a chuva passar. Fico feliz por termos vindo na chuva. Sim, estamos molhados. Mas quem se importa?"
August tocou o ombro de Henry. O menino não se esquivou.
"E você, Henry?", perguntou.
O garoto respondeu abaixando a cabeça e se escondendo sob a capa de chuva de August. Depois ele abriu um botão de pressão e pôs o rosto para fora, segurando o material impermeável junto dos lados da cabeça.
"Acho que ele não gosta muito de ficar molhado", disse August para Seth.
"Eu não me importo."
"Lamento não ter equipamento de chuva para vocês, meninos."
"Não é sua culpa, August. Devíamos ter trazido tudo de que poderíamos precisar. Já foi muito legal trazendo meias para nós. Além do mais, quem sabia que ia chover? Não disse que nunca chove nessa época do ano?"
"Não conheço a estatística, mas acho que é bem incomum."
"Sabe como eu acho que são? As chaminés de fada? Parecem fotos que vi de cavernas. Quando tem aquelas coisas compridas no teto... como se chamam?"
"Estalactites."
"Isso. A diferença é que essas saem do chão e sobem. Pode parecer estranho, mas passamos tanto tempo no Zion...

Quanto? Oito ou nove dias? Eu me acostumei com o parque. Como se morasse lá. Como se o mundo todo fosse parecido com Zion. E agora é esquisito que as coisas sejam como são em Bryce. Nunca imaginei que existisse tudo isso aqui. Vi fotos em livros, é verdade. O Grand Canyon e as Montanhas Rochosas. Mas nunca vi fotos de chaminés de fada em Bryce. Quero tirar fotos delas, mas não quero molhar a câmera."

"Não há pressa para isso. Vamos tirar muitas fotos. Ficaremos aqui por um tempo."

"Quanto tempo, August?"

Ele deu de ombros. "Quanto tempo quisermos. Até enjoarmos de ver chaminés de fada. Até nos cansarmos delas e sentirmos vontade de seguir em frente."

"Acho que nunca vou enjoar delas."

"Então até vocês terem visto tantas delas que vão poder vê-las dentro da cabeça quando fecharem os olhos."

"Aí sim", Seth concordou.

August deixou os meninos no trailer e seguiu até o único telefone público do acampamento. A chuva era fraca, e a recepção do sinal de celular era praticamente inexistente. August usou o cartão de chamadas, em vez de comprar fichas para ligar para a penitenciária onde Wes cumpria pena, porque tinha certeza de que passaria muito tempo esperando.

Estava enganado.

A mulher que atendeu a chamada e ouviu seu pedido perguntou se ele era da família ou advogado de Wes. Quando August respondeu que não era, a conversa chegou ao fim.

"Estou cuidando dos filhos dele", insistiu. "Por isso é tão importante saber com precisão a data em que ele será solto."

"Lamento, senhor, o detento tem que dar autorização para divulgarmos essa informação."

"Tudo bem, entendi. Obrigado."

Ele desligou e voltou ao trailer, pensando que a notícia não havia sido exatamente uma surpresa. Mesmo assim, era deprimente de um jeito que não conseguia descrever.

A chuva havia parado, e quando o viu chegar, Seth correu para ele todo animado e falante.

"Você perdeu, August! Perdeu, e foi incrível. Bem, não perdeu de verdade. Continua aqui, mas está desaparecendo. Devia ter visto antes, foi incrível! Peguei sua câmera para tirar uma foto. Espero que não se importe, mas não dava para perder. Fotografei para você, August. Queria que visse enquanto ainda estava legal, por isso tirei a foto. Não quis usar minha câmera, porque aí você não veria, porque nem vai estar por perto quando voltarmos para casa e o filme for revelado. Queria que fosse agora, hoje."

"Ei, ei, vai com calma, Seth. Tirou uma foto do quê? O que era tão incrível?"

"Os dois arco-íris!"

Ele apontou para a trilha inclinada que subia até a beirada do cânion. Henry parecia hipnotizado com o rosto voltado para o outro lado. Além dele, um arco-íris duplo cobria o cânion. August não conseguia imaginar que o que via era a versão desbotada.

"Cadê a câmera?", perguntou.

"No meu bolso. Onde vai continuar seca. Já havia parado de chover quando a levei para fora, mas quero que saiba que, mesmo que tivesse chovido de novo, ela teria ficado seca."

"Pode me dar a máquina, por favor?"

"Tudo bem." Seth tirou a câmera do bolso e a entregou a August, que se preparou para fotografar.

"Já fiz fotos ótimas, August. E estava mais forte."

"Mas pegou o Henry ali parado, olhando para o arco-íris?"

"Ah, não. Ele estava do meu lado."

"Acho que vai ficar legal com ele na foto."

August fotografou, depois mudou o modo para exibição. As que Seth havia feito eram incríveis, com as cores do arco-íris visíveis e perfeitas emoldurando o cânion de rocha vermelha e as chaminés de fada lá embaixo.

"Belo arco-íris. Você é um bom fotógrafo, sabe?"

"Não, eu não sabia. Como podia saber? Nunca tirei uma foto em toda a minha vida até começarmos essa viagem. Como posso ser bom em alguma coisa que comecei a fazer agora?"

"Você tem um talento natural para isso. Fico feliz por ter capturado esse momento."

"Acho que pode ser um bom sinal. Entende o que eu digo?"

"Não. Está falando de um presságio, alguma coisa assim?"

"Talvez. É que vi a foto e senti... não sei, senti que agora vai ficar tudo bem."

August não opinou. Queria seguir o sentimento de Seth. Era interessante e o atraía, mas ele ainda tinha muitas perguntas e preocupações na cabeça e na alma.

Quando August acordou na manhã seguinte, estava claro e alguma coisa dura pressionava suas costas entre as omoplatas. Alguma coisa muito redonda e pesada para ser Woody. Ele levantou a cabeça e virou, empurrando o que o pressionava. Mas a fonte de pressão se moveu por conta própria.

Ele se sentou. A fonte da pressão era Henry, na cama de August ao lado do sofá. Henry dormia, ou era o que parecia, com a testa apoiada às suas costas.

August olhou em volta procurando Seth e o cachorro. Woody podia estar lá na frente, no banco do motorista, olhando pela janela e procurando esquilos. Com a cortina erguida, era difícil saber. August ouviu por um minuto, esperando identificar ruídos de Seth no banheiro. Mas o único barulho era o da cafeteira. Aparentemente, Seth havia deixado a máquina ligada para quando ele acordasse.

"Onde estão Seth e Woody?", ele perguntou olhando para Henry. O menino interrompeu rapidamente o contato visual. É claro, a pergunta era retórica.

"Lá fora, caminhando", respondeu Henry.

A voz era baixa, como o som que a gente imagina saindo de um tímido rato de desenho animado. August sentiu que levantava as sobrancelhas. Ele observou o menino por um momento, caso houvesse mais. Henry fez questão de evitar seu olhar.

"Sabe falar, então", August comentou.

Henry assentiu com suavidade.

"Só escolhe se vai falar ou não?"

Ele repetiu o movimento.

"O que o fez mudar de ideia?"

Henry deu de ombros.

August deitou, e Henry se aproximou e encostou a testa novamente em suas costas, entre as omoplatas.

Quando Seth e Woody voltaram, August estava sentado à mesa de refeições bebendo café. Henry estava sentado diante dele passando manteiga em uma torrada.

"Obrigado pelo café."

"Não foi nada. Espero que não tenha ficado preocupado com a gente."

"De jeito nenhum. Henry me avisou."

Seth riu baixo, mas não respondeu.

"É sério. Henry me avisou."

Seth arregalou os olhos. "Com palavras?"

"Sim. Com palavras."

"Que foda. Opa. Desculpe."

"Por quê?"

"Por xingar."

"Não foi tão grave."

"Mas talvez você não queira que eu xingue de jeito nenhum."

"Seth. Sente-se."

Seth tirou a coleira de Woody e sentou-se ao lado de Henry, ainda segurando a guia entre as mãos nervosas, os olhos cravados na mesa. "O que foi?"

"Você se preocupa demais. Acha que tem que fazer demais. Parece pensar que está sempre muito perto de cometer algum erro terrível. Não tem nada de errado com querer aprender a esvaziar os tanques. Não tem nada de errado em fazer café para mim ou em levar o cachorro lá fora. É legal. Mas tenho a sensação de que está fazendo isso porque sente que precisa sempre fazer mais. Ser mais. Como se precisasse ser útil para ter direito ao ar que respira. Por que não relaxa como um garoto que está de férias?"

Seth olhou nos olhos dele, depois abaixou a cabeça de novo.

"Posso tentar."

"Para o seu próprio bem. Sim."

"É que... tem sido assim por muito tempo."

August respirou fundo. Soltou o ar.

"É, imagino que sim. Mas seria bom se superasse essa ideia de que tem que me impressionar o tempo todo."

"Vou tentar." Mas ele não parecia ter muita certeza sobre as chances de conseguir.

"Quer torrada? Pode dividir com Henry, acho, enquanto fazemos mais."

"Tudo bem", disse Seth. E olhou para o irmão. "Henry. Você falou alguma coisa para o August?"

Henry assentiu, agora com mais de determinação.

"Por quê?"

Henry deu de ombros.

"Você já viu uma chaminé de fada?", Seth perguntou. Depois ficou em silêncio enquanto ouvia a resposta do pai.

Estavam debaixo do sol forte no telefone público. Henry esperava abaixado na sombra de August.

"Ah, eu nunca tinha ouvido falar delas. Queria que você pudesse ver, mas tirei fotos, pelo menos. Estou fotografando tudo. A maior parte das fotos está na câmera do August, mas ele disse que vai me dar uma cópia de tudo quando voltarmos para casa, em setembro. Ontem fomos andando até o fundo do cânion e retornamos pela trilha que faz uma volta. Essa trilha levou a gente até as chaminés de fada, bem perto da base de algumas. São como... torres. Mas rústicas, sabe? E coloridas, cheias de vermelho, laranja, dourado e branco. Cores de rochas, mas com mais cores do que já vi em outras rochas antes. Cores como nas fotos do Grand Canyon, só que ainda mais coloridas. Queria poder descrever melhor. É difícil descrever. Queria ligar para você de lá, da trilha no fundo do cânion, porque seria legal descrever uma chaminé de fada olhando para ela. Mas acho que nem isso teria ajudado. Além do mais, lá embaixo não tem sinal. Mas foi uma caminhada muito legal. E Henry está ficando em forma. August não precisou carregá-lo até a volta, quando já estávamos quase na beirada do cânion de novo. Agora ele tem meias melhores. Nós dois temos. August comprou meias de trilha para nós, para não termos bolhas. É melhor."

Uma pausa.

"É, ele está... sim, estamos... sim, tudo bem."

Seth entregou o fone para Henry. "Ele quer falar com você."

Henry pegou o fone e se abaixou de novo, dessa vez no sol. E fechou os olhos.

Um minuto mais tarde, entregou o telefone a August. Quando August o levou à orelha, Wes ainda estava falando.

"Sei que tem sido um bom menino, porque sempre..."

"Wes?"

"Ah. O que aconteceu com o Henry?"

"Não sei. Ele me passou o telefone e eu pensei que quisesse falar comigo."

"Ah, bem, não. Não realmente. Mas..."

"Mas *eu* preciso falar com você. Na verdade..." August olhou para os meninos, que o observavam atentamente. "Garotos, podem me deixar sozinho um segundo?"

A expressão de Seth mudou. Ficou mais fechada, tensa até. Mas ele segurou a manga da blusa do irmão e o puxou, afastando para longe.

"O que foi?", Wes perguntou. "Algum problema?"

"Não. Nenhum problema. Só queria saber a data exata da sua libertação. Para poder fazer meus planos."

"Hum."

"Não sei onde está a dificuldade disso."

"Bem, são noventa dias. Como eu disse."

"Deve saber a data exata, então."

"Eu teria que olhar um calendário."

"É difícil imaginar que não está contando os dias. E todos aqueles filmes em que os prisioneiros marcam os dias com riscos na parede?"

"Isso só acontece nos filmes."

"Não, acho que não. Faz parte da natureza humana contar os dias para o fim de alguma coisa que se odeia. E isso não vai nos levar a lugar nenhum. Vou dizer o que quero que faça.

Quero que me autorize a obter informações diretamente com a administração do presídio."

Um silêncio pesado. August pensava depressa, se perguntando como ele poderia interpretá-lo.

"Posso descobrir a data e te falar."

"Prefiro falar com eles."

"Acha que eu mentiria para você?"

"Francamente? Não sei. Você disse que esteve preso duas vezes, e descobri que foram quatro."

"Isso não tem a ver com quantas vezes fui preso", Wes respondeu, com um tom um pouco mais duro. "E não é da sua conta. Só te interessa saber quanto tempo vou passar aqui e quando vou pegar as crianças de volta."

"Tudo bem, concordo. Não é da minha conta. Mas você falou que essa é sua segunda vez na prisão. Depois disse que esqueceu as outras duas vezes. Não sei se esqueceu ou mentiu sobre isso. Nem é isso que me interessa. A questão é que não sei se posso confiar nas informações que me dá. Quero ouvir a resposta da prisão também."

Outro silêncio.

"Certo."

"Vai me autorizar?"

"Sim."

"Hoje?"

"Antes da próxima vez que telefonar, sim."

"Posso ligar para eles qualquer dia. É com você que só posso falar três vezes por semana. Por que não hoje, agora que está pensando nisso?"

"Certo, como quiser, August."

August fechou os olhos com força.

Quando ele voltou a abri-los, viu Seth e Henry fazendo carinho no golden retriever de uma mulher. "Eu passei boa parte da minha vida lecionando no ensino médio, Wes. Eu vivi o suficiente para saber que 'como quiser' significa, basicamente, 'vai se ferrar.'"

"O que quer de mim, cara?"

"Que diga aos oficiais da penitenciária que August Schroeder, o cara que está cuidando de seus filhos, tem autorização para receber informações como se fosse um membro da família."

"Tudo bem. Certo."

August abriu a boca para falar alguma coisa sobre quando isso deveria acontecer, mas foi interrompido. Não por Wes. Pelo tom de discar.

9
ABERTO

August trancou o trailer, e os três e Woody atravessaram o estacionamento e pararam diante da cerca de pilares de concreto e estacas de madeira que protegia o mirante de Bryce Canyon. Só para animar as coisas, haviam guardado todos os itens móveis do trailer e partido em um passeio matinal pela longa estrada paralela ao cânion, parando em cada mirante.

Ali a altitude era maior que no acampamento. Quase três mil metros. August sentia a leve mudança na respiração.

Os pequenos cones de pinheiro cobriam a área, e Henry começou a recolhê-los e guardá-los em uma bolsa improvisada com a bainha da camiseta. August pensou em dizer a ele que pegar qualquer coisa contrariava as regras do parque. Depois de refletir sobre a importância dessa informação, desistiu. Quando voltassem ao trailer, talvez o incentivasse a escolher um e guardar só isso.

Um corvo quase do tamanho de um falcão pousou sobre um dos pilares de pedra, olhando para eles e crocitando. Seth olhava para o cânion como se estivesse hipnotizado. August tirou o celular do bolso e se surpreendeu ao ver que tinha sinal.

"Ei", disse aos meninos, "tenho sinal de celular aqui. Vou me afastar um pouco para dar um telefonema e quando eu voltar talvez a gente possa ligar para o pai de vocês."

"Tudo bem", respondeu Seth como se nem prestasse atenção.

"Vocês cuidam do Woody?"

"É claro." Seth estendeu a mão para a guia, mas não desviou os olhos do cânion.

"Harvey", disse August. "Que bom que te achei aí."

"Pensei que estivesse bravo comigo."

"Não, não pensou. Sabia que era só falta de sinal."

"Bem, mais ou menos. Talvez um pouco de cada. Alguma novidade sobre a sua situação?"

"Sim e não. Falei com o pessoal na prisão. Eles não me deram nenhuma informação. Então, quando conversei com Wes, pedi para ele me autorizar a ter as informações. Imediatamente. No mesmo dia. Ele não ficou muito satisfeito. Na verdade, desligou na minha cara. Mas, antes, disse que daria a autorização. Quando telefonei para a cadeia outra vez, ele não havia autorizado. Até ontem, pelo menos."

"Está surpreso?"

August levantou a cabeça e viu que o corvo o havia seguido. Ou outra ave parecida havia pousado ali perto. O pássaro o encarava com um olho preto e brilhante. August observou o estranho formato da parte de cima do enorme bico quando ele o abria e fechava para emitir sua estranha voz.

"Não, na verdade. Só não sei se devo considerar a possibilidade de ele ter esquecido. Ou se devo apenas deduzir que ele me enganou."

"Como se fizesse diferença."

"Bem, tem diferença."

"Não tem, August. As pessoas lembram o que querem lembrar e esquecem o que querem esquecer. Se disse a ele uma coisa que considera importante e ele a esqueceu, é porque enganou você."

"É. Acho que entendo o que quer dizer."

"Preciso falar com ele", August disse a Seth enquanto o menino esperava na linha para conversar com o pai.

"Tudo bem."

Um minuto passou antes de o menino voltar a falar.

"Pai! Legal. Você está aí. Escuta, estou no mirante olhando para Bryce Canyon. Vou tentar descrever o cenário para você. Mas... sabe de uma coisa? Ainda é difícil. As chaminés de fada têm listras. Faixas laterais. Não sei como explicar melhor. Como se a rocha fosse vermelha como um tijolo, mas ainda mais vermelha, mas com uma listra branca no meio. E até a parte vermelha parece ter listras. E algumas chaminés de fada estão em grupos, como se fossem uma enorme parede. E outras ficam sozinhas. Caramba. Não está adiantando, está? Aposto que ainda não consegue imaginar. Escuta, August precisa falar com você... não, ele disse que precisa falar com você."

August estendeu a mão para o telefone, e Seth o entregou. Depressa. Mas não o bastante. Quando ele levou o celular à orelha, não havia mais Wes na linha. Não havia mais ligação. Ele havia desligado.

"Hum", disse Seth. "Deve ter caído."

August olhou para a tela. Sinal quase cheio, como quando havia telefonado. "É, talvez", disse.

Henry dormiu no trajeto de volta ao acampamento. Seth passou os primeiros dois terços da viagem olhando pela janela.

"Há quanto tempo estamos em Bryce, August?"

"Cinco dias, acho."

"Ah."

"Por quê? Chega?"

"Bem, não sou eu que decido. É você quem diz quanto tempo passamos em um lugar. É seu trailer, seu dinheiro pagando o combustível e sua viagem."

"Mas o que você acha? Estou perguntando. Acha que é hora de seguirmos em frente?"

"Talvez. Sim, pode ser. Acho que, enquanto eu viver, vou conseguir ver as chaminés de fada quando fechar os olhos. Mesmo que nunca consiga encontrar um jeito de descrever as chaminés. Seria bem legal ir a um lugar onde houvesse reuniões."

"Reuniões."

"É. Você sabe. Se conseguir encontrar as que são abertas. As que não são só para alcoólatras. Para que lado vamos depois daqui? Qual é a próxima parada? Tem alguma reunião entre aqui e nossa próxima parada?"

"Existem reuniões em quase todos os lugares", disse August. "Quando sairmos daqui, vamos ter que andar muito antes de chegar a algum parque nacional dos bons, onde dê para parar e ficar por um tempo. Vamos atravessar Salt Lake City e outras áreas de Utah onde tem menos rochas e mais pessoas. Então, sim, deve ter alguma reunião no caminho."

"Então podemos ir quando você quiser", Seth anunciou.

"Escuta, quero conversar com você enquanto Henry está dormindo", disse August.

Estavam novamente no acampamento, e August preparava sanduíches de atum na bancada da cozinha para o almoço. Henry ainda dormia sentado e preso pelo cinto de segurança, e Woody estava no colo dele. As patas do cachorro tremiam, como se ele corresse no sonho.

"Tudo bem. O que foi?"

"Você vai ter que perguntar ao seu pai quando ele sai da cadeia. O dia exato."

"Você não sabe?"

"Pensei que soubesse, mas agora não tenho certeza."

"Não pode contar os dias desde que ele entrou? Aquela segunda-feira depois que saímos de casa?"

"Sim, eu posso. Mas quando pergunto, ele não me dá uma resposta clara. E uma vez ele até desligou o telefone na minha cara."

"Não deve ter sido de propósito, August. Seu celular deve ter ficado sem sinal."

"Eu estava falando sobre a ligação que fiz do telefone público."

"Ah."

"Achei que seria legal você perguntar. Ele pode achar melhor falar disso com você."

"Tudo bem."

Silêncio.

August terminou de fazer os três sanduíches e os colocou em pratos de papel sobre a mesa de refeições. Seth sentou-se na frente de um.

"E se ele for sair depois do que está pensando? O que vai acontecer com a gente?"

"Não sabemos se é isso", respondeu August. "Como dizem, vamos deixar para atravessar a ponte quando chegarmos lá."

"Tudo bem." Seth deu uma mordida no sanduíche.

August levantou a cabeça e viu Henry abrir os olhos. Não como se estivesse acordando. Mais como se tivesse decidido abri-los.

"Henry já dormiu", comentou August. "O que acha que devemos fazer?"

"Acho que ele pode ficar sozinho."

"Mesmo?"

"Vamos trancar tudo, não vamos? E Woody latiria como um doido se alguém tentasse entrar. Se abaixarmos as cortinas, ninguém vai ver que tem uma criança aqui dentro. Ele vai ficar bem, August."

"E eu tenho um sistema de alarme, além de tudo."

"E a gente ouviria se ele disparasse, certo? Vamos estar logo ali, não é?" Seth apontou para a janela do trailer e, do outro lado, para a porta aberta no local da reunião. A luz transbordava na rua e parecia convidativa. Acolhedora. "Vai ficar tudo bem, August."

"E se ele acordar e ficar assustado por estar sozinho?"

"Ele não vai ficar sozinho. Woody vai ficar aqui."

"Acha que isso conta?"

"Para Henry? É sério? Nada é mais importante que o Woody."

"Ah, olha, tem biscoitos. E café. Mas não beba."

"Eu não bebo café, August."

"Ótimo."

"Mas posso pegar os biscoitos?"

"Por que não?"

Mas Seth não se moveu.

Estavam parados na entrada da salinha de reuniões. Faltavam dez minutos para o horário de início, por isso havia só três pessoas ali. Quatro mesas dobráveis haviam sido reunidas para formarem uma grande mesa, e um homem de ombros largos e encorpado distribuía cadeiras empilháveis em volta dela.

"Meu pai não gosta quando como açúcar. Ele diz que depois eu falo demais."

"Tenho certeza de que o efeito vai passar até a próxima vez que o encontrar."

Seth sorriu e se afastou em direção aos biscoitos.

O homem, que tinha o tamanho de um *linebacker* da NFL, aproximou-se de August.

"Meu nome é Ray. Seja bem-vindo."

"August."

"Novato?"

"Visitante. A reunião é aberta, não é? Telefonei para a central e me informaram que aqui o grupo é só masculino, mas aberto."

"É isso mesmo, mas acho que seu filho vai ficar mais feliz na sala ao lado. Alguns frequentadores trazem os filhos porque não têm dinheiro para babá. Na outra sala tem televisão, revistas em quadrinhos, essas coisas."

"Obrigado, mas você não conhece Seth. Ele implorou para vir."

"Não acha que ele vai ficar entediado?"

"Como eu disse, você não o conhece."

August viu que Seth nem havia se aproximado da mesa de biscoitos, porque foi atraído por outra onde havia literatura do AA, material gratuito. Ele escolhia catálogos e revistas e guardava nos bolsos, que já estavam cheios.

O líder do grupo era um homem com o menor tempo de abstinência. Só cinco dias. De vez em quando, August olhava para Seth enquanto ouviam o relato daquele que havia jogado fora sete meses de sobriedade.

"Todo mundo pergunta onde eu estava com a cabeça", disse o homem, cujo nome era Greg. "E não dá para explicar. Porque também não sei. Não estava raciocinando. Não pensei no que ia fazer. Simplesmente aconteceu. Não estou dizendo que aconteceu sem minha participação, porque sei que sou responsável. Só não sei onde estava minha cabeça quando aquilo aconteceu. Não havia acontecido nada de ruim. Eu não estava comemorando nada. Estava com fome e meio irritado, e entrei naquele lugar para comer peixe com batatas. Achei que ficaria mais calmo com o estômago cheio, sabe? Eu me sentia um pouco nervoso. Não muito mais do que o habitual. E daí... não quero nem dizer que tive essa ideia. Não foi nem uma ideia. Só pedi uma cerveja porque achei que não me faria nenhum mal com o estômago cheio. De repente, duas cervejas e um prato de peixe com batatas pareciam ser um bom plano. Totalmente razoável. Tenho pensado naquilo e não sei como teria parado, porque é como se eu nem percebesse o que estava fazendo, até estar feito. Conversei muito com meu padrinho, sei como poderia ter evitado. Se tivesse seguido o programa e telefonado para ele todos os dias, como tinha que fazer, cumprido os passos e comparecido a mais reuniões, provavelmente não teria tido uma recaída. Mas quando entrei naquele lugar, nem vi acontecer. Sabia que havia pedido aquela primeira cerveja. E sabia que estava bebendo a cerveja. Só não via problema naquilo. E de repente era tarde da noite e eu precisava sair de lá e beber mais, e então ficou óbvio que não estava tudo bem. E eu simplesmente não conseguia entender como havia entrado naquele lugar para comer peixe com batatas sem saber disso. Nunca vou superar essa doença e como ela funciona."

Enquanto o homem contava sua experiência, Seth, que estava sentado na frente dele, cruzou os braços sobre a mesa e apoiou a cabeça neles. August deduziu que ele estava cansado, mesmo sendo só pouco mais de oito da noite.

Depois do relato, Ray falou: "Bem-vindo de volta, Greg. O principal é que agora você está aqui. Está de volta. Vou lhe dizer exatamente o que aconteceu. Tem um nome para essa coisa maluca que faz você beber sem entender por quê. É alcoolismo. A única doença que tenta convencer o portador de que ele não tem uma doença. A coisa mais sorrateira do planeta".

August se inclinou e cochichou no ouvido de Seth: "Ei, tudo bem, parceiro?".

Seth virou a cabeça e olhou para August. Parecia meio enjoado. "Sim, tudo bem."

"Tem certeza? Está com cara de enjoo."

"Estou bem."

Ray contava um sonho que havia tido alguns dias atrás, um sonho no qual ele bebia.

"E de repente eu despertei... no sonho, quero dizer. Não tinha acordado de verdade. No sonho, me dei conta de que estava sentado em um bar com um copo de uísque. E foi aquele mesmo sentimento. Aquela sensação de 'como é que isso aconteceu?'. Sei que é um sonho. Mas entrei e saí desse programa onze ou doze vezes antes de realmente me engajar. E, acreditem, aquilo foi realista. Foi exatamente como acontece na vida real. Não havia nenhum motivo específico para as recaídas, só o fato de eu ser um alcoólatra. Talvez fosse por eu ter vindo por minha esposa. Não era por mim. Eu ainda não havia chegado ao fundo do poço. Vim porque ela tinha chegado ao que achava que era o fundo do meu poço. Mas eu ainda não queria parar, e é assim que funciona."

Ray continuou falando, mas August estava olhando para Seth novamente. Imaginando se devia sugerir que voltassem ao trailer. August ergueu o corpo na cadeira e se inclinou para a direita, olhando pela janela para ver se estava tudo bem no trailer. Se havia algum movimento, alguma indicação de que Henry estava acordado. Mas não havia qualquer movimento.

"E o nosso visitante?", perguntou Ray. "E seu jovem amigo. Quer falar alguma coisa?"

Seth levantou a cabeça e olhou para August com uma expressão de pânico. "Eu tenho que falar?", perguntou o menino, com um sussurro tenso.

"Não, não tem. Você escolhe."

Ele suspirou aliviado, e seus ombros caíram.

"Boa noite. Meu nome é August e sou um alcoólatra. Venho de San Diego, Califórnia."

É claro que o grupo respondeu: "Oi, August".

Como fazem todos os grupos.

"Eu me identifiquei muito com esses relatos dos sonhos. Ainda sonho que estou bebendo. Duas, três vezes por mês, talvez. Os sonhos me apavoram, mas quase valem a pena pela sensação de alívio quando acordo e percebo que não bebi de verdade. Não joguei fora meu tempo de sobriedade.

"São sonhos um pouco diferentes dos que Ray descreveu, mas o fator de negação é o mesmo. O caráter sorrateiro da doença. Sonho que bebo algumas doses duas vezes por semana, mas não importa. Tudo bem. Não contei nada ao meu padrinho ou ao grupo, e não mudei a minha data de sobriedade. Porque não tem importância. Mas, no sonho, de repente percebo que é muito importante e que tenho que ser honesto. Mas não quero. Porém, àquela altura, não tenho opção. No grupo que frequento, tem um cara que tenta vender a ideia de que esses sonhos com bebida indicam que tem alguma coisa errada com seu programa. Já avisei que é melhor ele nunca mais me falar nada disso, porque discordo completamente. Sei bem por que tenho esses sonhos. Não é porque quero beber, é porque tenho medo da negação de que Ray estava falando. Tenho medo de ela me pegar quando estiver distraído. E esse medo se manifesta em meu sonho. Se quisesse beber, já teria bebido. Por alguma razão, estou sóbrio desde que cheguei ao grupo. Provavelmente, porque estava pronto para isso. Não vim por ninguém, vim por mim. Ninguém me disse que era hora. Eu decidi."

Normalmente ele teria falado mais, mas olhou para Seth e viu que o menino estava sentado ereto novamente e parecia ainda mais incomodado.

"Quer falar alguma coisa, Seth? Não é obrigado."

Seth balançou a cabeça depressa, um movimento apavorado.

"Está se sentindo bem? Quer voltar para o trailer e deitar?"

Seth assentiu, pálido e silencioso. August tirou a chave do bolso e a entregou a Seth, que saiu agitado.

August ouviu mais dois relatos, depois saiu da reunião antes do fim para verificar se Seth estava bem.

Ele encontrou Seth sentado no sofá, lendo o material que havia recolhido na reunião, ao lado de Henry, que dormia.

"Tudo bem, Seth?"

A resposta foi um suspiro.

Woody se movia em torno dos pés de August, que se abaixou e afagou as costas do cachorro.

"Não parece estar doente. Teve dor de cabeça, dor de estômago, alguma coisa assim?"

Seth negou balançando a cabeça. August sentou-se na beirada do sofá e passou um braço em torno dos ombros do menino. "Quer conversar?"

Seth começou a chorar. Enxugava as lágrimas com a manga da camisa, mas era inútil, elas continuavam caindo. "Merda. Odeio chorar. Ah, que ótimo. E agora também falei um palavrão. Desculpe, August."

"Não me incomodo com isso. Qual é o problema?"

"Eu sou muito idiota."

"Por que é idiota? Não acho que você é idiota. Por que acha que é idiota?"

"Pensei que na reunião eu poderia... não sei, encontrar alguma coisa para o meu pai. Descobrir o que funciona, o que faz as pessoas pararem de beber e... sabe... levar para ele. Mas não é assim que funciona. É, August?"

"Não. Não é."

"A pessoa precisa querer, e nem assim é garantido."

"Verdade."

"Você tem que estar preparado. E não pode nem ajudar outra pessoa a estar preparada. Cada um tem que se preparar. Então o que eu faço, August?"

August suspirou profundamente e puxou Seth para mais perto de si. "Não tenho ideia, Seth. Sinto muito."

"Você acha que meu pai é alcoólatra? Sei que não dá para saber olhando de fora, você sempre diz isso, e sei que a pessoa é alcoólatra se diz que é. Mas agora tenho a impressão de que está só fugindo da pergunta. Sei que não pode afirmar com certeza, mas estou perguntando o que você acha. E eu quero saber, August, de verdade. Quero saber o que você acha."

"Tudo bem, então. Eu falo. Acho que a maior parte das pessoas com três condenações por dirigir alcoolizado é alcoólatra. Porque a maioria que não é, os que apenas bebem demais... se são condenados duas vezes por dirigirem embriagados, podem fazer duas coisas: ou param de beber, ou param de dirigir quando bebem. Os únicos malucos que correm o risco da terceira condenação são os alcoólatras. Não conheço seu pai o suficiente para julgá-lo. Mas, com base no que acabei de falar, acho que sim, ele é alcoólatra. E tem mais um motivo para eu ter chegado a essa conclusão. Se não fosse, você não estaria perturbado como está agora."

Seth virou o rosto molhado para August, desistindo de tentar esconder as lágrimas. "E não tem nada que eu possa fazer?"

"Se houvesse, não seria o material de uma reunião do AA. Se existe alguma coisa que você pode fazer para ajudar, talvez seja contar com toda honestidade a sua experiência. Sentar com ele e explicar como o fato de ele beber te afeta."

"Acha que isso pode ajudar?"

"Não sei, Seth. Talvez sim, talvez não. Só sei que você tem o direito de falar. E que, provavelmente, menos que isso não vai ajudar em nada."

"Obrigado por dizer o que acha, August."

"Queria poder fazer mais."

"O problema não é seu."

Mas eu queria que fosse, August pensou. *Para poder fazer mais para resolvê-lo.* Mas ele não disse isso.

August decidiu que na manhã seguinte telefonaria para Harvey e pediria uma segunda opinião sobre seu plano de organizar uma intervenção para um cara que só conhecia porque teve que guinchar seu motor home até a oficina mecânica dele, e aceitar um conserto de graça.

Ah, sim. E por estar com os filhos dele.

10

QUATRO FALTAS

Quando August acordou, Henry e Woody olhavam pela janela do outro lado do trailer, as mãos e as patas apoiadas no vidro. Seth não estava por ali.

August levantou e se inclinou para o outro lado do trailer, apoiando uma das mãos no encosto do sofá. De lá, olhou para fora. Quando viu somente o acampamento vazio, olhou para Henry. "Bom dia, Henry. O que estamos olhando com tanto interesse?"

Henry olhou para ele e franziu a testa. Depois apontou para a janela. Seth havia acabado de aparecer em seu campo de visão, e ele falava pelo celular de August. Seu rosto estava tenso, fechado. O volume da voz expressava raiva, mas August não conseguia entender as palavras. Seth levantou a cabeça por um instante e viu os três olhando para ele. Em seguida, virou de costas e se afastou do trailer. August calçou as botas forradas de pele de carneiro, vestiu um casaco leve sobre o pijama e saiu pela porta dos fundos.

Quando chegou lá fora, Seth havia encerrado a ligação e guardado o celular no bolso, provavelmente. Ele recolhia pedrinhas, uma depois da outra, e as jogava com força contra o tronco do maior abeto do acampamento. August ouvia o barulho das pedras acertando o alvo. Uma pedra arrancou um pedaço da casca da árvore e caiu a trinta centímetros da base do tronco.

Seth olhou por cima do ombro. Com ar miserável, como se cada parte de sua vida fosse errada e August fosse a pior parte. Depois, o menino pegou outra pedra e a arremessou com força ainda maior.

"Seth", chamou August.

Nenhuma reação. Ele se aproximou das costas do menino. Os ombros de Seth pareciam mais altos e rígidos perto da nuca.

"Seth, dá um tempo para a pobre árvore. Por que não me conta o que está acontecendo? Aposto que a árvore não tem culpa."

Seth lançou mais um olhar sombrio na direção dele, depois pegou outra pedra. August se aproximou e segurou sua mão direita com firmeza. Ele largou a pedra e protestou com um ruído abafado. Tentou se soltar, debateu-se, e, por falta de um plano melhor, August abraçou o menino e o imobilizou. Era como tentar conter um felino selvagem de porte médio, mas ele insistia.

"Solta!", Seth gritou.

"Fale o que está acontecendo."

"Enquanto estiver me prendendo, não vou falar."

"Não estou te prendendo. Estou tentando te amparar. Estou tentando te abraçar, mas você se debate tanto que nem percebe."

Seth parou de se mexer. Toda a resistência desapareceu. August sentiu quando o menino parou de lutar. E quando começou a chorar baixinho.

August o levou até a mesa de piquenique e se sentou com ele em um dos bancos, ainda mantendo um braço em torno de seu corpo. Henry e Woody continuavam olhando pela janela. Era difícil dizer qual dos dois parecia mais preocupado. Finalmente, optou por um empate.

"Estava falando com seu pai?"

Seth respondeu com uma fungada. Depois moveu a cabeça contra o ombro de August num gesto afirmativo.

"Quer me contar a má notícia?"

Seth não respondeu de imediato. Um minuto depois, August sentiu que ele se preparava para falar. Um endireitar de ombros. Uma inspiração profunda. "Está tudo bem agora."

Era mentira, evidentemente. Mas August o soltou.

Seth olhou em volta como se um lenço fosse surgir do nada. Depois limpou o nariz na manga.

"Ele disse que estão tentando condená-lo por mais uma acusação. Talvez fique preso por mais noventa dias. Quando você voltar, no fim do verão, é possível que a sentença esteja só na metade."

August ficou quieto por um minuto, prestando atenção à respiração. Estava demorando para assimilar a notícia. Era como alguma coisa caindo em um poço no espaço, tão profundo que era quase sem fundo — mas havia um fundo. E quando a notícia chegou lá, August percebeu que uma parte dele sempre soubera disso. Disso ou de alguma coisa bem parecida.

"Quando vamos saber?"

"Não sei", respondeu Seth, "mas uma coisa posso dizer com certeza. Não precisamos mais perguntar a *ele*. Porque ele mente. Sempre tento me convencer de que pode ter sido um engano, mas a verdade é que ele mente, August. Por isso fiz ele chamar um guarda enquanto ainda estávamos falando pelo telefone. Ele disse ao guarda que queria falar com o responsável e autorizar o pessoal da prisão a dar as informações diretamente a você."

"Ah." August estava surpreso com o pensamento cauteloso de Seth. "Fez bem. Acha que ele autorizou mesmo?"

"É bom que tenha autorizado. Ele disse ao guarda que queria dar a autorização, então acho que sim. Não conta nada ao Henry. Isso vai acabar com ele."

August inclinou a cabeça na direção do trailer, mostrando que Henry continuava ajoelhado no sofá, olhando pela janela e acompanhando a cena. "Vai ter que dizer alguma coisa. Ele pode estar imaginando algo bem pior."

"O que vamos *fazer*, August? E se ele tiver que ficar preso até *dezembro*?" Seth praticamente cuspiu a palavra "dezembro", como se falasse de uma data num futuro décadas distante, quando ele e o irmão Henry estariam velhos e grisalhos.

"Hum. Não sei, parceiro. Preciso pensar. Acho melhor eu ligar para a prisão e descobrir a verdade antes de fazermos alguma coisa."

Seth ficou sentado e em silêncio por um momento, depois fungou e levantou-se.

"E quando terminar de conversar com Henry, comece a guardar as coisas para podermos seguir em frente. Quero pegar a estrada cedo. Vamos chegar a Yellowstone antes do anoitecer."

A mulher com quem August falou tinha uma voz aguda e fina. Uma voz de menininha, um tom que não cabia em um ambiente como o da penitenciária. Parecia indefesa. Mas essa observação não teria qualquer utilidade e, provavelmente, seria inconveniente.

Por isso ele deixou de lado essas considerações.

"Não sei o que quer dizer quando fala em 'tempo extra' de pena. Não existe tempo extra. O detento em questão foi julgado e condenado por um crime: dirigir bêbado."

"Ah", August respondeu confuso. "Então não existe outro processo em andamento."

"Não. Nenhum."

August olhou para a janela do trailer para ver se os meninos o observavam. Woody estava sentado no banco do passageiro na cabine, mas parecia estar mais interessado nos esquilos. Os meninos passavam pela janela andando de um lado para o outro, recolhendo e arrumando tudo.

August achou estranho que Wes tivesse apresentado a possibilidade de uma má notícia que nem existia. Alguma coisa ali não encaixava.

"Ei, espera", ele falou de repente. "Dirigir bêbado? Pensei que a pena fosse por emitir cheques sem fundos."

"Não, senhor. É por dirigir embriagado."

"Ah, bem, acho que não importa. Não agora, pelo menos. O que importa é saber quando ele sai, a data exata."

"Dia três de dezembro."

A notícia provocou um torpor que dominou todo o corpo de August. Quieto, ele sentiu o eco desse torpor como uma vibração que tocava uma parte dele de cada vez.

"Você disse que não havia pena adicional."

"Correto."

"Mas ele deveria sair em setembro."

"Não."

"Não?"

"Não, senhor. Não há nenhuma previsão de o detento sair em setembro."

"Ele foi condenado a..."

"Seis meses."

Mais um silêncio ensurdecedor. Apesar de ser um pensamento inútil, August se deu conta de que a mulher devia estar confusa com sua incapacidade de apreender informações simples. E devia estar ansiosa pelo fim da ligação.

"Ele foi condenado a seis meses desde o início?"

"Exatamente."

"Por dirigir embriagado?"

"Foi a quarta condenação."

"Entendi."

Mais um silêncio prolongado.

"Posso ajudar em mais alguma coisa?"

August percebeu que a voz dela havia ganhado uma nota mais profunda, mais adulta. Como se precisasse ser grande e forte para tirá-lo da linha.

"Hum, acho que não. E isso é... bem... não é negociável, é? É definitivo? Três de dezembro? Não vai mudar? Não tem redução por bom comportamento, nada disso?"

"Na quarta condenação? Não, senhor, ele vai cumprir até o último dia da pena."

"Tudo bem." Não estava tudo bem, mas não havia nada que aquela mulher pudesse fazer. "Obrigado."

August desligou e voltou ao trailer pela porta dos fundos. Woody o recebeu animado e, ao abrir a porta, ele tomou o cuidado de continuar olhando só para o cachorro. Percebeu que toda a movimentação havia cessado. Os meninos estavam quietos. Esperando.

Quando finalmente olhou para eles, August não precisou explicar que a notícia era ruim. Eles já sabiam. Aparentemente, a verdade estava ali, estampada em seus olhos. Disponível para quem quisesse vê-la.

"Só..." August parou. Não sabia exatamente o que dizer. "Só... não sei. Preciso de um tempo para pensar. Só preciso pensar um pouco em tudo isso."

"Nossa, olha para aquelas montanhas!", Seth gritou. Woody se assustou. "Nunca vi nada como aquilo em toda a minha vida! Parecem os Alpes! Isso é Yellowstone?"

A explosão rompeu o silêncio perplexo que havia imperado durante o dia todo.

"Ainda não", respondeu August. "Viemos do sul para atravessar o Parque Nacional Grand Teton. Queria ver esse lugar e achei que vocês também iam gostar dele."

"São as montanhas Grand Teton, então?"

"São."

"Nunca ouvi falar delas."

"Nunca as estudou na escola, nem viu uma foto?"

"Acho que não. São tão..."

Ele não conseguiu concluir o pensamento, mas August achava que sabia o que o menino queria dizer. As montanhas impressionavam pela altura, pelos picos estreitos que apontavam para o alto ou pareciam se dobrar um pouco. Eram autênticos picos de montanhas. Do tipo que é difícil imaginar que alguém tente escalar. Tinham veios de neve antiga, inclusive no verão. Elas eram um pouco parecidas com os Alpes que existiam na imaginação de August.

"Vamos parar e almoçar, depois podemos ver as montanhas", ele disse, estacionando em uma área de descanso próxima à margem de um lago. August preparou sanduíches de atum e Seth ficou do lado de fora olhando para as montanhas. August teve de chamá-lo para entrar e comer o sanduíche.

"Posso comer lá fora, August?"

"Sim, é claro."

Ele e Henry sentaram-se em lados opostos da mesa de refeições. August via as Grand Tetons pela janela. Henry também olhava para fora, mas August não sabia se ele observava as montanhas ou se vigiava o irmão que observava as montanhas. Ou as duas coisas.

Alguns minutos mais tarde, ainda com a boca cheia de atum, Henry falou: "Ele está pensando em escalar".

August ficou surpreso por ouvir tantas palavras do menino. "Como você sabe?", perguntou.

Henry deu de ombros.

"Não, é sério", August insistiu. "Estou curioso. Como consegue perceber?"

Mais um movimento com os ombros. "Eu sei, só isso."

August terminou de comer o sanduíche e saiu pela porta dos fundos, deixando Henry e Woody dentro do trailer. Queria continuar olhando tudo enquanto o garoto terminava de comer.

Parou ao lado de Seth, quase ombro a ombro, e o menino segurava o sanduíche praticamente intocado. Era como se nem notasse a presença de August.

"Pensando em escalar?"

Um silêncio breve.

"Ah, sim."

Os dois fitaram as montanhas em silêncio por mais alguns minutos.

"Coma seu sanduíche."

"Estou tentando pensar em palavras para contar como me sinto com tudo isso."

"Com as Tetons?"

"Sim, mas não só com elas. Com tudo isso. Tudo... sabe? Esses lugares. A natureza. Eu me sinto diferente. Mas não sei como explicar, não consigo encontrar as palavras."

"Algumas pessoas dizem que se sentem menores com tudo isso. Como se o mundo, que é tão, tão grande, as fizessem se sentir insignificantes."

"Não." Seth não elaborou de imediato. "Maior", explicou, depois de um tempo.

"Sério?"

"Mas só por dentro. No peito. Como se eu inspirasse e tivesse mais espaço que antes nos pulmões. Mas não são meus pulmões de verdade. Sinto que tem mais espaço dentro de mim do que costumava ter."

August refletiu. Tentou descobrir se esperava o verão com tanta ansiedade porque o verão tornava mais fácil respirar.

"É assim que você se sente, August?"

"Não sei bem. Mas acho que é um jeito tão bom quanto qualquer outro de descrever o sentimento."

"Estamos em Yellowstone", Seth falou com voz fraca quando pararam na vaga na área de acampamento. Era a primeira coisa que ele dizia em muitas horas.

Uma coisa que todo mundo já sabia. Mas que ninguém tinha falado antes. Porque ninguém falava desde que passaram pela entrada do parque.

"É, estamos", August confirmou.

Depois desligou o motor e os faróis do trailer. O acampamento mergulhou na escuridão. As árvores desapareceram, como as barracas e os trailers que as cercavam. Enquanto ficavam ali parados por um minuto, tudo foi recuperando a nitidez lentamente com a ajuda das luzes nas janelas de outros trailers e de uma fogueira.

"Queria muito vir aqui, não é, August?"

"Sim." Ele não gostava do rumo que a conversa poderia tomar, mas não sabia por quê.

"Então... isso é bom. Certo? Quero dizer... você chegou, finalmente. Isso é bom."

Ficaram em silêncio. August sentado ao volante, Seth no banco do passageiro, e Henry e Woody no sofá lá atrás. Por algum motivo, ninguém havia soltado o cinto de segurança. Como se a inércia fosse contagiosa.

"Não entendi bem a pergunta, Seth."

"Acho que quero saber... se agora se sente melhor."

August inspirou profundamente. Soltou o ar.

"Não. E acreditava realmente que ficaria bem aqui."

"Posso fazer uma pergunta, August?"

Ele fechou os olhos com força. Apertou o volante. "Ainda preciso de mais tempo para pensar nisso, Seth."

"Não, não é sobre isso. É sobre a garrafa de chá. Só pensei que... bem... estamos aqui. Era só isso? Tínhamos que chegar aqui? Vai deixar as cinzas em qualquer lugar, desde que seja dentro de Yellowstone? Ou elas têm que ficar em algum lugar muito especial em Yellowstone?"

"Não sei. Acho que pode ser em muitos lugares diferentes. Mas não pensei nisso. Ainda."

Como não pensei em por que achei que chegar aqui resolveria tudo, ele pensou. Permaneceu em silêncio.

"Quer pensar em lugares sozinho, August, ou quer nossa ajuda?"

Os três estavam sentados sobre um cobertor na frente da fogueira, e o brilho das chamas iluminava o rosto dos meninos. E o dele, August percebeu, mas não queria pensar nisso. Queria se sentir invisível.

August teve a nítida impressão de que Seth queria muito falar sobre o que fariam na segunda metade da pena do pai. E, como ele não podia abordar o assunto, a segunda opção era falar desesperadamente. Sobre tudo.

"Podem fazer sugestões, se quiserem. Pensei que saberia quando visse um bom lugar. Achei que sentiria que aquele era o lugar certo, sabe?"

"Mas ainda não viu nada? Ah, esquece. Foi uma pergunta idiota. Desculpe. Acabamos de chegar. E está escuro. Como pode ter visto alguma coisa? Desculpe, August. Sei que estou falando demais, mas não consigo parar."

"Tudo bem. Estamos todos meio descompensados."

"Obrigado. Posso entrar para pegar os marshmallows?"

"Pode, se quiser, mas o fogo vai ter que diminuir bem antes de conseguir assá-los. Do jeito que está agora, só vai servir para queimar os marshmallows."

"Posso fazer os espetos enquanto esperamos."

"Tudo bem."

Seth levantou e desapareceu. Woody correu atrás dele. Só para o caso de haver algum problema. Ou diversão.

August olhou para Henry. O menino devolveu o olhar sem qualquer reserva, com uma expressão que lembrava uma porta aberta convidando o visitante a entrar em sua casa. Ele abriu um sorrisinho que August conseguiu definir apenas como excruciante. O olhar o fez lembrar o último dia dos meninos em casa. O jeito como o pai os orientou para ficarem fora de seu caminho. Para não depositarem uma sobrecarga injusta sobre seus ombros com olhares como esse. August sorriu, apesar de tudo, e desviou o olhar rapidamente.

Perto da fogueira, Seth abaixou-se ao lado do irmão, afiando a ponta de um longo espeto com o canivete suíço de August. Os movimentos eram feitos no sentido da fogueira, para longe dele e de sua mão, como August havia ensinado.

August ouvia o ruído fraco do vento nas árvores e de algum tipo de inseto. E vozes distantes de outros campistas.

"O fogo!", August gritou de repente.

Até ele se assustou com o grito. Seth levou um susto tão grande que caiu para a frente e teve de se apoiar sobre uma das mãos para não cair no buraco da fogueira.

"Desculpe", disse August.

"Tudo bem. Eu só não estava esperando."

"Você se machucou?"

"Não, tudo bem. O que tem o fogo?"

"É aí que devo deixar a primeira porção de cinzas do Phillip. Na fogueira do nosso acampamento."

Seth ficou quieto por um tempo. August viu e sentiu seu olhar na luminosidade do fogo.

"No fogo?" A pergunta, que só foi feita depois de um tempo, expressava oposição.

"Sim. Por que não? Se estivesse aqui com a gente, ele estaria sentado onde estamos, curtindo a fogueira. É nossa primeira noite aqui, e ele teria adorado. Mas é muito tarde para sair por aí explorando o lugar. Por isso ele ficaria aqui olhando o fogo, celebrando o fato de estar aqui. Então decidi que a fogueira é o primeiro lugar onde vamos deixar parte de suas cinzas."

"Mas... August..."

"O quê?"

"Ele não estaria no fogo. Se estivesse aqui, estaria sentado ao lado da fogueira."

"Bem... isso é verdade. Mas não quero simplesmente jogar as cinzas no chão perto do fogo. Porque, nesse caso, vamos pisar em cima delas nas próximas duas semanas. E elas vão grudar na sola dos nossos sapatos. Isso não é bom. Como eu sugeri, ele será o fogo. Será parte dele."

"Mas... August..."

"Que é, Seth?"

"É fogo. Ninguém quer estar no fogo."

"Seth, ele já foi cremado."

"Ah. Bem, é verdade. Mesmo assim..."

August olhou novamente para Henry, que correspondeu ao olhar no mesmo instante.

"O que acha, Henry? Vamos salpicar um pouco das cinzas do Phillip na fogueira?"

Henry assentiu uma vez. Sem hesitação e sem demora.

"Vamos?", Seth estranhou. "Por quê?"

Henry deu de ombros. "Não sei", respondeu, com aquela vozinha de desenho animado. "Só acho bom."

August abaixou-se, um joelho apoiado sobre uma das pedras que cercavam a fogueira, e estendeu as duas mãos juntas com as palmas voltadas para cima.

"Quanto?", Seth perguntou.

Seu papel no procedimento o deixava nervoso, era evidente.

"Vai devagar. Eu digo quando for para parar."

As cinzas eram ásperas nas mãos de August. Como minúsculas pedrinhas. Afiadas, até. Quando o equivalente a mais ou menos um quarto de xícara de cinzas se acumulou em suas mãos, ele disse: "Pronto, chega".

E ficou ali abaixado, desconfortável, vendo Seth fechar a garrafa com a tampa. Henry esticou o pescoço de um jeito engraçado e olhou as cinzas nas mãos de August, quase como se esperasse algum tipo de movimento repentino nelas.

"Vamos falar alguma coisa?", Seth perguntou.

"Não sei. Não pensei nisso."

"Se for para falar, tem que ser você. Era seu filho, eu nem conhecia o Phillip."

"Vocês teriam gostado dele."

"Aposto que sim. Queria que ele estivesse aqui."

"É, eu também."

"E aí... vai dizer alguma coisa?"

"Não sei. Talvez não. Não sei o que dizer."

Estava atento a tudo que sentia desde que a garrafa saiu do porta-luvas. E não havia encontrado algo até agora.

"Posso dizer alguma coisa, então?"

"É claro."

"Era Phillip, certo?"

"Sim, Phillip."

"Phillip, a gente queria que você estivesse nessa viagem. Sei que não me conhece, mas sei que teria gostado de você, porque gosto muito do seu pai. E essa viagem teria sido muito mais legal com você aqui, porque ele não estaria tão triste. Mas espero que ele se sinta melhor depois que a gente despejar um pouco de você na fogueira. Ainda não tenho muita certeza sobre essa história do fogo, mas... bem... deixa pra lá."

August esperou um pouco para ver se ele havia terminado.

"Vamos fazer uma viagem muito legal por você", acrescentou Seth. "Sei que não é tão bom quanto você mesmo viajar. Mas é tudo que podemos fazer, e vamos nos esforçar para ser muito bom. Não vamos, Henry?"

Henry assentiu uma vez com firmeza.

"Pronto, acabei, August. Pode jogar as cinzas agora."

August se inclinou para a frente até sentir o desconforto do calor do fogo nas mãos. Só por um momento, não quis abri--las, mas o fogo começava a queimá-las. E não queria retirá-las dali sem antes cumprir a tarefa. Não queria falhar. Então, ele abriu as mãos e as sacudiu levemente.

O fogo dançou com o deslocamento de ar provocado pelo movimento. Depois... nada.

August não saberia dizer quanto tempo passou olhando para o fogo, imaginando o que esperava ver e por que não via. Na verdade, não fazia ideia do que esperava realmente. Qualquer coisa, menos nada. Não esperava que tudo continuasse perfeitamente inalterado.

August olhou para as mãos, ainda cobertas de cinzas. De repente, sentiu que não conseguia respirar. O peito estava comprimido, como se alguma coisa o pressionasse com muita força. Ele ficou em pé e sentiu uma leve tontura. "Preciso lavar as mãos", disse. As palavras saíram como um murmúrio incoerente.

Ele subiu a escada dos fundos do trailer e se trancou no banheiro pequenino. Deliberadamente, evitou os próprios olhos no espelho enquanto esfregava as mãos com o sabonete antisséptico. Enquanto as lavava, olhou para elas e viu que tremiam. A sensação no peito, aquele aperto, não diminuía. A respiração era ainda mais difícil. Quando as mãos ficaram completamente limpas, ele jogou água fria no rosto pensando que, de algum jeito, talvez isso ajudasse. Não ajudou. Ainda evitando o espelho, enxugou o rosto e as mãos e saiu do banheiro. Precisava sentar.

Empoleirado na beirada do sofá, apoiou a cabeça nas mãos. O enjoo ficou mais forte, e ele tentou empurrar a cabeça para baixo, entre os joelhos.

Alguns segundos depois, ouviu o barulho da porta de tela. Woody apareceu embaixo de seu rosto e lambeu seu nariz. August levantou o corpo com esforço.

"August!", Seth chamou. Mas a palavra soou distante, como se atravessasse um longo túnel antes de alcançá-lo. "Que foi? Está doente?"

"Não, estou bem."

"Não parece bem."

"Estou."

"Está mentindo para mim, August?"

Seth sentou-se no sofá ao lado dele, com um braço magro envolvendo suas costas.

"Sim. Acho que estou."

"O que aconteceu? Está passando mal?"

"Não, não é isso."

"O que é?"

August fez um tremendo esforço para respirar fundo.

"Eu só... eu não sei. Não sei como dizer. Queria chegar aqui. Você sabe. Por ele. Mas agora estou aqui. E não sei o que esperava resolver. Não resolveu nada. Nada mudou."

"Henry!", Seth gritou. "Você precisa vir aqui! August está triste! A gente precisa ajudar!" Seth o abraçou e ficou em pé para poder envolvê-lo melhor.

August sentia o cabelo do menino no rosto. Estava fazendo um esforço enorme para não chorar. Para não assustar os meninos. Não, essa era uma desculpa patética, percebeu. Sempre se esforçava para não chorar. Um dia ia ter de parar com isso. Outro dia. Não hoje.

Depois de um momento, August sentiu os braços de Henry no peito e o rosto do menino menor colado em seu ombro.

"Não fica triste, August", ele disse, com a voz de ratinho.

As lágrimas transbordaram. E correram por um bom tempo. Pelo tempo necessário. Até se esgotarem.

Os meninos continuaram colados nele.

Henry o segurava forte com um braço, e com a outra mão afagava o cabelo de August na parte de trás da cabeça. Quase como acariciava Woody. E ele não parava.

Depois de um tempo, August levantou um pouco os ombros.

"Acho que agora vou ficar bem", disse.

"Tem certeza?", Seth perguntou.

"Tão bem quanto estava antes, pelo menos."

"Certo", disse Seth, soltando-o. "Acho que é o bastante."

"Voltem para perto da fogueira. Aposto que o fogo já está perfeito para os marshmallows."

"Tudo bem, vamos assar um para você, August. Sei como gosta do seu."

E era verdade. Ele sabia.

August voltou ao banheiro e lavou o rosto. Lavou bem, por mais tempo que o necessário. Depois olhou para o espelho, e o que viu o assustou. Olhos inchados e vermelhos, e uma aparência completamente... destruída. Ele desviou o olhar rapidamente. A imagem no espelho o fazia sentir-se muito vulnerável. Bem, o espelho não tinha qualquer papel nisso. Estava *realmente* vulnerável. Só não se sentia preparado para enxergar toda a extensão dessa vulnerabilidade. Depois de enxugar o rosto, August foi se reunir aos meninos à beira da fogueira.

Ainda sentia as mãos tremendo. A pressão no peito tinha diminuído, mas agora se sentia esfolado, queimado por dentro. Não sabia se era igualmente ruim. Ou pior.

August se sentou de pernas cruzadas sobre o cobertor, e Seth entregou a ele um marshmallow perfeitamente tostado na ponta de um espeto. Tentou mordê-lo, mas ainda estava quente demais.

"Vou dizer o que vamos fazer."

Seth levantou depressa e derrubou um dos espetos.

"Agora?", perguntou.

August quase deu risada. Ou chorou de novo. Era difícil saber qual dos dois se adequava. A reação era típica de Seth. Sempre tropeçando nos próprios pés, tentando fazer o que as pessoas esperavam dele antes mesmo de elas terem tempo de dizer o que era.

"Não, agora não, Seth. No fim do verão."

Silêncio. Seth sentou-se novamente.

"Não posso ficar na casa de vocês. Tenho que voltar ao trabalho. Sendo assim, a única coisa que podemos fazer é irmos os três para minha casa em San Diego. Vai ser difícil, porque vocês vão ter que ir para uma escola nova, mas serão só alguns meses. Só até as férias de Natal. E isso é outra coisa. Não vou poder levá-los para casa antes do Natal. Sempre tenho muita coisa para fazer nos fins de semana. E isso é mais que duas semanas depois da data em que o pai de vocês vai sair da cadeia. Se ele quiser ir buscar vocês, tudo bem. Mas não tenho como levá-los antes."

O silêncio reinava. Era como se os meninos pensassem que podia haver mais.

"Tudo bem, meninos? Estão de acordo?"

"Bem? August, isso é ótimo!"

"Vai ser difícil. Mudar para uma nova escola, depois mudar de novo. E vão ter que ir de ônibus para a escola, ou eu deixo vocês lá quase uma hora antes do horário."

"Isso não é difícil. Isso é ótimo."

"Tem certeza?"

"Está brincando?"

August ouviu um barulhinho e olhou para Henry, que limpava o nariz na manga da blusa.

"Se é tão bom, por que o Henry está chorando?"

"Às vezes ele chora quando está feliz. Bem, não exatamente feliz. Quando acha que estava encrencado e descobre que está bem, seguro. Quando se sente... como é a palavra mesmo?"

"Aliviado?"

"Isso", confirmou Seth. "É isso."

August comeu o marshmallow, e eles ficaram sentados em silêncio por um tempo, olhando para as brasas do fogo que aos poucos ia morrendo. Depois de um tempo, Henry parou de fungar.

"Sabe o que é legal?", Seth perguntou.

August não sabia. Mas imaginava que tinha a ver com evitar um abrigo do estado para crianças.

"Não. O quê?"

"Agora é como se um pouco do Phillip estivesse na fumaça. Fico olhando para essa fumaça subindo para as estrelas e parte dela é ele. Achei isso legal."

"Isso é legal", August concordou.

"Então alguma coisa mudou. Pelo menos um pouco."

"Acho que tem razão."

11

EM UM BARRIL

August os acordou cedo na manhã seguinte. Ainda amanhecia. Queria que vissem alguns pontos turísticos antes da chegada da avalanche de visitantes.

Quando seguiram pela estrada vazia entre o Madison Campground e Old Faithful, havia luz suficiente para verem o vapor geotérmico que se erguia ao longe nos dois lados da estrada. A lua descia sobre uma cadeia de montanhas baixas, meio encoberta pela névoa.

"Ei!", Seth gritou, e Henry virou a cabeça para olhar. "Por que aquilo acontece, August?"

"Existem áreas geotermais em Yellowstone."

"Hum?"

"Vocês sabiam que existem gêiseres aqui, pelo menos?"

"Aquilo são gêiseres?"

"Sim. São."

Eles pararam em um estacionamento perto de uma rede de tábuas que se cruzavam sobre poças de lama borbulhante, fontes quentes, fumarolas e um pequeno gêiser. Era o terceiro veículo a parar ali, mas as pessoas que ocupavam os outros dois não estavam por perto.

"Woody pode ir?", Seth perguntou.

"Não. Lamento, mas não são permitidos cachorros nas passarelas de tábuas e nas trilhas do parque."

"Desculpa, Woody", disse Henry, e August viu pelo retrovisor quando o cachorro abaixou as orelhas.

Os três desceram do trailer para a manhã que ainda se iluminava. O chão sob as tábuas fumegava, encharcado do líquido quente que vinha de baixo da superfície. As árvores pareciam ter sobrevivido a um vulcão.

"Ei", Seth falou de novo, e Henry agarrou a mão de August. "É bem legal. Mas não é bonito. Parece um daqueles filmes sobre o fim do mundo. Como se fôssemos os únicos sobreviventes."

"É, acho que sim", concordou August. "Vi muitas fotos de Yellowstone. Aqui tem beleza, definitivamente. Mas essas áreas cheias de fontes geotermais são bem sinistras."

Eles pararam perto de uma poça de tinta e ficaram olhando. O meio da poça era de um azul-claro esverdeado com um vermelho enferrujado nas extremidades, erodidas como cantos de um mapa. O vapor que subia da poça quase obscurecia a visão, e eles ficaram olhando por mais tempo, esperando uma brisa ocasional dissipar o vapor e ajudá-los a enxergar. Henry segurou a mão de August com mais força.

"Eu devia ter prestado mais atenção às aulas de ciências", Seth comentou com tom fascinado.

Todo mundo devia prestar mais atenção às aulas de ciências, August pensou. Estava cansado de lecionar uma matéria com a qual ninguém parecia se importar muito.

"Você já sabia que dentro da Terra existe calor", ele falou.

"Eu sabia?"

"Imagino que sim. Sabe sobre os vulcões, não?"

"Ah. Sim. Mas isso não é lava."

"Não, mas tudo faz parte do mesmo sistema superaquecido."

"Nunca imaginei que tudo isso acontecesse embaixo da terra. Nunca mais vou olhar para o chão do mesmo jeito. É como se o planeta estivesse vivo."

"O planeta *está* vivo. Não é 'como se estivesse'."

"Sempre pensei que as coisas vivas crescessem nele, mas... vai explicar para nós por que ele faz tudo isso, August?"

Ele sentiu o suspiro profundo se formando em seu peito, depois ouviu o ar saindo pelas narinas.

"Tenho certeza de que as explicações estão no guia", disse.

Seth olhou para ele como se estivesse magoado, mas ficou quieto. Os três continuaram andando, contornaram uma curva na passarela onde um pequeno gêiser cuspia água alguns metros para cima, quase impossível de distinguir das colunas e dos rolos de fumaça no amanhecer. Dois casais haviam montado uma câmera em um tripé e aplaudiam o gêiser. Sem discutir, eles seguiram em frente em busca de um lugar onde não houvesse mais ninguém. Seria a última chance do dia. Logo os grandes grupos começariam a chegar.

"Mas você é *professor de ciências*", Seth resmungou com tom de queixa. "E cada vez que faço uma pergunta sobre ciências você manda eu olhar o guia."

August ponderou. "Eu sei. Desculpa. É que faço isso o ano inteiro. Fico meio esgotado." *Bem*, ele pensou, *eu não fico esgotado. Fiquei esgotado há anos e ainda não me recuperei.*

"Você nem parece *gostar* de ciências."

"Eu gostava."

"Mas agora não gosta."

"Acho que só estou cansado do que faço."

Contornaram a passarela de volta ao estacionamento. Aves pretas pousaram nas árvores esqueléticas, depois alçaram voo.

"Gosta de dar aula para crianças?"

"Bem, não são bem crianças. É ensino médio, os alunos estão mais para adolescentes cansados."

"Mas você gosta deles?"

August deu mais alguns passos enquanto pensava se deveria mentir. "Eu gostava."

"E do que gosta agora?" A voz de Seth sugeria irritação.

August pensou por um longo instante, esperando encontrar uma resposta mais nobre. Contou a verdade.

"Do verão."

Estavam sentados em um banco duro, sem encosto, vendo o vapor que subia do Old Faithful. Esperando o gêiser explodir. Algumas dúzias de pessoas esperavam com eles, mas havia muitos bancos, e não sentiam que o lugar estava muito cheio.

"Queria ter alguma coisa para fazer enquanto esperamos", disse Seth casualmente.

August encheu os pulmões preparando o suspiro, mas achou que estava suspirando demais.

"Aula rápida de ciências?", sugeriu.

"Oba!" Os dois meninos gritaram ao mesmo tempo, e olharam para ele cheios de expectativa.

August pensou se o trabalho seria diferente caso os alunos olhassem para ele com aquela mesma expressão. E se esses dois meninos teriam o mesmo interesse por uma aula de ciências se estivessem no colégio.

Talvez o problema fosse a escola. Talvez todo mundo quisesse uma aula de ciências se o cenário fosse uma das maiores maravilhas geotérmicas do mundo. Talvez tivessem removido toda a relevância da informação transmitida aos alunos, por isso eles nem imaginavam por que deveriam se interessar. Talvez não fosse culpa das crianças. Talvez a escola tivesse cometido o primeiro erro.

"Vou começar pelos gêiseres", August avisou. "São muito parecidos com as fontes quentes que vimos antes, porém menos abertos. Eles têm aberturas muito estreitas. Assim o calor não consegue escapar. Fica engarrafado. E tem a pressão criada pela rocha e a água sobre todo esse calor. As bolhas se formam e ficam presas até estarem grandes e fortes o suficiente para levantarem a água sobre elas. É um jato. O jato remove a pressão do sistema, e aí aparece aquele borbulhar violento. E o vapor extra que ele cria empurra a água para cima e para fora pela abertura estreita."

August explicou os terraços, as poças de lama e as poças de tinta, meio consciente de que as crianças, uma de cada lado, haviam ficado silenciosas e se inclinavam um pouco para ouvi-lo. Pouco antes de começar a aula, August lembrou vagamente do que um dia havia gostado em ciências. E viu no rosto dos meninos o que antes o encantava em lecionar para crianças.

Mas o pensamento foi interrompido pelo Old Faithful, como esperavam que acontecesse. Todo mundo gritou e aplaudiu, e nesse momento August era só mais uma pessoa contente por ver a erupção, feliz por ela fazer o que sempre fazia. Naquele momento não tinha importância se sabia mais sobre o processo geológico do que as pessoas à sua volta. Todo mundo gosta de um bom gêiser.

Quando visitantes e gêiseres se acalmaram, Seth perguntou: "Se Phillip estivesse aqui, ele ia querer uma aula de ciências?".

"Ele não ia precisar de uma. Phillip sabia quase tanto quanto eu. Era um gênio das ciências. Quase um nerd, e não estou usando essa palavra no sentido negativo."

Os três se levantaram e começaram a longa caminhada em meio à teia de grandes vagas para estacionamento rumo ao trailer.

"Ele gostava porque você gostava", respondeu Seth. Não era uma pergunta.

"Talvez. Ou está no sangue da família."

Henry levantou a cabeça e olhou para August quase como se tivesse uma opinião. Mas, se tinha, não a divulgou.

"É, acho que você tem razão. Ele gostava porque se espelhava em mim. E porque era um interesse que tínhamos em comum. Algo que podíamos compartilhar."

"Hum. Então aposto que você gostava muito mais de ciências antes de ele morrer."

August não falou nada.

"August! Búfalos!"

Instintivamente, August pisou no freio e olhou pelo retrovisor para acompanhar a aproximação do veículo atrás deles. Desviou para o acostamento, como fazia a maioria dos automóveis naquele trecho da estrada. Eram tantos veículos quanto o acostamento comportava. Os outros paravam em situação irregular na estrada.

"São bisões, na verdade", August explicou ao parar.

"Qual é a diferença?"

"Você não é o primeiro a confundir os dois. Mas tem, sim, uma diferença."

August olhou pela janela aberta do lado de Seth. Os animais pastavam em um amplo campo verdejante, com uma cadeia de montanhas ao fundo. O céu era perfeitamente limpo, sem nuvens, quase azul-marinho nas beiradas. Um rio estreito serpenteava pelo campo. Os animais pareciam meio bobos vistos de perto, com ombros e pescoço enormes e cobertos ainda pelos últimos resquícios da densa pelagem de inverno, e com os quadris pequeninos, como se as duas extremidades dos animais tivessem sido unidas num encaixe acidental e errado. August pensou por um instante em como seria o parto de uma fêmea de bisão.

Ele olhou para trás, para Henry, e o viu sem o cinto de segurança, ajoelhado no sofá e olhando pela janela. Woody estava ao lado dele, as patas dianteiras apoiadas no encosto, rosnando baixinho para o bisão. Seth pegou a câmera de August e começou a tirar fotos com o zoom no alcance máximo.

"Dá para ver os bichos direitinho pela câmera." E uns doze cliques mais tarde: "Posso descer e chegar mais perto deles?".

"Não! De jeito nenhum, Seth. Eles podem ser perigosos. São animais enormes. Não vai querer chegar perto deles."

"Ah. Que pena. Vou ter que me contentar com o zoom."

Seth tirou mais umas dez fotos, deixou a câmera sobre as pernas e passou mais um tempo só olhando para fora.

August observava o perfil do menino. Parecia calmo. Quase em êxtase, mas estranhamente calmo. Para Seth.

"Fico feliz por terem visto os bisões", August comentou.

"Espero que não seja um problema, mas eu tirei umas trinta fotos com a sua máquina."

"Tudo bem, Seth. Fotos digitais não custam nada."

"Mal posso esperar para mostrar para os garotos na escola. Ah. Espera. Esqueci. Só vou ver os garotos depois do Natal. Bom, tudo bem, acho. Posso mostrar as fotos no ano que vem. Eles vão saber que eu vi tudo isso. Só vai demorar um pouco mais."

Ficaram em silêncio por um momento. Aquela dor longa e cortante voltou a rasgar o peito de August.

Quase ao mesmo tempo, Seth falou: "Phillip devia ter visto os bisões".

"Teria sido legal", concordou August.

"Devíamos deixar um pouco das cinzas dele aqui. Bem onde paramos para ver os bichos."

August olhou em volta. Pelo para-brisa, pela janela lateral. Pelo retrovisor. Havia muitos carros parados. Muitos turistas olhando os bisões.

"Não sei. Gosto da ideia, mas tem muita gente em volta."

"Posso jogar um punhado pela janela, ninguém vai saber. É só você despejar um pouco das cinzas na minha mão. Eu ponho ela para fora, você começa a andar com o trailer, e eu abro a mão. Ninguém vai nem notar. E, se alguém perceber, vai pensar que é só resto de cigarro, qualquer coisa assim."

August pensou um pouco na sugestão. Abriu o porta-luvas e pegou a garrafa. Removeu a tampa lentamente. Encheu a tampa com cinzas e as despejou na mão aberta de Seth. Depois fechou a garrafa e a deixou no compartimento da porta. Perto do joelho esquerdo. Tinha a sensação de que a pegaria muitas vezes ao longo do trajeto.

"Já viram o suficiente?"

"Só mais um pouquinho, August, por favor. Aqui é tudo tão bonito!"

Ficaram em silêncio por mais dois ou três minutos, Seth com a mão direita fechada segurando sua grande responsabilidade.

O menino suspirou. "Tudo bem. Acho que agora podemos ir ver coisas maiores."

"Henry, prenda o cinto de segurança."

August olhou para trás e descobriu que Henry já estava em seu lugar com o cinto afivelado.

Seth pôs a mão direita para fora quando August voltou à estrada. Um momento depois, colocou a mão para dentro novamente. August nem viu as cinzas serem despejadas. Sentia-se enganado, de algum jeito. Queria ter visto as cinzas se espalhando.

"Tem lenço umedecido no porta-luvas", ele disse a Seth.

"Pensei que não pudesse mexer no porta-luvas."

"Seth..." Antes que pudesse concluir a frase, ele virou e viu que o menino sorria, satisfeito com a... bem, não era exatamente uma piada, mas August não conseguiu encontrar um nome melhor. "Engraçadinho. Você é muito engraçadinho."

Mas August estranhou, porque Seth não era engraçado. Nunca havia sido, pelo menos.

Na manhã seguinte, eles seguiram pela estrada do parque ao longo do lago Yellowstone. Iam em direção ao cânion e suas cachoeiras. O céu começava a clarear. Haviam saído do acampamento cedo na esperança de serem os primeiros a chegar no mirante sobre as cachoeiras mais altas. Mas August sabia que essa era uma batalha perdida.

"O lago é grande", disse Seth, e assobiou baixo entre os dentes. "Cara. É o maior lago que eu já vi."

A estrada ficava perto da linha d'água e quase no mesmo nível.

"Que outros lagos já viu?"

August virou a tempo de ver o rosto de Seth ficar vermelho.

"Nunca tinha visto um lago", ele respondeu. "Nenhum lago. Acho que não expliquei bem."

"Sério? Nunca tinha visto um lago?"

"O lugar onde a gente mora é tipo um deserto."

"Verdade, é tipo um deserto."

"Vi lagos em livros. Sabe? E em filmes. E na tv..."

Antes que August pudesse responder, Henry surpreendeu os dois com um grito agudo.

"Para!"

"Que foi, Henry? O que aconteceu?"

"Nada? Só quero parar aqui."

August encontrou um lugar seguro para estacionar.

"Precisa ir ao banheiro?"

"Não."

"Por que quis parar, então?"

"A garrafa."

August olhou para Seth, que deu de ombros.

"Que garrafa, parceiro?"

"A garrafa Phillip."

August piscou algumas vezes, mas pegou a garrafa de chá do compartimento da porta. Abriu o cinto de segurança e entregou a garrafa a Henry, que já havia se soltado e estava em pé.

Henry estendeu as duas mãos juntas, com as palmas voltadas para cima. "Põe só um pouquinho", pediu.

August abriu a garrafa e despejou uma pequena porção de cinzas nas mãozinhas abertas. O menino fechou as mãos.

"Espera, vou abrir a porta."

August abriu a porta dos fundos e Henry desceu os degraus com cuidado. August o seguiu para o amanhecer surpreendentemente gelado. Henry chegou à margem estreita na beira do lago e tirou os tênis, pisando em um calcanhar de cada vez.

"Vou te ajudar com as meias", avisou August.

Henry levantou um pé de cada vez para deixar August tirar as meias. Em seguida, August enrolou as pernas da calça jeans, levantando-as tanto quanto era possível pelas pernas magras.

O garoto entrou no lago e andou até ensopar as pernas enroladas da calça. Se a água estava fria, e é bem provável que estivesse, ele não demonstrou.

August ouviu um barulho e olhou para trás. Seth havia saído do trailer para olhar o que acontecia. Ele segurava a coleira de Woody, que também parecia atento aos movimentos do menino mais novo no lago.

Henry girou três vezes com os braços esticados para a frente, as mãos ainda fechadas em torno das cinzas. Era como se tivesse a intenção de arremessá-las no lago. Ele parou e levantou as mãos, como se alguém pudesse vir do alto pegar as cinzas. August esperava que ele abrisse as mãos e as soltasse, para que caíssem em cima dele, não no lago. Mas, de repente, Henry mergulhou as mãos na água. Quando as tirou de lá, elas estavam abertas e afastadas. Henry olhou para elas por um momento, como se avaliasse o que havia restado. August viu uma camada opaca de cinzas na superfície da água, entre as pernas encharcadas de Henry. O menino voltou à margem.

"Tudo bem", ele disse ao passar pelos dois.

August pegou os sapatos e as meias de Henry e o seguiu para o interior do trailer. Seth e Woody também entraram.

"Não quer trocar a calça antes de seguirmos em frente?", August perguntou.

"Não. Tudo bem."

"Quer lavar as mãos?"

"Não."

Henry voltou ao seu lugar no sofá e prendeu o cinto de segurança. Woody, livre da coleira, pulou em seu colo.

August voltou ao volante e esperou Seth colocar o cinto. Ele olhou para Henry, que encarava as mãos abertas. August abriu o porta-luvas, pegou a embalagem de lenços umedecidos que mantinha à mão para limpar as patas enlameadas de Woody e ofereceu ao menino. "Para limpar as mãos", explicou.

Henry balançou a cabeça. "Não." A voz fininha de rato. "Tudo bem. Ele pode ficar."

August pensou na resposta por um instante, antes de guardar novamente os lenços no porta-luvas. Ligou o motor e eles seguiram pela estrada que acompanhava o desenho do vasto lago nas montanhas, com o céu começando a colorir.

"Hoje é quarta-feira", disse enquanto dirigia. "Podem ligar para o pai de vocês."

Nada. Silêncio absoluto.

August espiou Seth, que olhava pela janela como se nem tivesse escutado. "Vocês *querem* falar com seu pai. Não querem?"

Nenhuma resposta imediata. Depois de um tempo, Seth falou: "Não, na verdade". Em voz baixa. Como se, de repente, tivesse acabado aquela energia aparentemente infinita.

August olhou para Henry pelo retrovisor. Os olhares se encontraram quando, instintivamente, o menino sentiu e retribuiu o olhar de August.

"E você, Henry? Quer falar com seu pai hoje?"

Ele balançou a cabeça numa resposta negativa.

"Ah, não", Seth falou quando eles pararam no estacionamento para começarem a trilha curta para o mirante das Cachoeiras Upper Yosemite. "Já tem gente lá."

Eles eram o sexto veículo a parar no local.

"Eu esperava que tivesse."

"Mas vamos subir do mesmo jeito, não vamos?"

"Sim. É claro que sim. Já estamos aqui. Vamos lá."

Eles saíram do trailer para enfrentar o friozinho do início da manhã.

"Uau", disse Seth. "Deve ser uma cachoeira forte. Já consigo ouvir o barulho!"

August segurou a mão de Henry enquanto andavam rumo à cachoeira, embora não soubesse por quê. Era impossível perdê-lo a caminho do mirante, e a plataforma era cercada. Sabiam disso, depois de terem estado em outros mirantes. Portanto, seria muito difícil perdê-lo, mesmo lá em cima. Mas August segurou a mão dele obedecendo ao instinto e ficou surpreso quando Henry correspondeu ao gesto.

Enquanto andavam de mãos dadas, August pensou nas cinzas nas mãos do menino, e se sentiu confortável. Não sentia medo, como esperava antes. Pela primeira vez, August entendeu por que Henry havia recusado a sugestão de lavar as mãos depois de ter segurado as cinzas.

Ficaram os três juntos no mirante, tão afastados dos outros turistas quanto era possível, com o estrondo da cachoeira praticamente impossibilitando a comunicação. Henry se inclinou para a frente, pressionando barriga e peito contra as pedras que formavam a beirada da plataforma, com a cabeça embaixo da grade de proteção, mesmo que elas estivessem molhadas da névoa da cachoeira. August parou perto dele e segurou o cós do jeans do menino, por nenhuma razão específica além de se sentir mais seguro.

A água caía como um véu, e August sentiu que conseguia enxergar através dele. Via a profundidade esverdeada, a força da água que caía cortando o ar, sem algo que a sustentasse.

Agarrado à grade, Seth passou vários minutos olhando para a cachoeira e então tirou uma foto com a câmera descartável. Puxou a jaqueta de August, que se inclinou para ouvi-lo melhor. "Vamos!", Seth gritou em seu ouvido.

August teve de puxar Henry pela calça para chamar sua atenção, mas logo eles voltavam juntos pelo caminho curto e inclinado para o estacionamento.

"Foi uma decepção", declarou Seth.

"Sério? Eu achei a cachoeira linda."

"Não foi por isso. Queria ter podido deixar um pouco das cinzas lá, jogar na cachoeira. Mas tinha muita gente."

"Podemos voltar amanhã mais cedo. Dá para acordar às quatro e chegar aqui antes do amanhecer."

"Mas talvez a gente faça tudo isso e alguém pode querer fazer a mesma coisa."

"Talvez. Mas que opções nós temos?"

"Subir o rio. Não tem outro lugar mais para acima?"

"*Para cima*", August falou sem pensar. E se arrependeu de ter corrigido o garoto. "Não gosto desse plano. Poucas coisas são mais perigosas que um rio de correnteza forte acima de uma cachoeira. Muita gente morre desse jeito nos parques nacionais. As pessoas caem no rio e são levadas para as cachoeiras pela corrente."

"Tem que ter um lugar onde a gente possa ir e tomar cuidado."

"Não sei, Seth. Acho que a melhor maneira de tomar cuidado é não ir."

Eles voltaram em silêncio ao trailer. Woody estava sentado no banco do motorista e os observava pela janela quando chegaram, o corpo todo balançante com a euforia.

Quando todos afivelaram os cintos de segurança, August olhou para Seth. O menino parecia contrariado, com a expressão carrancuda. "Qual é o problema, Seth?"

"Sei que acha que não sou muito cuidadoso, August. Mas, às vezes, acho que você é cuidadoso *demais*."

"Não fale como se isso fosse uma coisa ruim."

"Pode ser."

"Mantém as pessoas seguras."

"Nem sempre. Todo mundo anda por aí perdendo as melhores coisas por não querer que nada de ruim aconteça. Mas, quando uma coisa ruim tem que acontecer, simplesmente acontece. De qualquer jeito. Por mais que você tome cuidado."

"Não é verdade", August protestou, sem ligar o motor. "Existem coisas ruins que você pode impedir sendo cuidadoso e outras que não podemos impedir. Muita gente se mete em confusão que poderia ter evitado se tivesse mais cuidado."

"Mas não cuidado demais", Seth insistiu, visivelmente irritado. "Só tomando o cuidado necessário. Acho que devemos continuar rio para acima... cima. E tomar o cuidado necessário."

August ficou quieto por um instante, considerou a própria resistência, depois suspirou. "Talvez tenha razão. Talvez a gente deva continuar subindo o rio e tomar cuidado. Posso estar mesmo exagerando na cautela."

"É claro que está", declarou Seth. Em seguida olhou rapidamente para August. "Hum... Obrigado. Era isso que eu queria dizer. Obrigado."

"Eu imaginei que fosse isso", respondeu August.

"Ah, esse lugar é demais!", Seth gritou quando o rio apareceu entre as árvores.

Mas August não gostava nada do que via. Porque ali não havia grade de proteção. Só um rio caudaloso.

"Posso subir naquela pedra grande?", Seth continuou.

Ele apontava para uma rocha com o comprimento de um ônibus escolar e uma largura três vezes maior, bem na beirada da corredeira, com a água formando correntes e redemoinhos em torno de sua base.

"Mas tem lugares sem pedras. Você pode ficar na beirada do rio. Não seria mais seguro?"

"Não sei, August. Acho que, se eu ficar em um lugar seguro e jogar as cinzas, elas vão cair na margem do rio. E não quero ter que me debruçar sobre a água. Olha a superfície daquela pedra, é quase plana. E é mais do lado do rio. Se eu escorregar ao subir, só posso cair para trás, em direção oposta à água."

"Não gosto disso", August anunciou.

Mas estavam caminhando em direção à pedra.

"Tenho uma ideia, August. Eu deito de bruços e vou me arrastando pela pedra até conseguir estender os braços sobre a água. Meu corpo todo vai ficar em cima da rocha. Não vou cair, não tem jeito. Isso nem é possível."

"Com uma condição", disse August. "Eu subo com você e te seguro pelo cós do jeans."

"August, é impossível cair daquela pedra."

"Mesmo assim."

"Mesmo assim o quê? Bem, tudo bem. Acho que isso significa que vai me segurar pela cintura da calça."

August levantou Henry pela cintura e o colocou em cima da pedra, que era muito mais baixa do lado da margem.

"Prometa que vai ficar aqui e não vai mover um músculo."

"Prometo, August", respondeu Henry.

"Porque este lugar é perigoso para você andar sozinho."

Henry pôs a mão sobre o coração. "Prometo uma, duas, três vezes", disse.

"Bom menino. Tudo bem, Seth, podemos ir."

Eles foram escalando a rocha bem devagar, com Seth na frente, e tudo parecia bem seguro. Até chegarem perto da beirada e August conseguir ver o rio lá embaixo, mas a rocha era tão larga que não dava nem para olhar para baixo pelas laterais. Era realmente seguro. O cérebro dizia que sim. Mas o coração começou a bater mais depressa.

"August, me dá a garrafa."

Foi uma surpresa ouvir o pedido, porque significava que o menino já estava na beirada da pedra. Instintivamente, August estendeu um braço e segurou o cós da calça jeans de Seth, enganchando o polegar em um passante. Ele olhou para trás e viu que Henry não havia se mexido. Com a mão livre, pegou a garrafa plástica no bolso da jaqueta e a entregou a Seth. Olhou novamente para o rio de águas rápidas e teve um mau pressentimento. Uma sensação que dizia que aquilo era um erro. Que estava prestes a fazer uma coisa que sabia que não deveria fazer.

Nesse exato momento, Seth deixou escapar uma exclamação de espanto seguida de: "Ai, *merda!*".

August o puxou pela calça, o trouxe de volta e os dois rolaram alguns metros em direção à margem, depois pararam meio enroscados um no outro. O coração de August batia acelerado como se pudesse saltar do peito, e ele agarrou a camisa de Seth para ter certeza de que ele não se soltaria, de que não conseguiria fugir.

"O que aconteceu, Seth?"

Seth olhou para as próprias mãos e ficou em silêncio. August também olhou para as mãos dele. Estavam vazias.

"Eu deixei cair, August."

Ele respirou fundo pela primeira vez em muito tempo. "Ai, Seth. É só isso? Quase me matou de susto."

"August. Eu deixei cair. Derrubei a garrafa do Phillip. Acabou."

"E daí? O plano era deixar as cinzas no rio. E foi o que você fez."

"Mas não a garrafa inteira. Você queria deixar as cinzas em outros lugares."

"Bem, agora elas estão descendo o rio. Portanto, ele vai estar em muitos outros lugares, não? Lugares que nunca teríamos pensado. Agora ele está fazendo um grande passeio por Yellowstone."

"Só está falando isso para me fazer sentir melhor."

"Não, não é isso, Seth. Vem, vamos descer daqui. Vamos buscar seu irmão."

Seth olhou pela janela com ar triste durante a maior parte da viagem de volta ao acampamento. Finalmente ele falou.

"Você estava certo, August. Desculpe."

"Sobre o que eu estava certo?"

"Você disse que não devíamos ir lá. Que era muito perigoso. Você disse que alguma coisa ruim podia acontecer. E estava certo. A culpa é toda minha."

"Seth, não aconteceu nada de ruim. Estamos todos bem. Era uma garrafa plástica. E dentro dela tinha meia xícara das cinzas do meu filho, o restante está em casa. Quando ouvi você gritar, pensei que estivesse caindo. Era uma *garrafa*, Seth. Você é um ser vivo. Quando falei que alguma coisa ruim poderia acontecer, estava pensando em *você*. Não na garrafa. Você está bem, então não aconteceu nada de ruim."

"Você só está dizendo essas coisas para eu me sentir melhor."

"Seth, supere."

O menino olhou para ele com uma expressão fulminante. "As pessoas me falam isso o tempo todo. E eu nem sei do que estão falando."

"Eu entendo", August respondeu. "Desculpe."

Naquela noite, quando cada um estava em sua cama, August olhava para o teto. Depois de um tempo, ouviu a respiração profunda de Henry, quase um esboço de ronco. Mas Seth ainda estava acordado.

"August?", Seth chamou depois de um tempo.

E August não se surpreendeu. "Que foi, Seth?"

"Se não quiser mais levar a gente com você para San Diego, eu entendo."

"Ai, Seth, queria que você parasse de falar essas coisas."

"Por quê?"

"Porque... é claro que vou levar vocês comigo. Eu nunca mudaria de ideia só porque, sem querer, você derrubou alguma coisa."

"Mas você avisou que não era seguro."

August suspirou. Tinha um muro dentro de Seth, e ele havia batido nesse muro outra vez. Nunca conseguia contorná-lo, passar por cima ou por baixo dele. E não via nessa muralha qualquer rachadura. Por mais que aconselhasse o menino a não ser tão duro consigo mesmo, era a mesma coisa que falar com o vento.

"Vou te contar uma história sobre o Phillip", ele disse.

"Ok."

"Ele adorava adrenalina. Lembro uma vez quando vimos um documentário sobre pessoas que desceram as Cataratas do Niágara em um barril. No começo era como uma missão suicida. Nos primeiros dias dos barris. Mas, recentemente, eles se tornaram mais resistentes. De qualquer maneira, muita gente ainda morre. Essa é uma das coisas mais perigosas que uma pessoa pode fazer."

"Não diga que ele queria tentar."

"Sim e não. Acho que ele sabia que não era uma boa ideia tentar. Mas era fascinado por isso. Sei que ele não teria hesitado, se pudesse, de algum jeito, ter certeza de que sobreviveria."

"Não sei por que está me contando isso."

"Pense bem. Que homenagem poderia ser mais adequada? Você deixou uma parte das cinzas dele dentro de um recipiente que pode se passar por um barril e colocou tudo sobre duas quedas d'água muito rápidas. É mais perfeito que qualquer coisa em que eu pudesse ter pensado."

"Não está falando só para me fazer sentir melhor?"

"Acho que foi perfeito."

"Obrigado, August. Agora me sinto um pouco melhor."

August continuou acordado por mais alguns minutos, pensando na história. Phillip nunca havia sido viciado em adrenalina. Nunca assistiram a um documentário sobre as Cataratas do Niágara e barris. Nunca tinham sequer tocado no assunto. Mas havia valido a pena contar essa história porque, minutos depois, Seth dormia tranquilamente.

E August dormiu bem.

Grand Canyon

IONAL

ARK

CREST OF ABSAR

Yellowstone

YELLOWSTONE
LAKE

River

DIVIDE

River

Big Game Ridge

Two
Ocean
Pass

TETON

Enos Lake

PARTE DOIS
FIM DE AGOSTO

Grand Canyon

ONAL

ARK

CREST OF ABSAR

YELLOWSTONE
LAKE

River

DIVIDE

River

Big Game Ridge

Two
Ocean
Pass

TETON

Enos Lake

1
TRISTE NOTÍCIA BOA

Eles desceram do trailer sob o sol quente no estacionamento no Parque Nacional Arches. Seguiram por uma trilha plana até uma área de onde podiam ver ao longe o famoso Arco Delicado.

"Quanto tempo ainda temos de férias, August?", Seth perguntou enquanto caminhavam.

Ele perguntava uma ou duas vezes por semana e parecia esquecer a resposta entre uma pergunta e outra. Ou só gostava de ouvir a resposta.

"Cerca de duas semanas. Treze dias até começarmos a viagem de volta. Mais dois até chegarmos em casa. É isso. Já fotografou?"

August apontou para um penhasco de rocha cor de areia. Lá em cima, bem longe, havia um arco cuja parte de cima era plana. Todo mundo que August conhecia já tinha visto pelo menos uma foto do Arco Delicado. Menos Seth e Henry.

"Aaah, legal", disse Seth, usando o zoom para mais uma foto com a câmera de August. "Pena que a gente não pode chegar mais perto."

"Podemos. Vamos subir até lá. Eu já tinha falado. Esqueceu?"

"Hum. Acho que estava pensando em outra coisa."

"Eu lembro", disse Henry. Desde o começo do verão, a voz dele havia se transformado lentamente na de um ratinho de desenho animado bem confiante.

"Que bom", respondeu Seth. "Finalmente ele voltou a falar, e quase sempre é para acabar comigo."

"Essa subida é bem difícil", comentou Henry.

Estavam andando por uma encosta de pedra escorregadia, acompanhando as pilhas de pedras que formavam um muro de proteção. Não havia outro jeito de marcar uma trilha sobre esse tipo de pedra lisa. A única alternativa era usar tinta azul, e August estava satisfeito por ver que o parque não havia adotado essa técnica de sinalização.

"Quer ajuda?", August perguntou.

"Não. Tudo bem. Só queria que vocês andassem um pouquinho mais devagar."

Todos pararam, e Henry se ajoelhou no chão para respirar um minuto. Depois se levantou. "Pronto. Vamos andar mais um pouco."

O trio retomou a subida.

"Como disse que era o nome dessas pilhas de pedras, August?", Seth perguntou.

"*Monte*", Henry respondeu depressa.

"Isso", August confirmou.

"Ele fez de novo", reclamou Seth. "Não tem outro nome?"

"Acho que não", disse August. "Bem, algumas pessoas chamam de pato."

"Que estranho. Bom, talvez alguém tenha visto pedras com forma de patos."

"É, talvez."

"Não acho que pareçam patos", Henry opinou.

Os três pararam para respirar novamente, mas dessa vez o intervalo foi ainda menor.

"Poderia tirar uma foto do Henry comigo na frente do arco, August?"

"É claro que sim."

"Ótimo. Quero que, depois do Natal, meus amigos da escola vejam que estivemos lá."

"Sabe, Henry", August falou quando continuaram subindo, "você ficou muito bom nessa coisa de fazer trilhas."

"Eu sei", o menino reconheceu. "Também acho."

Eles pararam em um estacionamento para trailers em Moab perto da hora do almoço. Seth esvaziou os tanques, enquanto August alimentava Woody e ligava a água e a energia elétrica. Ele olhou as mensagens no celular.

"Mais um recado do seu pai", disse ao Henry, que franziu a testa ao ouvir a notícia.

"Seth!", Henry gritou pela janela. "O pai telefonou de novo!"

"E daí?", respondeu Seth. "Também não dei bola nas outras dez vezes que ele ligou."

"É verdade que ele telefonou onze vezes?", Henry perguntou a August em voz baixa.

"Não. Foram cinco ou seis vezes. Sete, no máximo."

Depois do almoço eles foram andar por um caminho de terra, quase uma elevação para impedir o transbordamento do canal que desaguava no rio Colorado, do outro lado do acampamento.

Seth segurava a guia de Woody, e August decidiu que era melhor ouvir a mensagem no celular. Wes podia estar desesperado. E, nesse caso, ele poderia registrar uma ocorrência, acusá-lo de raptar seus filhos.

Ele ficou alguns passos para trás, afastou-se dos meninos, ligou para a caixa postal e ouviu a mensagem: "August", começou a mensagem, "Seth e Henry. Tudo bem, já entendi. Não querem falar comigo. Mas tenho novidades e vão gostar da notícia. É uma boa notícia, e ninguém telefona para mim. Por acaso imaginam quão difícil é conseguir entrar na administração para fazer uma ligação que não seja a cobrar? Quantas vezes acham que vou conseguir? E a notícia é boa. Já disse isso? E me esforcei muito por isso, e a situação está se tornando bem frustrante, então, por mais que me odeiem nesse momento, *será que alguém pode por favor ligar de volta e ouvir minha boa notícia?*".

A voz de Wes era quase um grito no fim da mensagem.

Depois um clique. Sem despedidas.

O recado havia sido deixado naquela manhã. O que significava que, mesmo sem ter muita certeza de que dia era, August sabia que era dia de ligar para Wes.

"O pai de vocês disse que tem boas notícias", avisou.

Henry continuou andando. Seth parou e virou na defensiva. Definitivamente, a informação o pegou desprevenido, mas ele retomou rapidamente a atitude indiferente. "E daí? Quem se importa? Que notícia dele pode ser boa? Aposto que é só invenção para fazer a gente ligar. Aposto que é mentira. Talvez ele minta o tempo todo."

August alcançou os garotos, e Henry segurou sua mão. "Acho que é bom ouvir o que ele tem a dizer, pelo menos."

"Você pode telefonar, August?"

"Sim. Tudo bem."

Estavam no local onde o canal encontrava o rio Colorado. À esquerda deles havia uma ponte pela qual a rodovia atravessava o rio, com uma impressionante muralha de rocha vermelha atrás dela. Os três continuaram na trilha de terra.

"Olha", Seth apontou para o paredão de pedra. "Aquilo vai formar um arco, não vai, August?"

August olhou para lá e viu o que parecia ser uma passagem em arco brotando da pedra. *Sim, era daquele jeito que começavam.* "Um dia", ele confirmou. "Mas essas coisas precisam de muito tempo."

O número do telefone da penitenciária estava na lista de discagem rápida, e ele apertou o número cinco. Quando alguém atendeu do outro lado, August informou o nome e o número do detento em questão. Não demorou muito para Wes atender. Surpreso, August o imaginou correndo para pegar o telefone.

"Seth?"

"Não, Wes. Sou eu. August."

"Ah." Se Wes tentava disfarçar a decepção, não estava se saindo muito bem. "Olha, sei que Seth tem uma noção bem desenvolvida de certo e errado. Mas... ele vai ter que falar comigo em algum momento."

August cobriu o bocal com a mão.

"Seu pai está dizendo que você vai ter que falar com ele em algum momento", disse a Seth.

Seth bufou com desdém.

"Nenhum comentário a fazer no momento", August falou pelo telefone. "Mas, em longo prazo, concordo. E tenho certeza de que entende por que não somos seus maiores fãs agora. Porque... bem, o que achou que estava fazendo, Wes?"

Um longo silêncio. Sabendo o que sabia sobre Wes, August estava meio preparado para aceitar que ele havia desligado o telefone.

"Pensei que não ficaria com eles se soubesse que isso só resolveria metade do problema."

"E pensou certo."

"Quer ouvir a boa notícia ou não?"

"Quero."

"Estarei em casa quando voltar da viagem. Eu saio daqui no dia três de setembro."

August ficou quieto olhando para o rio, absorvendo a notícia. Estava preparado para alguma coisa boa. Mas isso não era bom. Sentia uma coisa estranha, uma sensação de perda. Havia se adaptado à ideia de ficar com os meninos quase até o Natal.

À sua esquerda, sentia os dois se esforçando para ouvir o outro lado da conversa, o que era impossível de onde estavam.

"Não vai dizer nada?", Wes perguntou.

"Como conseguiu isso?"

"Não foi fácil. Mas vou cumprir a segunda metade da pena em casa. Vou usar tornozeleira eletrônica. Eles recusaram as duas primeiras petições, mas eu insisti. Expliquei que era pelas crianças, não por mim. Que não tinha ninguém para cuidar deles depois da primeira semana de setembro."

"Duvido que tenha contado a eles sobre a situação das crianças quando foi preso."

"Não contei. Não podia contar. Disse que você teve um imprevisto e que teria que levar as crianças de volta antes do combinado."

"Sei. Mentiu para eles também."

"August, você quer mesmo cortar minha onda? Agora que consegui resolver tudo?"

"Não, acho que não. Vou contar aos meninos."

"Só isso? Não posso nem falar com meus filhos?"

August cobriu o fone novamente. "Querem falar com ele?" Os dois balançaram a cabeça com veemência.

"Eles vão falar quando quiserem", August disse a Wes. "E agora eles não querem."

"Merda", Wes se irritou. E desligou. August estava quase acostumado com esse tipo de encerramento para as conversas. Ele olhou para os meninos.

"A notícia *era* boa?", Seth perguntou.

"Hum. Sim. Era." Mas August percebeu que não falava de um jeito muito convincente. "Ele vai voltar para casa quando disse que voltaria. No fim do verão. Vai cumprir prisão domiciliar. E usar tornozeleira eletrônica. Não vai poder sair de casa. Mas estará lá a partir do dia três de setembro."

Todos ficaram olhando para o rio por um ou dois momentos, sem falar nada.

Seth quebrou o silêncio. "Daqui a treze dias?"

"Mais ou menos."

"Em treze dias não vamos mais te ver? Nunca mais?"

"Ah, é claro que vão. Vamos nos ver de novo."

"Mas não vamos com você para San Diego?"

"Acho que não." Ele olhou para Henry, que se recusava a encará-lo. Pela primeira vez em muito tempo. "E você, Henry? O que acha de tudo isso?"

Henry deu de ombros. August sentiu a reação nas entranhas, porque Henry falava com ele havia algum tempo, tempo suficiente para não receber o silêncio como resposta.

"Ei, Henry. Fala comigo."

Henry continuou olhando para longe.

"Não te perdemos de novo, não é, parceiro?"

Henry deu de ombros outra vez. August respirou fundo algumas vezes, tentando desfazer um nó desconfortável dentro dele. Como se tivesse engolido algo que não conseguia digerir.

"Podem levar o Woody de volta ao trailer? Preciso dar mais um telefonema."

Os meninos levantaram, limparam a parte de trás de seus shorts e se afastaram.

August ligou para Harvey, seu padrinho.

"Deve estar se divertindo muito por aí", Harvey falou, pulando a parte dos cumprimentos como era habitual. "Porque, quando a fase é ruim, você telefona."

"Você tem razão, Harv. A gente estava se divertindo muito até agora."

"A história da minha vida."

August contou as novidades.

"Não sei o que fazer", concluiu.

"Como assim, não sabe o que fazer?"

"Não é autoexplicativo?"

"Só tem uma coisa que *pode* fazer. Devolver as crianças e ir para casa. Seguir em frente, cuidar da sua vida."

"Mas não sei se eles querem voltar." Seu tom de voz se aproximava vergonhosamente de um choramingo. "Não sei nem se estarão seguros em casa."

"Não interessa, August. O cara é pai deles."

"E também é um alcoólatra praticante."

"Tem razão. Imagine se isso fosse suficiente para tirar os filhos dos pais. O que teria acontecido com a gente naqueles tempos de bebedeira? Muitos pais bebem. Alguns bebem demais. Mas a maioria não perde a guarda dos filhos."

"Tudo que ele fala é mentira, Harvey."

"O que também não é suficiente para perder os filhos."

"Merda, Harv."

"É. Tem razão. Concordo com você, August. É uma merda. Uma dessas coisas que a gente queria que fossem diferentes. Mas não é. Você é um cara inteligente, imagino que já saiba o que vou dizer. O que vou dizer?"

August fechou os olhos com força. "Acho que vai dizer que os meninos têm um poder superior olhando por eles. E que eu não sou esse poder."

"É um alívio saber que presta atenção de vez em quando."

"O que pensa sobre uma intervenção? Os meninos e eu, sabe? Antes de eu deixá-los lá sozinhos."

"É claro. Boa ideia. Vai em frente. Isso e duas notas de cinquenta pagam a próxima cerveja do Wes."

O sol se punha e eles estavam parados juntos da grade no Dead Horse Point, no parque estadual de mesmo nome, ao lado de Canyonlands, do outro lado da estrada que vinha dos Arches e perto do acampamento.

O rio Colorado serpenteava centenas de metros abaixo, fluindo diretamente para o local onde eles estavam, depois desenhando uma curva no formato de uma ferradura. O rio havia cavado um cânion de rocha vermelha, desenhando uma mesa em forma de gota de rocha colorida e estriada sobre a ferradura. O sol poente incidia sobre a água num ângulo que transformava o leito do rio em uma folha de ouro.

Henry não havia falado durante o dia todo. Seth tinha dito umas dez palavras, mais ou menos.

"Essa é uma das coisas mais bonitas que vimos na viagem toda", comentou enquanto se preparava para tirar uma foto. "E vimos muitas coisas. Coisas incríveis. Mas não gosto do nome. Por que Dead Horse Point? Isso significa Ponto do Cavalo Morto, não?"

"Melhor não saber. A história é triste."

"Mas você sabe?"

"Está na placa logo ali. Mas não recomendo. A história envolve cavalos mortos de verdade. É deprimente."

Os três ficaram olhando a paisagem em silêncio por um ou dois momentos, vendo o reflexo do sol na água. Em um minuto ele desapareceria atrás das mesas vermelhas.

"Odeio coisas tristes, August."

"Eu sei, parceiro."

"É triste você morar tão longe de nós."

"Imaginei que era disso que estava falando. Mas pode telefonar para mim. Vou deixar meu número. Pode ligar a cobrar sempre que quiser. Se precisar de ajuda. Ou se for só para conversar."

"E se nosso pai for preso de novo, será que a gente pode ficar com você?"

"É claro que sim."

Quando estavam voltando ao trailer, Seth disse: "Lembra o que disse sobre como contar ao meu pai o que sentimos quando do ele bebe pode servir para ele parar de beber?".

"Sim, eu lembro. E já tomei algumas providências com relação a isso, parceiro. Conversei com meu padrinho sobre a possibilidade de fazer uma intervenção."

"Ah, entendi. Sei o que é isso. Vi na televisão. Mas o que é um padrinho?"

"Uma pessoa que participa do programa e está sóbria há mais tempo. Essa pessoa ajuda outra diretamente."

"Você pode ser padrinho do meu pai."

"Não é uma boa ideia, Seth. Primeiro porque o padrinho tem que estar absolutamente do lado do apadrinhado. E eu já não estou do lado do seu pai. Estou do seu lado e do lado do Henry. E ele sabe disso."

Eles andaram em silêncio por mais um minuto.

"E o que mais?", Seth perguntou.

"Como assim, o que mais?"

"Você falou primeiro, deve ter segundo."

"É preciso estar sóbrio para ter um padrinho. A relação de apadrinhamento acontece entre duas pessoas sóbrias. Não é possível apadrinhar alguém que continua bebendo. Não dá certo. Apadrinhar é ajudar a manter a sobriedade. E seu pai não está sóbrio. Apesar de eu estar totalmente disposto a trabalhar com vocês e dar apoio, quero que entendam que, normalmente, isso não funciona."

"Eu sei", disse Seth.

"Esteja preparado para isso."

"Estou."

Henry permaneceu quieto.

2
EM LOCAL CONHECIDO

O ponto de encontro era um trailer prateado muito comprido, de uns nove metros, talvez, estacionado em uma área terrosa. Só havia quatro carros parados. Bem, dois carros e duas picapes.

August e Seth atravessaram a área juntos no fim da tarde, os pés levantando poeira na terra avermelhada do chão. Um cachorro magro e amarelado correu para recebê-los com uma simpatia hesitante e quase dolorosa. A cauda balançava marcando um ritmo entre as patas traseiras. Seth se abaixou para afagar o animal, que olhou nos olhos do menino como se nunca houvesse estado tão apaixonado.

August olhou para trás e viu Woody na porta dos fundos do trailer, agitado e alerta. Enciumado. Ficou quieto porque não queria que Seth se sentisse culpado, mas um momento mais tarde Woody começou a ganir e arranhar a porta.

"Vamos entrar", August disse, tocando um ombro de Seth. "Antes que Henry acorde."

"Por que Henry acordaria?"

"Deixa pra lá. Vamos entrar."

Eles subiram juntos os dois degraus, e Seth parou de repente. "Estou preocupado, August."

"Com o quê?"

"Você disse que estamos na Nação Navajo."

"Sim."

"Eu só..."

"Seth, escuta, é normal ter medo do que não conhece, mas..."

"Não é, August. Eu sei que vou gostar deles. O problema é se eles vão gostar de mim. E... estamos no território deles. Mais ou menos. Essa reserva. A terra é deles. E se não quiserem a gente aqui?"

"Isso é uma reunião do AA, Seth. O grupo atravessa todo tipo de fronteira. Mas tenho uma ideia: vamos conhecer essa gente e descobrir se somos bem-vindos. Aposto que vão nos receber bem."

"Certo."

E eles voltaram a andar. Seth hesitou quando August abriu a porta do trailer. Lá dentro havia dois índios, um de cinquenta e poucos anos e outro mais velho, além de um homem caucasiano e uma índia.

"Boa noite", August os cumprimentou, e todos viraram para a porta.

"Ah, que surpresa", disse o índio mais novo. "Visitantes."

"Isso é um problema?", August perguntou, contaminado pela insegurança de Seth e preocupado com a chance de não serem bem-vindos.

"Problema? Isso é ótimo. Só acontece uma ou duas vezes por ano. O resto do tempo somos só nós. Entre. Quem é seu amigo?"

"Meu nome é August." Ele virou para trás e segurou o ombro de Seth, puxando-o para dentro. "E este é meu amigo Seth."

"Eu sou Emory", disse o índio de cinquenta e poucos anos. "Aqueles são Jack e Dora. E esse é meu pai, Kenneth. Vieram para a reunião do AA?"

"Seth não bebe, mas se interessa pelas reuniões porque o pai dele bebe. Não consegui encontrar informações sobre a reunião, não sei se é aberta e ninguém no telefone de informações do AA conseguiu me dizer."

O velho, Kenneth, puxou o queixo enrugado.

"Hum, vamos ver. Nunca tive que tomar essa decisão, porque somos sempre nós, e essa pergunta nunca foi feita. O que acham de uma votação rápida? Quem é a favor de acolhermos Seth na nossa reunião?"

Os quatro levantaram a mão sem hesitar.

"Decidido."

August olhou para Seth, que parecia aliviado. "Viu? Eu disse que seríamos bem recebidos."

"Ele achou que o deixaríamos de fora por não ser alcoólatra?", Dora perguntou.

August abriu a boca para responder, mas Seth foi mais rápido. "Não, senhora. Só pensei que... bom, aqui é seu território. August me contou que essa é uma nação soberana. Pensei que talvez não tivéssemos o direito de estar aqui. Podíamos passar pela estrada, é claro, mas talvez não quisessem uma visita."

"Os Estados Unidos são uma nação soberana", Jack, o homem branco, falou. "Certo?"

"Acho que sim", Seth concordou. "Sim."

"Você se incomoda quando pessoas de outros países vêm visitar os Estados Unidos?"

"Ah. Sim, entendi o que quer dizer. Tudo bem, ótimo. Porque August disse que precisa muito de uma reunião. E eu também tenho umas coisas para falar."

"Na maior parte do tempo, ele é um bom pai", Seth contava. August notou que as mãos dele tremiam. "E, mesmo quando bebe, ele não é cruel. Não bate na gente. Uma vez deu uma palmada no... traseiro do Henry. Mas foi a pior coisa que ele fez. E durante o dia ele conversa e faz a gente comer. Mas à noite, quando sai do trabalho lá pelas sete ou oito, ele desaparece. E chega muito tarde, bêbado. Nunca cria problema para nós, nada disso. Só vai dormir. Mas muitas vezes ele nem volta para casa. Agora não é tão ruim, porque eu tenho doze anos. Sou grande o bastante para cuidar do meu irmão. Mas, quando eu tinha sete e Henry tinha dois, a gente ficava com medo. Sabe? Quando ele não voltava."

Seth parou de falar por um instante. Olhou em volta. Passou a língua pelos lábios. O grupo esperava suas palavras, atento. Sabia que ele continuaria.

"Antes disso não tinha problema, porque nossa mãe estava lá. Mas ela foi embora. Quando eu tinha sete anos e Henry tinha dois. Ainda não sei por quê. Meu pai nunca contou. Não sei se ela conheceu outro cara ou se tinha alguma coisa que queria muito fazer. Só sei que havia alguma coisa e que era mais importante que nós. Então..."

Mais uma longa pausa. August viu alguma coisa em movimento, mudando no rosto e nos olhos de Seth.

"É isso! Acabei de descobrir o que tenho que falar para ele quando fizermos nossa intervenção! Que quando sua mãe vai embora porque você não é importante o bastante para ela ficar, o pai tem que estar por perto. E sei que ele vai dizer que ficou com a gente. Que fica todo dia e cuida de nós. Mas toda noite ficamos sozinhos, porque a bebida é mais importante. Sim. Não é minha imaginação. Os filhos devem ser a coisa mais importante na vida de uma pessoa. Mas tivemos que ficar em um abrigo, porque ele pôs a bebida em primeiro lugar e... acho que agora entendo que ele não sabia que aquilo aconteceria. Mas depois... nem assim ele parou. Não parou de beber e não parou de dirigir depois de beber. É exatamente igual ao que minha mãe fez. Ele devia colocar a gente em primeiro lugar, mas não foi o que fez. E por isso a gente se sente muito mal. E acho que é isso que devo dizer a ele quando fizermos nossa intervenção."

Seth olhou em volta mais uma vez. Todos assentiram. August também, mesmo sabendo que o grupo devia só ouvir quando um membro estava falando. Mas era impossível não concordar.

"Estou com medo", Seth confessou. "Não de que ele nunca pare de beber. Isso não é pior do que já temos. É... bom, não sei o que é. Ou sei? Tenho a sensação de que estou quase dizendo o que é, mesmo sem saber, e vai ser como ouvir tudo isso de mim mesmo pela primeira vez. Ou talvez eu saiba. É... Tenho medo porque, se ele não parar de beber, a culpa vai ser minha. Porque a única coisa que pode ajudar é eu contar para ele como me sinto por ele beber, e sou muito bom, e as palavras são as ideias. E talvez eu não seja tão bom, e vai ser minha culpa se não der certo."

Seth parou novamente. August ouvia a respiração do menino de onde estava, alguns metros distante. Como se tudo isso fosse um tremendo esforço físico, e não só emocional.

"Queria que a gente pudesse ficar com August", disse Seth. Era como se a declaração tivesse transbordado de repente. Ele olhou em volta como se tentasse identificar de onde haviam saído as palavras. "Eu falei em voz alta? Por que disse isso? Não devia. Desculpem. Ele é meu pai. Eu amo meu pai. Não é falta de amor. Amo de verdade. E sei que preciso ficar do lado dele e tentar ajudar. E sentiria saudade dele. Sei que sim. Sentiria saudade dele e da minha casa. Nem sei por que disse isso. Bem... sim, eu sei, acho. É que é diferente com August. Não que ele seja perfeito. Mas dá para saber o que vai acontecer, e tudo faz sentido. E, mesmo quando não faz sentido, posso falar com ele... conversar sobre o que não entendo, e aí tudo volta a fazer sentido. Converso com meu pai o tempo todo, mas nada muda. Nunca. Parece que ele nem escuta o que eu falo. Mas quando August e eu conversamos, as coisas são resolvidas. E é um alívio."

Mais uma pausa. August olhou para o relógio. Eram 21h32. Seth seria capaz de falar até o fim da reunião. E ninguém dava sinal de querer interrompê-lo.

"Mas sei que tenho que voltar", o menino continuou. "Lamento por tudo que disse. Talvez não devesse ter falado nada. Já acabei."

"Sou Emory e sou alcoólatra."

O grupo respondeu: "Oi, Emory".

Seth se juntou ao coro.

"Vou quebrar uma regra e falar uma coisa para você, filho. Não devemos responder nas reuniões. E isso não é uma regra que impede apenas interrupções, mas uma que evita que a gente se meta onde não deve. Temos que nos ater à nossa própria história, mas vou passar por cima dessa norma apenas hoje. Filho, nunca peça desculpas por falar o que é verdade, principalmente em uma sala como esta, feita para isso. O que você sente é o que você sente, e, por mais que pense que devia sentir outras coisas, não pode mudar seus sentimentos. Tem coisas na vida que podemos mudar e outras que não. Tenho certeza de que August diz as mesmas coisas para você. Vou sugerir o que pode fazer quando chegar a hora de conversar com seu pai. O que eu faria. Eu digo ao meu criador: 'Estou me preparando para abrir a boca aqui. E, historicamente, isso é bem complicado, como nós dois sabemos. Preciso de ajuda. Mostre o que quer que eu diga para essa pessoa nessa situação. Fale por meu intermédio'. É esse o conselho que eu dou com relação à conversa com seu pai. Seja qual for sua crença, seja quem for o recipiente das suas orações no mundo, diga: 'O que quer que eu diga ao meu pai?'. E as palavras serão as certas. E se as palavras forem as certas, você terá feito o que estava ao seu alcance. Se ele não tomar jeito depois disso, não é mais da sua conta. Não temos esse controle. Não assuma essa responsabilidade."

Quando ele parou para respirar, Dora interferiu: "Emory. O tempo acabou".

"Eu sei", Emory respondeu. "Mas era importante."

Cadeiras foram arrastadas sobre o assoalho de linóleo velho e gasto, e todos os presentes se levantaram. Eles formaram um círculo em volta da mesa e deram as mãos. August segurou a mão de Seth e Dora, e o menino estava de mãos dadas com August e Emory.

Juntos, eles fizeram a oração da serenidade. August se surpreendeu ao descobrir que Seth a conhecia e a rezava de cor. Afinal, era só sua segunda reunião. Depois da prece, eles encerraram o encontro.

"Que bom que vieram", disse Emory, enquanto batia no ombro de August. "Volte sempre que estiver passando por aqui."

"Pode acontecer", August respondeu.

"Gosto desse menino", Emory confessou, inclinando o queixo em direção a Seth, que estava do lado de fora do trailer, na porta, brincando com o cachorro amarelo.

"Também gosto dele. Ele merece uma vida melhor."

"É o caminho dele."

"Agora falou como meu padrinho."

"Há quanto tempo seu padrinho está sóbrio?"

"Vinte e dois anos."

"Estou sóbrio há trinta e seis. Trinta e seis anos. Não quer dizer que sei tudo. De certa forma, todos nós só temos o tempo que contamos desde que levantamos da cama de manhã. Mas já vi muita gente andando por muitas estradas. Algumas não muito felizes. E é isso que faz delas quem são. Portanto, se sair por aí espalhando almofadas embaixo das pessoas para amortecer as quedas... bem, não sei se isso é tão bom quanto achamos que é."

Os dois ficaram em silêncio por um momento, olhando para a porta em direção a Seth e ao cachorro. August encarou o trailer estacionado. A luz da cabine estava acesa. Seu cérebro cansado precisou de um minuto para processar o significado dessa informação. Só havia um significado possível. Uma das portas da cabine estava aberta.

"Com licença", ele disse. "Preciso ver se Henry está bem."

Ele atravessou o estacionamento correndo. Seth perguntou alguma coisa quando ele passou, mas August não entendeu e não parou para esclarecer.

Tudo parecia normal do lado do motorista, que era o que August conseguia ver de onde estava. Ele contornou o trailer passando pela parte de trás. A porta do passageiro estava aberta. Atordoado, enfiou a metade superior do corpo na cabine.

"Henry? Woody?"

Nem Henry. Nem Woody. Eles haviam sumido.

Três vans brancas cercavam o trailer no estacionamento, todas identificadas com a insígnia da Polícia da Nação Navajo e com as luzes de emergência girando. August preferia que as luzes estivessem desligadas. O estado de emergência que o brilho provocava em sua cabeça e nas entranhas prejudicava o esforço para não perder o controle.

Um oficial de uniforme marrom examinou a porta do passageiro do trailer usando uma lanterna. Demorou muito tempo. Um tempo ridículo. Ou foram só alguns segundos, e August havia perdido a capacidade de avaliar a passagem do tempo.

"Não vejo sinais de arrombamento", o oficial anunciou em voz alta, finalmente.

"Acha que ele abriu a porta, então."

"Tem um sistema de alarme no trailer?"

"Sim, tenho."

"Estava ligado?"

"Sim, liga automaticamente sempre que tranco o trailer com a chave."

"Então, sim, acho que ele abriu a porta. O menino estava aborrecido? Algum motivo para ele querer fugir?"

August trocou um olhar de pânico com Seth, cuja presença ao seu lado havia quase esquecido. Seth retribuiu o olhar, mas não disse nada.

"É possível, sim. Mas não consigo imaginar que ele tenha saído por aí à noite, sozinho. Sem luzes, sem prédios, sem lugares que sirvam de esconderijo. Não consigo imaginar que ele tenha tomado essa decisão. Ele é meio assustado."

Seth puxou a manga de sua blusa. Suavemente. Como se tentasse chamar a atenção de August e não existir. As duas coisas ao mesmo tempo.

"Um minuto, Seth. Então, tem outro cenário que não consideramos. Talvez ele tenha sido levado por alguém que o convenceu a abrir a porta."

O oficial coçou a cabeça.

"Não quero excluir nada a essa altura. Mas você estava ali naquele trailer onde acontecem as reuniões, certo?"

"Sim..."

"O cachorro não teria latido se um estranho invadisse o trailer?"

"Ah, sim. Com certeza. Isso é bom. Que bom que ninguém o levou. Acho. Imagino. Mas ele ainda está por aí sozinho."

August ficou em silêncio por um momento, e nessa pausa breve um coro de coiote cortou o ar. Rasgou August. Na mesma linha em que a dor sempre rasgava seu peito. Era injusto. O mundo estava sempre conspirando para tirar proveito dessa sua falha.

"Existem coiotes por aqui?"

"Ah, sim", o oficial respondeu, como se fosse óbvio. E era óbvio, provavelmente.

"Que grau de perigo eles representam para o menino?"

O oficial suspirou. "Eu me preocuparia mais com o cachorro."

August ficou tonto e enrijeceu os joelhos para superar a sensação de que estavam derretendo. "Tenho uma lanterna no trailer", disse. "Só precisa me dizer em que direção devo ir. Onde a polícia não está procurando."

"Senhor, acho melhor ficar aqui com seu outro garoto."

O pânico o invadiu como uma onda quando August pensou que seria privado de todas as distrações que poderiam ajudá-lo a superar o pânico.

"Por que não podemos procurar? Não é melhor que tenha mais gente procurando?"

"Senhor, não quero que tome como ofensa ou alguma coisa pessoal, mas... se não conhece esse território... e não conhece... já temos muito trabalho procurando seu menino. Não vai ajudar se tivermos que montar outra equipe de busca para ir atrás de vocês dois também. Fiquem em local conhecido por enquanto e nos deixem ver o que podemos fazer pelo pequeno."

"August", Seth cochichou assim que entraram no trailer.

"Que foi, Seth?"

"Henry fugiu do abrigo. Várias vezes."

"Caramba, Seth. Por que não me disse isso antes?"

"Eu tentei! Tentei de verdade. Mas você falou para eu esperar. E eu queria cochichar. Não queria gritar. Não sabia o que devia dizer na frente do policial. Não sabia o que fazer, August. Não fica bravo comigo. Por favor. Quando estou com medo e as pessoas ficam bravas comigo, tenho a sensação de que vou explodir, sei lá. Desmontar."

August acalmou o próprio pânico com uma inspiração profunda. Depois abraçou Seth. O menino continuou tenso em seus braços. "Não quis dar a impressão de que estava bravo, Seth. Desculpa. Nada do que aconteceu esta noite é sua culpa. A culpa é toda minha."

"Não é culpa do Henry?", Seth murmurou contra o peito de August. "Foi ele quem fugiu."

August pensou um pouco, mas não mudou de ideia.

"Não. É minha culpa. Henry tem sete anos. Eu sou responsável por ele. Tenho que assumir a responsabilidade por isso. Espere, vou procurar o oficial e contar o que você acabou de me dizer."

Seth saiu do abraço. Parecia meio desconfortável. Como se não soubesse como se soltar.

August parou na porta dos fundos para não deixar Woody fugir quando saísse. Lembrou que o cão não estava ali e sentiu o coração apertado. Tentou superar o torpor mais uma vez. O sucesso do esforço foi parcial. Ele desceu a escada deixando a porta entreaberta porque não tinha motivo para fechá-la.

"Senhor?", August deu alguns passos pela terra vermelha e chamou em voz alta.

O oficial estava parado ao lado de uma das viaturas brancas, falando pelo rádio. "Sim?"

"Tenho mais uma informação. Eu não sabia, mas o garoto tem um histórico de fugas."

"Tudo bem."

"Achei que devia contar."

"Tudo bem."

"Sabe, só para termos noção do que está acontecendo."

"Ah, entendi. Na verdade, estamos tratando o caso como fuga desde o princípio. Portanto, essa informação não muda muita coisa. Espere dentro do trailer. Nós avisaremos assim que descobrirmos alguma coisa."

3

UM CACHORRO MUITO BOM

"Tudo bem, August?", Seth perguntou de repente, assustando-o. Estava sentado na cama desarrumada e piscou para a luz.

"Sim. Acho que sim."

"Fiquei assustado com o jeito como ficou deitado e quieto por uma hora, com as mãos em cima do rosto. Podia... não sei... falar comigo?"

August olhou ao seu redor sem saber por quê. "Foi uma hora mesmo?"

"Mais ou menos. Acho que ele vai aparecer, August. Ele sempre apareceu."

"Este não é exatamente o mesmo tipo de lugar do que aquele onde ele se perdeu antes."

"Ah."

Um longo silêncio. August fazia um esforço enorme para aquietar a cabeça e o estômago. Sentia um pavor pesado, enlouquecedor, mas contido. Sabia que, se desse liberdade às emoções, teria uma surpresa desagradável.

"Eu posso falar também", Seth sugeriu. "Mas preciso de alguém para quem falar. Em que estava pensando esse tempo todo?"

August suspirou. "Estava pensando que fui duro demais com minha ex-esposa."

Esperou Seth perguntar o que ele queria dizer com isso. Mas o menino disse apenas: "Está falando do acidente?".

"Certo. Isso mesmo."

"Mas... alguém morreu. Isso é grave."

"E se alguém morrer hoje por eu ter deixado Henry sozinho enquanto estávamos na reunião? Lembra como conversamos sobre isso? Na primeira vez? Dissemos que estaríamos logo ali, que podíamos ver e ouvir Henry de lá, e que Woody latiria, ou o alarme dispararia. E, durante aquele tempo todo, o que estávamos dizendo era que sabíamos que alguma coisa *poderia* acontecer, mas que calculávamos que as *chances de acontecer* eram muito pequenas. E quantas vezes fazemos a mesma coisa todos os dias? Assumimos todos esses riscos calculados. O tempo todo. Novecentos e noventa e nove vezes de mil, nada de errado acontece. E de repente acontece. Uma vez. E culpamos a pessoa que assumiu o risco, dizemos que ela devia ter pensado melhor, que não devia ter feito aquilo. Não estou dizendo que é errado, mas sabemos que também *assumimos* riscos. Talvez culpemos tanto as outras pessoas porque queremos fingir que nunca teria acontecido conosco. Mas poderia acontecer, é claro. Tomamos decisões de vida e morte todos os dias. As chances são favoráveis em quase todas elas. Mas, se alguma coisa dá errado, somos responsáveis. E nunca mais repetimos a mesma decisão."

"Mas ela dirigiu depois de beber, August. Isso é grave."

"A taxa de álcool no sangue estava abaixo do limite legal. Não estou justificando ou dizendo que não foi grave, Seth. Nem sei o que estou dizendo... Sim, eu sei. Acho. Eu também dirigia depois de beber. Mas nunca me envolvi em um acidente. E agora quem sou eu para agir como se fosse melhor que ela, só porque ela estava atravessando um cruzamento quando alguém passou no farol vermelho? Eu não estava lá? Não aconteceu comigo? Foi sorte. Não mereço o crédito por isso. Somos responsáveis por tudo. Tudo que fazemos. Não só quando dá errado."

Silêncio.

"Isso está fazendo minha cabeça doer, August."

"Desculpa."

"Tudo bem. Fui eu que pedi para você conversar comigo. Também sou culpado por ele ter fugido."

"Não, não é."

"Você disse que somos responsáveis por tudo que fazemos. E fui eu que disse que podíamos deixar o Henry aqui sozinho."

"Eu ainda sou o adulto."

"Mas eu tenho que cuidar do meu irmão. Como a culpa pode ser sua, e não minha? Qual é a diferença?"

"A diferença... Seth... é que você já pensa que tudo é culpa sua. Tenta carregar o mundo nas costas. Tenho que dar um jeito nisso. Você precisa dar um tempo."

Uma batida na porta assustou os dois.

"É o Emory", disse a voz conhecida.

August correu para a porta e a abriu com tanta força que Emory teve de pular para desviar dela.

"Desculpa", disse August.

"Tudo bem. Escuta. Estive dando uma olhada por aí com a polícia, mas acho que agora vou para casa. Espero que entenda. Amanhã tenho que trabalhar."

"Ah. Sim, é claro. Eu nem sabia que você estava procurando."

"Eu queria ajudar de alguma forma, mas acho que a polícia está cuidando de tudo." Emory olhou para o horizonte enluarado. "Eles são bons no que fazem. Já traçaram um plano..." E parou de falar. Quando August já começava a ficar curioso sobre o que ele tanto olhava, Emory perguntou: "Seu cachorro é desse tamanho, mais ou menos?". E usou as mãos para demonstrar o tamanho.

"Sim. Por quê?"

"Não é ele ali?"

August saiu do trailer e olhou para onde Emory apontava. Mais ou menos a uns trinta metros, conseguiu ver Woody correndo em sua direção. Alongado, ele corria tanto que parecia estar mais perto do chão do que jamais havia estado antes. A língua para fora balançava de um lado para o outro.

"Woody! Seth, vem ver! Woody voltou!"

Quando Seth pisou na terra ao pé da escada do trailer, Woody alcançou August. Literalmente. Saltou do chão e bateu no peito dele, aterrissando em seus braços. August sentiu a respiração ofegante do animal e as batidas de seu coração. Por um momento, teve receio de que o coração dele explodisse.

"August, por que ele abandonou o Henry?"

"Não sei, mas eu..."

Antes que ele pudesse terminar de responder, Woody voltou ao chão. Aparentemente, ouvir o nome de Henry o fez entrar em ação. Ele correu alguns metros em direção oposta, voltando ao lugar de onde tinha vindo. Depois parou. Olhou para trás com a língua ainda para fora, balançando de um lado para o outro. Correu de volta para August e ganiu desesperado.

"Acho que tem que ir ver o que ele está tentando te mostrar", disse Emory.

August olhou em volta. Ainda havia viaturas da polícia estacionadas por ali, mas nenhum policial. Todos estavam procurando Henry.

"Também acho, mas o policial falou que eu tinha que ficar aqui para eles não terem que montar uma equipe de busca para ir atrás de mim. Não conheço a área."

"Eu conheço", Emory respondeu.

"Mas tem que trabalhar amanhã cedo."

"Vou ficar cansado, então."

August resistiu ao impulso de abraçar o homem. Não sabia como o gesto seria recebido.

"Seth, você espera aqui."

"Eu quero ir, August."

"Sim, filho", Emory interferiu, "eu entendo, mas precisa ficar aqui, caso ele volte."

Os ombros de Seth caíram. "É, acho que sim."

A lanterna de Emory iluminava apenas o trecho onde pisariam no passo seguinte. Servia para evitar que tropeçassem em pedras ou vegetação rasteira. De vez em quando, Emory tinha de levantar um pouco o raio de luz para ver Woody, que estava sempre uns quatro ou cinco metros na frente deles, com a língua para fora e esperando impaciente.

De repente, August percebeu como seria incrivelmente fácil se perder ali no escuro, sem conseguir olhar para trás e ver marcos de qualquer tipo. Queria ter certeza de que o senso de direção de Emory era suficiente para levá-los de volta ao trailer. Como um menino de sete anos poderia se localizar ali?

August engoliu o nó na garganta — e o que quer que estivesse tentando empurrar para trás — e tentou não pensar nisso.

"É uma distância bem grande para um garoto de sete anos", Emory comentou depois de uns três quilômetros. "Tem certeza de que ele conseguiria vir tão longe?"

"Certeza absoluta. Henry está acostumado com as trilhas. Passamos o verão todo treinando."

"Ah. Sorte nossa."

Eles continuaram em silêncio por mais meia hora. De repente, Emory exclamou: "Arrá!".

August olhou em volta, mas não viu nada que se destacasse na escuridão. "Arrá o quê?"

"O cachorro está nos levando para uma casa. A casa de Walt e Velma Begay, para ser exato."

"Eu nem vejo uma casa."

"Ali."

Ele apontou a lanterna. A luz não alcançava a casa, mas servia como indicador, e August viu a silhueta escura de uma construção modesta e baixa. Não tinha qualquer luz acesa. Nenhum sinal de vida lá dentro.

"Que barulho é esse?", August perguntou.

"Acho que o cachorro está arranhando a porta."

Eles entraram na varanda iluminada pela luz cada vez mais fraca da lanterna. Woody realmente arranhava a porta de madeira com as duas patas da frente, como se cavasse.

"Woody, pare", August ordenou, temendo que ele riscasse a porta da frente da casa de Walt e Velma Begay. Woody respondeu pulando em seu colo.

Emory bateu na porta. Não havia movimento dentro da casa. Nenhuma resposta.

"Vou olhar a garagem", Emory avisou, e se afastou levando a fonte de luz.

August sentou-se no degrau da escada com Woody nos braços. Um coro de latidos e ganidos de coiote voltou a ecoar na noite, transformando-se, em seguida, em uivos pavorosos, e August segurou com mais força o cachorro, que estremeceu.

Alguns minutos depois, Emory voltou e sentou-se ao lado dele no degrau, desligando a lanterna. August presumiu que era para poupar as pilhas.

"Não estão em casa", ele disse.

"Woody não traria a gente aqui por nada."

"Não, ele não teria arranhado a porta daquele jeito sem motivo. Olhei pelas janelas, mas estão trancadas, parece que não tem ninguém lá dentro. O menino pode ter estado aqui, mas agora não está."

"E onde ele estaria?"

"Bem, se for nossa noite de sorte, eles podem ter levado seu garoto para o posto policial. Para ver de quem é."

"Espero que seja nossa noite de sorte."

"Eu também, meu amigo."

Nesse momento de escuridão, teve a sensação de que era estranhamente correto ser chamado de amigo por Emory. Era assim que se sentia, considerando todas as circunstâncias.

Emory pegou um cigarro e o acendeu com um fósforo de papelão. August sentiu o cheiro da fumaça. O aroma despertou nele coisas que preferia ter mantido adormecidas.

"Não fumo há dezesseis anos", ele disse, "mas você nem imagina como esse cheiro é tentador."

"Quer um?"

"Sim. Mas não. Não me dê um. Eu não suportaria ter que parar de novo. Parei de fumar mais vezes que qualquer pessoa que conheço. Vinte vezes, talvez. Vinte e cinco. Acho que só parei de verdade porque não suportava mais fazer tudo aquilo de novo. É que você acendeu o cigarro, e eu lembrei da sensação de fumar e beber três doses de uísque. Seria ótimo para relaxar."

Emory fumou em silêncio por alguns momentos. Em seguida, se manifestou. "O menino precisa de você sóbrio."

"Eu sei. E não ia beber. É só uma dessas coisas em que a gente pensa. Não, nem pensa, na verdade. Só passa pela cabeça e desaparece. Eu não ia fazer nada, mas... não sei. Senti. Acha que é um mau sinal?"

"Acho."

"Sério?"

"Um péssimo sinal. Significa que você é alcoólatra."

Os dois homens riram, e depois o silêncio voltou para ficar. Nesse silêncio, August pensou: *Talvez seja sério mesmo. Talvez eu seja um alcoólatra. Talvez toda essa história sobre eu não beber como as outras pessoas na reunião seja só uma dessas coisas que a gente diz pra si mesmo quando não quer a verdade.*

Emory falou novamente, e ele se assustou. "Acha que ele fugiu por não querer voltar para casa e para o pai?"

"É uma possibilidade."

"Eu me sinto mal por esses garotos."

"Eu também. Sinto que devia fazer mais por eles."

"O quê, por exemplo?"

"Não os levar de volta."

"Não sei se tem essa opção."

"Foi o que meu padrinho disse."

"É a segunda vez que seu padrinho e eu concordamos. Estou pensando que ele deve ser um homem muito sensato e que você deve ouvir o que ele diz. Não responda sem pensar, August, e não responda dominado pela emoção. Pense como um advogado por um segundo. O pai deles fez alguma coisa suficientemente grave para alguém tentar tirar dele a guarda das crianças?"

August pensou por um instante. "Provavelmente não."

"Você tem alguma base para brigar com ele pela custódia? É parente das crianças?"

"Não."

"Então não vejo muita utilidade em considerar alguma coisa que está fora do seu alcance."

Os dois ficaram sentados em silêncio sob o luar pálido por mais um momento. August estava surpreso com quanto os olhos haviam se adaptado. Estava pensando se voltariam ao trailer logo, e qual seria o próximo passo.

"Não é tanto pelo que aconteceu até agora", ele explicou. "É mais o que *poderia* acontecer."

"Nunca ouvi falar de alguém que tenha perdido a custódia dos filhos por conta do que poderia vir a fazer. Ou, pensando bem, não fazer." Parou um segundo. "Escuta, August, eu também cresci com um pai alcoólatra."

"É mesmo?"

Emory não respondeu. Só esperou. Como se August pudesse entender sozinho com o tempo.

"Ah. Seu pai. Claro. Dã. Ele estava na reunião."

"Houve momentos difíceis. Mas sabe de uma coisa? Eu cresci. As crianças são bem resistentes. Mesmo quando os tempos são duros, elas crescem e superam. Então, talvez alguma coisa aconteça se eles ficarem com o pai. Mas também pode ser que não aconteça nada. Quero dizer, eles vieram até aqui. E... não quero fazer você se sentir mal, mas... está sóbrio, e uma coisa ruim aconteceu hoje. Às vezes as coisas acontecem, sabe? Nem sempre tem alguma coisa simples para apontar, do tipo se deixar de fazer isso nada pode dar errado. Sempre tem alguma coisa que pode dar errado. Mas não gostamos de pensar desse jeito, então apontamos muito."

Mais um momento de silêncio.

Emory continuou. "Meu conselho é que você devolva os meninos. Não tem opção. E tente acreditar que eles vão continuar crescendo, como cresceram antes de te conhecer." Ele apagou o cigarro com o salto da bota. "É melhor voltarmos. Não adianta nada ficarmos aqui sentados."

"Por favor, diz que sabe voltar."

"É claro que sei. Estamos na estrada agora. O caminho nos levou de volta a ela. Só precisamos andar alguns quilômetros."

Eles caminharam sem a ajuda da lanterna. Com os olhos adaptados, August conseguia ver a faixa branca que marcava o divisor central da rua asfaltada, e eles andaram bem no meio daquela pequena estrada, sem nunca ver um carro.

August deixou Woody andar ao lado deles por alguns minutos, mas quando o cachorro parou para farejar no acostamento, August pensou novamente em coiotes e o pegou no colo.

"Se o menino realmente esteve na casa de Walt e Velma", Emory falou, "você tem aí um cachorro muito bom."

Quando August viu o trailer ao longe, as luzes internas estavam acesas. Seth estava acordado, esperando, o que não o surpreendia. Não havia mais carros da polícia por ali.

"Para onde acha que foram as viaturas da polícia?", perguntou a Emory.

"Hum. Não sei. Pode ser um bom sinal. Talvez tenham encontrado uma pista ou alguma coisa assim."

Um nó começou a se formar no estômago de August. A dor e o medo de não saber eram pungentes. E foi nesse momento que ele compreendeu que a dor e o medo de descobrir podiam ser muito piores.

Quando estavam a menos de vinte ou trinta passos do trailer, Woody pulou do colo de August e correu para a porta dos fundos. Uma viatura da polícia apareceu sobre a encosta vindo na direção deles, as luzes vermelhas girando em silêncio.

August parou na estrada, e Emory parou para ver por que ele havia parado. August agarrou o braço do homem, porque de um jeito distante e entorpecido sentia que poderia cair.

"Ai, meu Deus. Eles sabem de alguma coisa." Ele se surpreendeu ao ouvir as próprias palavras, porque se sentia completamente imóvel, como se fosse feito de pedra. Emory tocou seu ombro, demonstrando que entendia de quanto apoio ele precisava.

"Talvez seja uma notícia boa."

"A culpa é minha, Emory. Se aconteceu alguma coisa com aquele menino, vou ter que carregar isso para sempre."

"Não houve nenhuma negligência, August. Crianças fogem. Isso acontece desde o começo dos tempos."

"Mas esse garoto estava sob a minha responsabilidade. Como vou contar ao pai dele?"

"Mantenha a calma. Não decida o fim da história antes de ela acabar. Vamos ver o que está acontecendo?"

Eles começaram a andar novamente quando um policial de uniforme marrom saiu de sua viatura e abriu a porta de trás. Isso atravessou a barreira fria de pedra e concreto em torno de August e o fez pensar que podia ser um bom sinal.

O policial virou de frente para eles sob a lua pálida, e ele segurava uma criança apoiada no quadril.

"Bem, bem", Emory comentou, "parece que é nossa noite de sorte, afinal."

August correu para eles.

"Foi este mocinho que o senhor perdeu?", perguntou o policial.

Henry estendeu os braços para August, e August o pegou no colo. Apertou-o com tanta força que deve ter impedido o menino de respirar direito. Mas não afrouxava o abraço, e Henry não reclamava.

"Nem sei como agradecer", August disse ao policial quando conseguiu voltar a respirar e falar.

"Essas coisas acontecem."

"Onde o encontrou?"

"Não encontramos. Não foi bem assim. Um casal de moradores da região encontrou o menino andando e o levou para a casa deles. Depois eles o levaram ao posto policial para verificar se não havia ninguém procurando por ele. Eles pediram desculpas pelo cachorro. Tentaram pegá-lo também, mas o animal ficou preocupado quando pegaram o menino e fugiu. Não conseguiram alcançá-lo."

"Walt e Velma Begay?"

"Sim, como sabe que foram eles?"

"Ele sabe", disse Emory, que de repente surgiu ao lado de August, "porque tem um cachorro muito bom."

"Muito obrigado, oficial. Lamento muito pelo trabalho que teve."

"Essas coisas acontecem", disse o homem.

4

ÚLTIMA PARADA

"Estou pensando, talvez eu deva levar vocês direto para casa", disse August.

Eram as primeiras palavras dele naquela manhã. Ainda estavam deitados. Continuavam estacionados naquele terreno da Nação Navajo, porque August havia se sentido exausto e esgotado demais para dirigir novamente.

Seth sentou-se imediatamente. "O quê? Por quê?"

"Não gosto de pensar que ele pode fugir de novo. Não posso me responsabilizar por isso."

"Mas íamos ver aquele cânion. Você disse que íamos passear em um carro de tração nas quatro rodas, ver casas em penhascos, pinturas em cavernas e outras coisas. E Spider Rock? Por que não podemos ver Spider Rock? E você falou que podíamos até fazer a última parada no Grand Canyon. Nunca mais voltarei para cá, August."

"Não sei. Acho que vamos desistir de Canyon de Chelly e do Grand Canyon. Perdi a coragem para continuar."

August jogou as cobertas longe, incomodando Woody. Ele se levantou e foi ao banheiro, onde se trancou. De lá, ouviu a voz de Seth e aproximou-se da porta para entender o que o garoto dizia ao irmão. Não era difícil ouvir a conversa enquanto fazia xixi, o espaço era muito pequeno.

"A culpa disso é toda sua, Henry. Não acredito no que fez. Que besteira. Podia ter matado aquele cachorro, sabia? Ele podia ter sido comido pelos coiotes, e a culpa seria sua. Por que tem sempre que fugir de tudo? Queria ver o cânion Navajo. Aquele cânion... sei lá... tanto faz."

August abriu a porta e espiou pela fresta antes mesmo de lavar as mãos. Bem a tempo de ver Seth dar um soco no braço do irmão. Um soco bem forte, mas Henry nem gemeu.

"Não vou admitir agressão", avisou, e Seth se assustou.

"Desculpa", o menino falou apressado.

"Não importa o que aconteça. Não importa o que alguém pense que o outro fez. Sem agressão."

"Desculpa", Seth repetiu.

August lavou as mãos, saiu do banheiro e começou a preparar um bule de café.

"August?"

"Fala, Seth."

"Se formos embora agora, ainda vamos chegar com alguns dias de antecedência. E nosso pai não vai estar em casa. Então, como vai ser?"

"Não vou deixar vocês lá sozinhos, se é essa sua preocupação. Nós vamos ficar no trailer na frente da oficina até ele voltar."

Um longo período de silêncio. Tão longo que August conseguia ouvir a cafeteira suspirando e cuspindo café.

Ele voltou a falar. "August? Ele não pode fugir lá também?"

"Ah." August suspirou. "Eu não tinha pensado nisso."

Eles atravessavam a planície a bordo de um veículo velho e estranho. Era uma espécie de caminhonete antiga com tração nas quatro rodas, mas com a carroceria modificada para comportar seis fileiras de assentos protegidos por grades. O guia navajo, um homem chamado Benson, já havia contado que o nome informal do passeio era Tour Sacode e Torra. Benson estava na cabine protegida por um teto de lona. August, os meninos e outros passageiros viajavam sob o sol quente.

A caminhonete sacudiu quando o guia mudou de marcha, depois seguiu em frente balançando, descendo a margem do leito seco. Seis cavalos atravessaram o leito do Canyon de Chelly totalmente desacompanhados.

August olhou para os meninos, que estavam quietos o dia todo. Seth havia falado pouco, e Henry não tinha dito uma só palavra desde Moab.

Seth levantou a cabeça e viu que August o observava.

"Gostei mais das pinturas nas rochas. Ou entalhes. Ou sei lá o que são. Ou... enfim, foi do que mais gostei até aqui." Ele esperou meio constrangido, depois acrescentou: "Meus favoritos são os que lembravam pessoas montadas a cavalo caçando um cervo".

"Ainda não viu a Casa Branca."

"Isso é uma das velhas habitações?" Antes que August pudesse responder, Seth gritou por Emory.

August não conseguiu imaginar por quê, e estava surpreso demais para responder.

"Olha, August! É o Emory! Oi, Emory!"

Ele levantou a cabeça e viu Emory dirigindo um caminhão cheio de turistas. Ele trafegava em sentido contrário ao deles no leito do cânion. Um homem navajo exibindo uma pintura cavalgava atrás dele na água.

Emory os cumprimentou de passagem tocando o chapéu e sorrindo. August levantou a mão e acenou, e sentiu o coração apertar quando aquele homem tão conhecido se afastou.

Uma mulher sentada na frente de Seth virou para trás e disse: "Conhece aquele outro guia? De onde o conhece?".

August deu uma cotovelada de leve nas costelas de Seth. Não sabia se o menino entenderia o significado do gesto. Não lembrava se havia explicado que era preciso respeitar o anonimato das pessoas que ele encontrava nas reuniões.

"Ele ajudou a gente quando meu irmão se perdeu", Seth respondeu à mulher.

Ela sorriu, assentiu e virou para a frente, como se nem se interessasse muito pela resposta. August tentou entender por que ela havia perguntado.

"Eu não ia esquecer", Seth cochichou no ouvido dele.

Estavam na trilha de areia ao lado das ruínas da Casa Branca, uma antiga habitação parcialmente destruída, com alguns trechos da construção ainda em pé na frente da parede vertical do cânion, outros aparentemente esculpidos nela. Estavam no intervalo do sacode, mas a torra continuava.

Um navajo alto e corpulento com uma barriga redonda tocava notas marcantes em uma flauta de madeira entalhada à mão. Havia mais flautas para vender na mesa diante dele, bem como CDs com sua música.

Henry olhava para o rosto do homem e ouvia atento, e sua expressão traduzia uma espécie de êxtase doloroso.

"Agora que vi o lugar", disse Seth, "não entendo por que chamam de Casa Branca. Não é branca."

"Vamos ter que olhar o guia de novo. Ou você pode perguntar ao Benson quando acabar o intervalo. Seth, Henry está bravo comigo?"

"Não." Resposta simples.

"Parece que ele está bravo comigo."

August observava Henry enquanto falava com Seth. Na verdade, o observava constantemente. Isso estava começando a ficar cansativo.

"Não. Ele acha que você está bravo com ele. E Henry sempre se afasta das pessoas que pensa que estão bravas com ele."

"Eu não estou bravo com ele."

"Não? Parece que está. De todo modo, eu estou. Ah! Olha, August! Uma cobra!"

August desviou os olhos de Henry pela primeira vez em muito tempo. A cobra rastejava sinuosa pela terra perto de onde eles estavam. Tinha quase um metro de comprimento e uma série de desenhos pretos e amarelados em forma de diamantes. August virou a cabeça e, aliviado, viu que Henry continuava no mesmo lugar de antes.

"Ela é bonita!", Seth exclamou. "Posso pegar?"

"Não! Não faça isso, Seth!"

"Não deve ser venenosa."

"Cobras picam mesmo quando não são venenosas. Não toque nela, por favor."

"Tudo bem. Vou só fotografar, então."

Ele tirou algumas fotos com a câmera digital. Seth estava sempre com a câmera de August. Prestava mais atenção ao cenário que August, tinha um olhar melhor, e as fotos que fazia eram melhores.

"Não fala nada para o Henry", o menino falou. "Ele tem medo de cobras. Tem certeza de que não está bravo com o Henry? Porque parece que está."

"Parece?" August pensou um pouco. Resistiu à tentação de dar mais uma resposta negativa. Refletiu. "Não intencionalmente", disse, porque era a resposta mais honesta que tinha para dar. "Acho que ele está bravo comigo porque pensa que eu não devo levar vocês para casa. Mas não tenho escolha. Não sou pai de vocês. Legalmente, não tem nada que eu possa fazer."

Seth desviou o olhar da cobra pela primeira vez desde que a viu. "August, não acredito que teve essa ideia. Ninguém está bravo com você por isso."

"Ele parece bravo."

"Porque o verão está quase acabando. E porque nosso pai mente. Mas ele não culpa você por nada. Como poderia? Caramba, August, você ficou com a gente o verão todo. Ninguém mais teria feito isso. A gente sabia que teria que voltar para casa quando as férias acabassem. Quem poderia ficar bravo com você por isso?"

Provavelmente ninguém, August pensou. *Além de mim.*

"Já esteve aqui antes?", Seth perguntou.

Ele estava no banco do passageiro com o cinto de segurança afivelado, olhando pelo para-brisa para a I-40, que ganhava altitude.

"No Grand Canyon?"

"Isso."

"Várias vezes. Phillip e eu percorremos boa parte dele a pé. Não fomos até o rio, mas caminhamos um dia inteiro. Foi uma grande aventura."

Silêncio.

Havia alguma coisa nas entrelinhas da pergunta ou era só conversa sem importância?

"Por quê?"

O menino deu de ombros, e August pensou que ele não daria continuidade ao assunto. Uns oito quilômetros adiante, Seth falou: "É que é tudo muito legal. Você levar a gente para ver o lugar. Sabe? Se é realmente por nós".

"O verão está quase acabando. Acho que a gente deve encerrar as férias no Grand Canyon."

August parou o trailer em uma área de recuo na Desert View Drive, no lado leste do Grand Canyon. Desligou o motor. Seria a primeira vista do lugar. Para os meninos, pelo menos.

"Uau", Seth reagiu, prolongando a palavra em voz baixa.

Saíram pela porta dos fundos e deixaram Woody no trailer. August estendeu a mão para Henry, que, instintivamente, a segurou. Era a nova regra.

Ficaram juntos diante da mureta baixa de pedras, totalmente em silêncio. As formas, curvas e cores normalmente vibrantes do cânion tinham uma aparência empoeirada sob o sol do meio-dia. August decidiu que levaria os meninos à torre do mirante em Desert View para que eles pudessem ver o cânion do alto e enxergar o rio Colorado lá embaixo.

"Já vi muitas fotos daqui", contou Seth. "Mas é melhor."

"Fotos não fazem justiça ao lugar."

"Mesmo assim, posso fotografar?"

"É claro que sim."

Seth olhou pela lente da câmera de August. "As cores não são muito melhores que as de Zion ou Bryce. Acho que o que impressiona é o tamanho. É enorme!"

"Grand. De grande", lembrou August.

"Ah. É verdade."

"Lamento que tenha que ser uma visita rápida. É tarde demais para achar vagas no camping e não podemos ficar do lado de fora do parque até amanhã para encontrar uma vaga, como sempre fazemos, porque preciso levar vocês para casa."

Seth abaixou a câmera, que levava pendurada no pescoço. Os ombros também caíram. "Ainda acho que foi muito legal ter trazido a gente aqui, porque você já tinha vindo. Não consigo acreditar que nosso verão acabou."

"Eu sei, é chato."

"Vai ajudar a gente a falar com nosso pai, não vai?"

"Vou."

"Não é melhor ensaiar o que vamos dizer?"

"Acho que não."

"Sério? A prática sempre melhora tudo."

"Lembra o que Emory falou na reunião?"

"Não. Ah, sim! Lembro! Ele disse que eu devia falar com qualquer coisa em que acredito e avisar que vou abrir a boca. E perguntar o que devo dizer ao meu pai."

"Exatamente. Falar com o coração, sem ensaiar nada disso, é sempre melhor. Caso contrário, vai parecer discurso. Não vai parecer sincero."

"Que pena. Sou melhor com as coisas que ensaio. Mas se vai estar lá, August, tudo bem. Nunca fiz nada parecido com isso antes, e acho que perderia a coragem se ficasse sozinho com ele e Henry, como sempre estive. Por quanto tempo vai ficar?"

"Pelo tempo que for necessário. Não deve levar mais que uma ou duas horas para falar com ele, certo?"

"Ah. Estava torcendo para ficar por mais tempo."

"Por quê? Vai precisar de mim para mais alguma coisa?"

"Não. Só odeio saber que vai embora."

Henry ficou em silêncio.

Depois de mais alguns minutos olhando para o vasto e silencioso espaço, Seth se manifestou. "Fico pensando se tudo isso que vimos, esse mundo tão grande e tão bonito, vai continuar parecendo real para mim. Ou se, depois de um tempo, ainda vou me lembrar de tudo, mas de um jeito distante, como se fosse um sonho. Como se eu soubesse que aconteceu, mas não sentisse que realmente aconteceu. Entende?"

"Você vai ter todas as fotos."

"Isso ajuda um pouco. No começo ajuda muito. Depois você olha as fotos sempre que quer sentir que foi de verdade. E, depois de olhar todas elas várias vezes, descobre que olhou demais para elas. E depois de um tempo elas são só fotos de uma coisa, não a coisa de verdade. Depois de um tempo, você olha para uma foto e ela só ajuda a lembrar do cenário. E aquilo vai ficando tão memorizado que você já nem vê mais a cena direito. Tenho muitas fotos da minha mãe. Mas elas só me ajudaram por um tempo. Entende, August?"

"Infelizmente, eu entendo."

5

MAIS OU MENOS ISSO

"O carro dele está lá."
"Ele foi dirigindo para a cadeia?"
"Não sei. Eu estava com você."
August ficou surpreso com o desânimo e a tristeza que sentiu ao entrar no terreno da oficina mecânica. A sensação era de familiaridade e tédio, uma resposta típica a um lugar onde ficou preso por muitos dias contra sua vontade. Como dirigir pelo país inteiro ouvindo só um CD. Um CD do qual você nem gosta muito.

Eles saíram pelos fundos do trailer para o calor opressor do meio-dia. Um calor muito pior do que haviam deixado para trás em junho.

Woody corria por ali farejando tudo, levantando a pata quando encontrava um arbusto interessante.

"A oficina está fechada", August comentou.
"O que não significa que ele não esteja em casa. Só quer dizer que ele não tem nenhum carro para consertar."

August seguiu os meninos para o fundo da oficina, um lugar que ele nunca tinha visto. De propósito. Antes, quando o trailer era consertado, não era de sua conta onde essas pessoas moravam.

Não era exatamente uma casa. Era uma ala do mesmo material laminado, uma construção com janelas altas como as da oficina. Mas a porta estava aberta, e por ela August viu que a decoração era de uma casa simples e funcional. Pelo menos na sala de estar, que era o que ele conseguia enxergar. Wes estava na porta, com um ombro apoiado ao batente e fumando um cigarro. August esperava que ele cumprimentasse os meninos antes de tudo, mas, em vez disso, ele o encarou e estreitou os olhos de um jeito que o incomodou.

Henry passou pelo pai e entrou. Seth parou e esperou. Por alguma coisa.

"Não vai nem me dar oi?", Wes falou, por cima de um ombro, quando Henry desapareceu lá dentro.

"Deixa ele, pai", disse Seth.

Wes e Seth se encararam por um longo instante. Depois, Seth abaixou a cabeça, olhou para os sapatos do pai. Wes vestia calça cargo bem larga. Mais larga do que qualquer outra coisa que August o vira vestir anteriormente. O volume no tornozelo esquerdo não era natural.

"É aquele negócio?", Seth perguntou.

"O que mais poderia ser?"

"Posso ver?"

"Não. Não pode ver. Por que precisa ver? De que adiantaria? Você sabe o que é. Como ela é não tem a ver com nada. É com o que ela faz que a gente tem que se preocupar. Você vai ter que ir ao mercado, sabe? Sei que é longe, mas talvez te emprestem um carrinho, se a gente prometer que devolve. Você vai ser responsável por buscar tudo que for necessário."

Um silêncio breve. Seth ainda olhava para os sapatos do pai. Ou para a terra marrom diante deles, talvez. "Tudo bem", ele respondeu. "Mas eu não vou comprar bebida para você."

Wes endireitou o corpo e se inclinou um pouco para trás, mas não falou nada. O menino passou por ele e entrou em casa.

"August vai entrar", avisou de passagem.

Wes encarou August de novo. Woody se aproximou de Wes e balançou o toco de cauda, mas Wes ignorou o cachorro, ou nem notou que ele estava ali.

"Tem muita coisa que reconheço que fez por nós", Wes falou. "Muitas coisas pelas quais sou grato. Mas meter esse tipo de ideia na cabeça do meu filho não é uma delas."

"Não conversamos sobre isso. A ideia é do Seth."

"Sei. Coincidência interessante. Ele viaja com um homem que não bebe nada e volta para casa com essas ideias."

"Se quer saber, bebi mais do que devia na minha vida. Só não bebo mais."

"Ah, um ex-bebedor. A única coisa pior que alguém que não bebe", rebateu.

"Acredita que antes de me conhecer Seth estava feliz com as coisas por aqui? Acha mesmo que a insatisfação é por minha causa? Que se eu não tivesse dito para ele se importar, ele não se importaria? É isso?"

"Por que vai entrar?"

"Porque prometi a Seth."

Wes deu mais uma tragada no cigarro e então o apagou na terra em frente à porta, onde o deixou com outras dúzias de bitucas. "Tenho a sensação de que não vou gostar muito disso. Mas você prometeu ao Seth, e eu tenho uma dívida de gratidão com você. Sendo assim, é melhor entrar."

August estava na sala de estar, a parte principal da casa, desconfortável e silencioso em seu lugar na beirada de um dos dois sofás. Ambos eram cobertos por mantas que escondiam um pouco da idade e dos defeitos, mas não tudo. Wes estava sentado na frente dele, também em silêncio.

August havia levado Woody de volta ao trailer e deixado o ar-condicionado ligado, porque não sabia se o cachorro era bem-vindo na casa do mecânico. Seth estava em outra parte da casa, tentando convencer Henry a participar da conversa. O tempo passava devagar, e August percebeu que o menino mais novo estava irredutível.

Muito tempo depois, ou poderiam ter sido menos de cinco minutos, Seth apareceu puxando Henry pelo pulso. Ele levou o menino até o sofá e o colocou sentado ao lado de August.

"Sei que não vai falar", Seth disse ao irmão. "Tudo bem. Não fala. Mas estamos nisso juntos, então você vai ficar sentado aí enquanto conversamos, queira ou não. Eu também não gosto disso, Henry, mas você sabe que isso não importa."

Seth sentou-se do outro lado de August. A disposição, August sabia, daria a Wes a clara impressão de que eram três contra um. Mas ele não sabia como corrigir o erro.

Seus pensamentos deram um passo adiante, e ele disse a si mesmo: *Só porque Wes não gosta da situação, não quer dizer que ela seja um erro.* A impressão de três contra um era correta. *Isso é uma intervenção.* É o momento em que todo mundo está de um lado e você está do outro. É assim que você percebe que é hora de mudar. Porque não tem mais apoio.

"Merda", Wes resmungou. "Eu sabia que não ia gostar disso."

"Pai, seria muito bom se você pudesse só escutar."

No silêncio pesado que seguiu à declaração de Seth, August compreendeu que o menino nunca havia usado esse nível de objetividade com o pai, e viu alguma coisa despertar em Wes, aquela reação típica do macho alfa. Mas o homem encarou August, e um segundo depois controlou a reação instintiva.

Wes apoiou os pés na mesinha de centro, os tornozelos cruzados. A tornozeleira atrapalhou, e ele teve de descruzar e cruzar as pernas para o outro lado.

"Tudo bem. Acho que sei como isso vai acabar, mas... vai em frente, pode falar."

"Quando minha mãe foi embora...", Seth começou.

"Espera. Sua mãe? O que sua mãe tem a ver com isso?"

"Pai, eu pedi para você escutar."

"Desculpa." O constrangimento de Wes parecia estranhamente sincero.

"Quando minha mãe foi embora, não conversamos sobre o assunto. Nunca. Nada. Isso aconteceu há cinco anos, e ainda não sei para onde ela foi. Ou por quê. Ainda não sei se ela foi embora porque tinha outro... sabe... cara... ou se queria fazer alguma coisa que não podia fazer aqui." Ele parou.

Depois de vários segundos de silêncio, Wes perguntou: "Agora eu posso falar?".

Seth assentiu.

"As duas coisas."

"Ah. Tudo bem. Bem, enfim, o que eu quero dizer é... ah, espera. Esqueci de fazer uma coisa." Seth ficou em silêncio e fechou os olhos. August olhou para Wes, que observava o filho com ar confuso. Mas August sabia exatamente o que ele estava fazendo. Estava pedindo as palavras certas.

"Tudo bem", Seth continuou, alguns segundos depois. "O que estou tentando dizer é que eu só sabia que não éramos a coisa mais importante para ela. Sou só um garoto, talvez não saiba tanto quanto você, talvez não saiba nada. Mas acredito que os filhos devem ser a coisa mais importante na vida de qualquer pessoa. Mas, se você tem coisas que quer fazer e simplesmente vai embora para fazer essas coisas e nunca mais vê seus filhos, é porque eles não importam. Ou melhor, não importávamos. Não fomos suficientemente importantes para ela."

"Não sei o que..."

"Pai."

"Já sei, desculpa. Estou ouvindo."

"Você ficou com a gente. Eu sei disso. Sei que vai dizer que ficou e não foi atrás de outras coisas. E sei que é verdade. Mas não é totalmente verdadeiro. Porque, assim que terminava seu trabalho, você ia para o bar e nós ficávamos sozinhos em casa. Às vezes durante horas, às vezes a noite inteira. Eu tinha sete anos. Não tinha idade para cuidar de uma criança de dois anos, e eu sabia disso. E você também devia saber. Eu não saberia o que fazer se a casa pegasse fogo, se alguém tentasse arrombar a porta ou se Henry engasgasse."

"Nada disso aconteceu."

"Por sorte. Não foi você que impediu. Só teve sorte por nada de grave ter acontecido. August diz que somos responsáveis por tudo que fazemos, mesmo quando assumimos riscos e nada de ruim acontece, porque poderia ter acontecido. Não é para se sentir bem por nada ter acontecido. Não aconteceu nada por pura sorte."

Wes olhou para August, que cruzou os braços num gesto defensivo. "Eu fiz esse comentário com relação a uma situação inteiramente diferente. Estava falando sobre mim", ele se viu explicando.

Uma pausa enquanto todos esperavam Wes falar alguma coisa. Ele não o fez, e Seth retomou a palavra. "Você foi preso, e nós tivemos que ir para a casa da tia Patty, o que não foi de todo mal, porque ficamos bem lá. Mas ainda foi ruim porque, bem, você deixou a gente lá. Primeiro minha mãe foi embora por algum motivo. Depois você foi embora porque beber era mais importante que nós. E depois você fez de novo. E tia Patty disse que aquela era a última vez, o que foi bem ruim, porque ela ficou brava com você, não com a gente, porque sempre fomos bons enquanto estávamos lá. Foi péssimo ela ter descontado em nós a raiva por você não parar, mas ela avisou que seria a última vez. Henry e eu imaginamos que você não faria aquilo de novo porque, se fizesse, não teríamos para onde ir. Mas você fez. E tivemos que ficar naquele lugar para onde as crianças vão quando ficam órfãs porque, para você, a bebida era mais importante. Não éramos a coisa mais importante na sua vida, pai." Seth parou. E suspirou.

Seguiu-se um longo silêncio.

Quando o silêncio ficou muito desconfortável, Wes perguntou: "Era isso?".

"Não sei", respondeu Seth. "Talvez."

Wes olhou para Henry, que não retribuiu o olhar. "E você, Henry? Quer gritar comigo também?"

Como era esperado, Henry não respondeu.

Wes olhou para August com uma expressão fulminante. "E você? Quer acrescentar alguma coisa?"

Seria melhor ficar quieto, August sabia. Mas ele olhou para Seth, que o encarava com um ar patético de súplica. Havia prometido que o apoiaria, e isso envolvia se manifestar. Além do mais, uma intervenção bem-sucedida, coisa que August não esperava para essa ocasião, implicava romper as barreiras do membro da família que praticava a transgressão. E isso ainda não tinha sido feito, era evidente.

"Quero. Vamos lá. Lembra quando me contou que Henry não tinha falado uma palavra sequer com você desde que voltou do abrigo? Disse que achava que ele falava com o irmão, mas não tinha provas disso. Só queria contar que Henry falou comigo durante quase todo o verão. Não vou dizer que ele falou muito. Mas falou. E para ele foi muito. O que significa que ele só não fala com você. E no seu lugar, como pai, eu levaria isso a sério. Significa que o problema é real e grave. E como isso já acontecia antes de o cara que não bebe mais entrar em cena, eu entenderia que o problema é anterior a ele e não tentaria me convencer de que tudo pode ser culpa do forasteiro."

Wes tirou os pés da mesa. Inclinou o tronco para a frente e apoiou a cabeça nas mãos. Ficou assim por um tempo. Tanto tempo que Seth olhou para August como se pedisse uma explicação. August não tinha uma, por isso deu de ombros.

Finalmente, ele abaixou as mãos. "Bem, isso tudo é uma bela de uma bobagem", disse Wes.

August sentiu Seth ficar tenso ao seu lado e tocou o ombro do menino para acalmá-lo. "Não é", disse. "Isso é a verdade. Seu filho está tentando dizer a verdade."

"Não, isso é bobagem. E vou dizer por quê. Porque estou preso em casa com essa porcaria de monitor e meu filho responsável acabou de dizer que vai fazer as compras, mas não vai comprar o que eu quero. Fiquei chocado, sabe? Primeiro ele toma uma atitude que me impede de beber pelos próximos três meses, depois me faz sentar e ouvir por que eu não devo beber. E eu não poderia, nem se tentasse, o que é piorar o que já está ruim, não acha?"

"Como esperava que Seth comprasse bebida para você? Ele tem doze anos."

"Eu teria dado um jeito. O cara da loja é meu amigo. Eu poderia mandar o Seth até lá com um documento meu."

"O que é totalmente ilegal."

"Ultrapassar o limite de velocidade também é, e todo mundo faz, August."

"E você manda seu filho dirigir acima do limite de velocidade porque quer alguma coisa dele?"

"Chega", Wes anunciou, levantando-se.

"Pai, espera!", Seth gritou.

"O que é, Seth? O quê? Por que nada do que faço é suficiente? O que quer de mim agora?"

"Quero saber o que vai acontecer depois desses três meses."

Wes ficou quieto por alguns segundos, mordendo a parte de dentro da boca. "Sabe de uma coisa? Você tem razão sobre beber e dirigir. A boa notícia é que já causei problemas demais para vocês e para mim por causa disso. Então quando isto sair daqui", disse, chutando a tornozeleira com a ponta do outro pé, "vou sair e fazer um estoque de bebida aqui em casa para não ter mais que sair à noite. Certo? Duas ou três doses por noite não vão matar ninguém se eu não estiver na rua. Tudo bem? Sempre foram só duas doses para relaxar, sabe? Para me acalmar. Agora... vai parar de me encher com isso, Seth? É suficiente para você?"

"Você bebe devagar?", Seth perguntou.

August não soube dizer se era uma pergunta séria ou uma queixa sarcástica.

"Como assim?", Wes estranhou.

"Você ficava quatro, cinco, seis horas fora de casa. A noite toda. E só bebia duas doses?"

Wes suspirou. "Bem, às vezes eu bebia mais. Mas isso não significa que tenho que beber muito sempre. Já falei que serão só duas ou três doses. E vou perguntar de novo. É suficiente para você?"

"Não sei."

"Bem, vai ter que ser." Wes se dirigiu à porta. "Vou fumar um cigarro." E ele se foi.

Seth ficou sentado em silêncio por um minuto. Henry levantou e correu para o fundo da casa novamente. Seth olhou para August. "Não demorou uma ou duas horas, não é?"

"Não. Pode ter sido um novo recorde."

"Não sei se foi bom."

"Nem eu", respondeu August. "Vem, me ajuda a tirar as coisas de vocês do trailer."

"Depois vai embora?"

Ele olhou para Seth e viu a versão visual do que sentia. Ir embora era muito frio e definitivo. Como cortar uma corda de salva-vidas sem olhar para trás. "Quer almoçar no trailer comigo e com o Woody antes de eu ir embora?"

Seth suspirou de uma maneira que parecia esvaziá-lo, mas que era cheia de alívio. "Obrigado, August. Vou chamar Henry."

Quando Seth apareceu na porta de trás do trailer alguns minutos mais tarde, estava sozinho.

"Cadê o Henry?", perguntou ao abrir a porta.

"Lá dentro. Hoje ele não quer fazer nada. Falei que era a última chance para se despedir, mas ele parece um robô desligado. Não faz nada."

"Uau. Isso é bem ruim. Ele vai sair para se despedir de mim, não vai? Odeio ir embora sem me despedir."

"Não sei", Seth respondeu, sentando-se à mesinha de refeições. "Com Henry, nunca se sabe. O que meu pai prometeu é suficiente? Se ele não dirigir e só beber duas doses por dia, tudo bem. Certo?"

"Espero que sim." August pegou uma lata de atum para preparar o almoço.

"Então você acha que não vai ser desse jeito."

"Acho que pode ser, e espero que seja."

"Você tem que me falar a verdade, August. Tem que me dizer o que pensa."

August parou antes de abrir a lata. Olhou para Seth. Se apoiou à bancada. Isso podia demorar um pouco. "Muito bem. Vou falar o que eu penso. Se seu pai é alcoólatra, ele vai fazer muitas promessas sobre diminuir a bebida. Mas não vai cumpri-las. Porque... bem, essa é mais ou menos a definição clássica do alcoólatra. Alguém que sabe que é hora de parar de beber, mas não consegue. Portanto, vamos precisar de alguns meses para saber como vai ser."

"Hum. Odeio essas coisas."

"Todo mundo odeia."

August fez dois sanduíches. E foi estranho fazer só dois. Não três. De repente percebeu que na próxima refeição seria só um sanduíche. Pensar nisso era ruim, desconfortável, e ele afastou o pensamento como pôde.

6

TCHAU

"Estou me sentindo mal por deixar vocês aqui", August confessou. Não conseguia lembrar se havia falado a mesma coisa vinte ou trinta vezes antes, ou se as outras vezes só existiam dentro de sua cabeça.

"Tudo bem, August."

Estavam sentados no sofá do trailer, com um enorme saco de plástico entre eles. Dentro do saco estavam as roupas e as coisas dos meninos. Mais coisas do que havia no começo da viagem. August teria de levar o saco para dentro da casa, pois era pesado demais para Seth. Portanto, August teria de ver Wes mais uma vez.

"Não é o melhor lugar do mundo para uma criança estar."

"Verdade", disse Seth. "Não é o melhor lugar. Mas é nossa casa. É onde vivemos. Não esperávamos que você consertasse isso para nós, August."

"Certo. Acho que tenho que parar com isso. Você nem sabe meu sobrenome, não é?"

"Acho que você falou uma vez, mas esqueci."

"É Schroeder."

"Não vou saber escrever."

"Eu escrevo para você."

August pegou o diário vazio em um dos armários. O que pretendia usar para registrar cada momento do verão. Aquele em que não havia escrito uma só palavra. Ele arrancou a primeira página em branco. "Vou anotar meu nome e endereço. E o número do meu telefone. O de casa e o celular. E... você tem internet?"

"Tenho! Meu pai me deu um computador novo para os trabalhos da escola. Bem... novo para mim, pelo menos."

"Vou anotar meu e-mail também."

"Você usa Skype? Eu falo pelo Skype com um amigo da escola. Seria legal se a gente pudesse conversar por vídeo. E não custa, como o telefone. Anota seu Skype também."

"Não tenho, mas vou criar uma conta assim que chegar em casa. Eu mando para você por e-mail."

"Legal."

August entregou a folha de papel, e Seth a estudou com cuidado, como se tivesse de decorar tudo imediatamente.

Pegou a carteira e contou algumas notas. Ainda tinha os cinquenta dólares que Wes havia dado para as despesas dos meninos, porque era meio inconveniente trocar uma nota de cinquenta. Tentou dar o dinheiro a Seth, que ficou olhando para a nota.

"Para que isso?"

"É o que as mulheres dos velhos tempos chamavam de dinheiro de emergência. Antigamente, quando uma mulher saía para um encontro, o homem dirigia o carro e pagava a conta. Mas a mulher levava uns trocados como reserva, caso as coisas não corressem muito bem. Se tivesse que voltar para casa sozinha, ela podia chamar um táxi, por exemplo. É uma medida de segurança. Você pode pegar o Henry, ir até o telefone público mais próximo e ligar para mim. Pode até pegar um ônibus para a cidade vizinha e telefonar de lá. De onde seu pai nunca vai pensar em procurar."

"Não sei se entendo por que teria que fazer tudo isso."

"É só precaução."

Seth continuou olhando para a nota. "Não acho certo aceitar seu dinheiro, August."

"Não é meu. É parte do dinheiro que seu pai me deu para a alimentação de vocês. Não gastamos tudo. É seu, na verdade. Só precisa me prometer que não vai usar para outra coisa."

"Prometo." Pegou a nota e a guardou no bolso do short.

"Está esquecendo uma coisa, August."

"O quê?"

"Não sabe mesmo?"

"Ah, as fotos!"

"Isso. Quero mostrar para os meus amigos na escola."

"Eu gravo todas em um DVD para você."

Quieto, Seth viu August ligar o laptop, descarregar as últimas fotos do cartão de memória e introduzir um disco vazio na gaveta do leitor de DVD. Ele abriu a pasta das fotos da viagem e as miniaturas surgiram na tela. Seth levantou e olhou por cima do ombro de August enquanto ele ia rolando a tela.

"Puxa, as fotos ficaram muito boas."

"Ficaram, não é?", Seth falou, orgulhoso.

Eles ficaram em silêncio enquanto o DVD era gravado.

"Ainda parece mentira que fizemos tudo isso."

"Fica aqui sentado enquanto o DVD é gravado", August sugeriu. "Vou levar suas coisas para dentro da casa."

Wes estava na porta fumando, como antes. August parou e o encarou, ainda carregando o saco preto sobre um ombro. "Sei que acha que é melhor que eu", Wes falou sem encará-lo.

"Não. Não acho. Você está no mesmo lugar em que eu estava há dois anos."

"Pois é." Wes olhou para ele. "Exatamente. Acabou de dizer. Estou onde você estava há dois anos, e agora você é muito melhor."

August desviou o olhar para indicar que não queria briga. "Wes, sei que acha que isso tudo é coisa minha..."

"Não. Vamos encarar os fatos. Seth sempre teve a propensão para esse tipo de coisa, uma intervenção com o próprio pai. Ele é assim. Quer que o mundo seja correto. Tudo em ordem. Está sempre tentando colocar os pingos nos is, o tempo todo. E nunca dá certo, é claro. Infelizmente, ele acredita que eu sou um desses pingos. Não sei o que é pior: ele acreditar que pode cuidar da nossa vida melhor do que eu sempre cuidei ou os momentos em que penso que ele pode estar certo."

August relaxou um pouco. Sentiu um lado da boca se mover desenhando um meio sorriso. "Talvez você consiga reunir seus recursos e resolver tudo isso."

"É", Wes respondeu. "Talvez. Obrigado por tudo que fez."

"Tudo bem. O verão foi ótimo. Alguns detalhes aqui e ali. Queria me despedir do Henry."

Wes jogou o cigarro na terra e o apagou com a ponta da bota. Soprou a fumaça, virou e juntou as mãos em torno da boca. "Henry! Vem falar tchau para o homem!"

Eles esperaram. Esperaram. Esperaram.

Henry não apareceu.

"Não devia estar triste, August", disse Seth.

Estavam parados ao lado da porta do motorista do trailer. Era cada vez mais evidente que a hora da partida havia chegado.

"Você não está?"

"Sim, estou. Mas *você* não devia estar."

"Por que não?"

"Porque não quero que você fique triste."

August ouviu um ganido, virou-se e viu Woody no banco do motorista, com as patas no vidro da janela. "Falando em ficar triste... ele vai sentir saudade de vocês."

"Não quero pensar nisso, August."

"Certo. Desculpa."

Ele deu um abraço rápido em Seth e entrou na cabine do trailer, empurrando Woody do banco do motorista. "Cuida do seu irmão, ok?"

"Vou cuidar. Eu sempre cuido."

Seth virou e começou a voltar para casa, chutando terra com a ponta dos sapatos. Woody pulou no colo de August e ficou vendo o menino se afastar em silêncio. Ele se acomodou em sua cama entre os bancos, pronto para a viagem.

August ligou o motor e o trailer começou a se mover pela terra, tomando a direção da rua. Antes de sair do terreno, ele ouviu alguém gritar seu nome ao longe.

"August!"

Não era a voz de Seth. Não era a voz de Wes.

Woody correu para a porta dos fundos e começou a chorar. August brecou e olhou pelo espelho lateral. Henry corria atrás do trailer. Ele puxou o breque de mão e abriu a porta. Pulou para fora da cabine, para o calor, sem nem desligar o motor.

Quando Henry o alcançou, pulou nos braços de August como Woody sempre fazia. A única diferença era que, com uma criança, ele tinha de tomar mais cuidado para não cair para trás.

"Desculpa, Woody podia ter sido comido pelos coiotes", Henry falou, num cochicho aflito no ouvido de August.

"Isso já passou. Por que não foi me dar tchau?"

"Achei que, se eu não me despedisse, você não iria embora."

"Você sabia que eu tinha que ir, Henry. Preciso voltar ao trabalho, e vocês precisam ficar."

"Fui burro. Desculpa." Ele pulou para o chão, e os pés levantaram poeira. Henry se dirigiu à porta aberta. Na ponta dos pés, abraçou Woody e beijou a orelha do cachorro.

"Talvez eu volte e passe por aqui no próximo verão, se seu pai não se incomodar."

"Mas ele vai", disse Henry. "Tchau, August."

O menino acenou.

August ficou parado por um momento, pensando em opções. Mas só havia uma. Acenar também e ir embora.

E foi o que ele fez.

August deveria ter chegado em casa em seis ou sete horas, mas não chegou. Ele nem tentou. A fadiga o dominou, e não conseguiu determinar se o cansaço era físico ou emocional. Não tinha energia suficiente para pensar nisso.

Ele parou no estacionamento de um Walmart em uma daquelas cidades do deserto na Califórnia que eram parecidas com todas as outras cidades do deserto na Califórnia. Eram só quatro e meia da tarde, e o estacionamento estava cheio e barulhento. Por isso ele procurou a vaga mais afastada, o canto mais isolado. Mas ainda era movimentado e barulhento. August fechou as cortinas e dormiu quase imediatamente no sofá, ainda vestido.

Quando acordou, estava escuro. E muito silencioso. Ele olhou para o relógio. Passava um pouco das nove. E agora estava sem sono.

Depois de levar Woody para fazer xixi, viu se tinha mensagens no celular. Não, nenhuma. August apertou o número dois da discagem rápida, que ainda era o telefone de Maggie, sua ex-esposa. Depois de tanto tempo. Ela atendeu no segundo toque.

"Maggie", disse, pensando se não deveria ter planejado melhor essa conversa antes de telefonar.

"August? Meu Deus. O que aconteceu?"

"Por quê? Eu não devia ter ligado?"

"Bem, não sei. Devia, não devia. Só sei que nunca telefonou antes. Não nunca, mas..."

"Entendi. Eu queria te perguntar uma coisa sobre o Phillip."

Um longo silêncio do outro lado. August se perguntou se ela havia bebido. A essa hora da noite, sim, provavelmente. Mas a voz estava normal. Como sempre. A voz dela sempre esteve normal. "Por que acha que sei alguma coisa que você não sabe sobre ele?"

"Não sei. Acho que só estou procurando uma perspectiva diferente. Ou uma perspectiva."

"Entendi", ela disse com voz tensa. "Tudo bem, pode falar."

"Sei que ele nunca foi muito radical. Mas acha que Phillip gostava de aventura, embora não demonstrasse?"

"Não sei nem como pensar em uma resposta para isso."

"Acha que ele teria pensado em descer as Cataratas do Niágara dentro de um barril? Quero dizer, em um mundo mítico onde ele poderia ter total garantia de sobrevivência."

"August... para usar uma expressão do nosso finado filho... que pergunta babaca."

"É? Acho que perdi até a capacidade de julgar."

"Esteve bebendo?"

"Não! Não, não bebo há... bem, quase dois anos."

Um silêncio desconfortável.

"Que bom, August. Isso é ótimo. Fico feliz por você."

"Obrigado. Acho que é normal você não ter uma resposta. Talvez nem exista uma."

August afastou um pouco a persiana para investigar a origem de um barulho estrondoso, como se um avião taxiasse no estacionamento do Walmart. Mas o que ele viu foi um funcionário limpando tudo com um soprador de folhas. Ele enfiou um dedo na orelha que não era coberta pelo celular.

"Eu dou uma resposta se você quiser, August, mas é só minha opinião. Pode ser verdade, ou não. Acho que todo mundo ia querer descer as Cataratas do Niágara dentro de um barril, se houvesse garantia de sobrevivência. As pessoas não fazem essas coisas porque não querem morrer, e não porque não parece divertido. Acho que Phillip gostava de aventura, mas viu a gente dar com a cara em algumas paredes, por isso se tornou cauteloso. Sem essa cautela, acho que ele teria entrado no barril num piscar de olhos. Phillip tinha esses momentos. Lembra do incidente no tobogã?"

"Não."

"Como não? Foi antes de nos mudarmos para o oeste. Ele estava com Frankie, e eles foram para aquela colina que terminava na estrada."

"Ai, meu Deus. Sim. Mas não tinha nenhum tobogã nessa história, tinha?"

"Eles usaram papelão para fingir que era um tobogã, mas que diferença faz? Foi loucura. Embora... eu nunca tenha me convencido de que ele sabia que ia terminar a descida de maneira segura."

"Se não sabia, ele não teria dito que não sabia? Para se defender quando falamos com ele?"

"Você sabe que ele sempre falava bobagem quando todo mundo ficava bravo. Enfim, falando sério, August. Por que tudo isso?"

"Só pensei nisso porque deixamos um pouco das cinzas dele no rio Yellowstone, acima das quedas d'água."

"Deixamos? No plural? Está saindo com alguém, August? Que bom para você."

"Não. Não é nada disso. Viajei com os filhos de um conhecido no verão. É... uma longa história."

Silêncio. August demorou para perceber que ela esperava ouvir mais alguma coisa.

"Ligou só por isso?"

"Não", ele respondeu. E foi a primeira vez que reconheceu. Só quando a resposta saiu de sua boca.

"Eu imaginei."

"Tenho que pedir desculpas."

"Por quê?"

"Dirigi muitas vezes com ele no carro. Com... você sabe... não eram altos índices de álcool no sangue, mas era alguma coisa. O suficiente."

"Mas não havia bebido quando algo grave aconteceu."

"Mas podia ter sido comigo."

"Mas não foi."

"Não por minha causa. É isso que estou tentando dizer. Não tem nenhuma diferença entre sua situação e a minha. Sorte, só isso."

"Você nunca disse nada que me fizesse pensar diferente."

"Não."

"Mas está dizendo que sentiu o que não disse?"

"Estou dizendo que tomei cuidado para não dizer. Foi um esforço. Não sei como colocar de um jeito melhor."

"Escuta, August", ela falou, com tom mais duro. "É muita bondade sua ligar e... não, quer saber? Desculpa. Estava na defensiva por força do hábito. Foi realmente muita bondade sua ligar e dizer que poderia ter sido com você. Muito obrigada. Mas não foi."

"Eu sei."

"E não tem ideia de como me sinto."

"Nunca disse que tinha."

"De qualquer jeito, obrigada."

"Tudo bem. Era o mínimo que eu podia fazer."

Eles se despediram.

August não conseguiu voltar a dormir, por mais que tentasse. Por isso, seguiu viagem.

7
NÃO SERÁ

Eram quase dez da noite e August estava sentado em uma cafeteria conversando com Harvey. Era um lugar que servia café da manhã vinte e quatro horas por dia, se alguém quisesse. August comia uma omelete. Harvey bebia várias xícaras de café. Como ele conseguia beber tanto café àquela hora da noite era uma coisa que August nunca entendia. Ele dormia? Se dormia, como o fazia?

August ia dar aula na manhã seguinte. O primeiro dia do novo ano letivo. Pensar nisso o deixava meio enjoado. Provavelmente, devia ter adiado o encontro e ido dormir. Mas estava ali conversando.

"E a última coisa que ele me disse..."

"Qual deles?"

"Henry. O pequeno. Falei que talvez passasse por lá no próximo verão, se o pai dele não se incomodasse, e ele respondeu: 'mas ele vai'."

"E ele deve estar certo", Harvey opinou.

Harvey tinha cabelos pretos que mantinha penteados para trás com algum produto que fazia parecer que estavam sempre molhados. Era uns quinze ou vinte anos mais velho que August, e recentemente havia se submetido a uma cirurgia para remover vários cânceres de pele na testa e na mandíbula, o que havia deixado marcas em um rosto que, de outra forma, envelhecia com a beleza de um astro do cinema, mas de um jeito distintamente antiquado. Como o rosto de um astro do cinema mudo. Mas ele raramente ficava em silêncio.

"Por que diz isso?"

"Porque é verdade. E até um menino de sete anos consegue perceber."

"Acho que ele pode respeitar os laços que formamos."

"Sei. Porque ele é uma pessoa muito respeitosa mesmo. Abra os olhos. Olhe para a situação desse jeito: ele não tem nenhuma obrigação de respeitar seu relacionamento com os filhos dele. E não quer respeitar. Portanto, não vai. Você o viu de um jeito muito ruim. E os filhos viram que existem jeitos melhores. Ele se sente inferior a você. Portanto, meu palpite é que ele vai eliminar todos os indícios de que alguém chamado August já existiu na vida dele."

"Seth vai manter contato comigo."

"Esperamos que sim."

"Você nunca fala o que eu quero ouvir, Harvey."

"É, não falo. Não é meu papel falar o que você quer ouvir. Meu objetivo é mostrar as coisas como são. Talvez eu esteja errado. Espero estar errado. Mas é melhor se abrir para a possibilidade de a proximidade que viveu com esses meninos ter sido situacional, mais que tudo. Agora parece importante, mas as pessoas seguem em frente. Não têm escolha. Isso é muito complicado para você, não é? Por que é tão complicado? Esqueceu que os meninos são filhos de outra pessoa?"

"Não exatamente."

"A situação faz você sentir novamente a perda de Phillip?"

"Ou sentir pela primeira vez." August parou e ouviu o eco silencioso, mas tangível, dessas palavras. Mais uma vez, se surpreendia dizendo alguma coisa que nem havia percebido que sabia. "É estranho, não é?"

"Não."

"Sério?"

"Sério, não é. Você mesmo acabou de dizer que eu nunca falo o que quer ouvir. Ainda não passaram dois anos. As pessoas acham que dois anos são muita coisa, mas não para uma grande perda como essa. As fases vão se sucedendo. Não é só com você, é com todo mundo. É humano, só isso. A verdade não é que está sentindo pela primeira vez, embora eu entenda a sensação. A verdade é que devolver aquelas crianças te faz sentir a perda em um novo nível. De um jeito novo. Quer um conselho? Não se apegue ao elo que formou com esses meninos. Só vai se machucar. Aceite que foi uma ocorrência única, isolada. Eles prometeram manter contato, mas não vão. Conforme-se com isso. E se voltar a falar com eles, encontrá-los, vai ser uma boa surpresa."

August trabalhava em algumas anotações para a aula na mesa da sala de jantar quando o laptop tocou pela primeira vez. Era como o som de um telefone, mas não do *seu* telefone. Sabia que o barulho vinha do computador, mas ele nunca tinha tocado antes, e não sabia o que era aquilo.

Só no quarto toque ele viu o ícone do Skype pulando na tela. Quando clicou nele, o rosto de Seth apareceu imediatamente em uma nova janela, pouco iluminado e meio distorcido pela proximidade exagerada com a câmera do computador.

Tinha uma conta no Skype há pouco mais de uma semana e queria ligar para os meninos, mas Seth havia dito que era melhor esperar, que ele chamaria. Não tinha qualquer explicação para isso, mas August podia imaginar qual seria.

"Estou vendo você!", August exclamou, meio surpreso com a alegria que ouviu na própria voz.

Seth franziu a testa. "Eu não te vejo. Liga a câmera, August. Tem uma câmera, não tem?"

"Nunca usei, mas sei que tenho. Como eu ligo essa coisa?"

"Está vendo o ícone que parece um olho? Ele está dentro de um círculo com uma linha em cima do ícone?"

"Sim, isso mesmo."

"Clica em cima dele."

August clicou, e o ícone mudou.

"Agora eu te vejo", disse Seth. "Henry, August está comigo. Vem dar um oi."

O rosto hesitante de Henry surgiu sobre o ombro do irmão, e ele acenou silencioso.

August sentiu as patas de Woody na perna e olhou para baixo. O cachorro estava curioso sobre as vozes conhecidas. Ou só porque ouvia vozes na sala vazia. August não sabia se um cachorro era capaz de reconhecer vozes através de um equipamento eletrônico. Ele abaixou e pegou Woody.

"Woody!", os meninos gritaram, ao mesmo tempo.

O cão inclinou a cabeça para o lado, e os meninos riram.

"Nada. Estou fazendo a lição de casa", disse Seth. A janela congelou e desapareceu. A chamada havia sido encerrada.

August tentou voltar às anotações, mas estava distraído, agitado. Ele foi fazer um sanduíche, voltou à mesa com o lanche e deu uma olhada nos e-mails. Só o spam habitual, exceto por uma mensagem de Maggie que ele não teve coragem de abrir imediatamente.

O computador tocou de novo, e ele correu a atender a chamada. O rosto de Seth apareceu na tela outra vez.

"Desculpa, August. Meu pai entrou no quarto."

"Quer dizer que ele não pode saber que tenho contato com vocês?", August perguntou, pensando que estava se comportando como uma criança ressentida.

O rosto de Henry surgiu novamente sobre o ombro de Seth. De novo um aceno silencioso.

"Talvez seja só uma fase", disse Seth. "Ele está de mau humor. Não é, Henry?" Henry respondeu apertando o nariz entre o polegar e o indicador.

"Um humor bem fedido", explicou Seth.

"Mas está tudo bem com vocês... não está?"

"Bem, ele não é violento, se é isso que quer saber. Só grita muito e parece que está sempre bravo. Diz umas vinte vezes por dia que a gente irrita ele. Ontem foi tão ruim que juro que pensei em pegar um documento dele e comprar bebida. Mas não fui, é claro. Só pensei. Hoje Henry me falou como teria sido muito melhor se a gente tivesse ido ficar com você em San Diego até dezembro." Henry assentiu em silêncio. Solene.

"Ele é muito mais legal quando está bebendo. Mas não devia estar falando sobre meu pai, porque não quero que ele me escute. As fotos ficaram incríveis, August. Levei para a escola, e o professor me deixou mostrar os slides para a classe toda, e eu fiquei em pé e falei o que era cada imagem e o que fizemos lá. Agora sou tipo um astro do rock. Todo mundo tem inveja de mim. Até os garotos que viajam, como Randy Simmons. Ele foi ao Grand Canyon no verão passado. Muitos garotos vão a um lugar nas férias. Mas ninguém que eu conheço foi a tantos lugares no mesmo verão. É como férias em todos os lugares. Todo mundo está com inveja. Mas não de um jeito ruim. Bem, não a maioria."

Um breve silêncio. E, antes de a pausa terminar, August ouviu alguém batendo na porta. Era estranho. Não estava esperando alguém. E ninguém ia à sua casa sem avisar antes, porque todo mundo sabia que ele não gostava disso.

"Tem alguém batendo na porta."

"Ah, tudo bem, August. A gente conversa depois."

"Detesto interromper. Estava esperando para falar com vocês."

"Não faz mal. A gente chama de novo."

"Promete?"

"É claro. Prometo. Vai ver quem é."

A imagem de Seth congelou e desapareceu. E August teve a sensação de que um pedacinho dele, um pedaço de vida, desaparecia com ele. Como uma pequena chama soprada.

Ele atravessou a casa para atender à porta, furioso com quem estava do outro lado. Quando abriu a porta, se deparou com a ex-esposa. Ela havia cortado o cabelo. Sempre o manteve na altura dos ombros, mas agora estava de cabelo curto. E também havia parado de tingir os fios, deixando-os grisalhos. August gostou do resultado e se perguntou por que não tinha sido sempre assim. A presença súbita fazia com que sentisse dificuldade para engolir a própria saliva.

"Eu estava em uma chamada importante", ele disse, sabendo que era indelicado e não se incomodando muito com isso.

"Posso voltar outra hora."

August suspirou. Apoiou a testa na madeira da porta.

"Agora já desliguei, pode entrar."

"Tem alguma coisa para beber por aqui?", ela perguntou, andando pela sala de jantar como se planejasse descobrir por conta própria.

A casa também havia sido dela por mais de vinte anos. Ela se ofereceu para sair levando apenas os pertences pessoais, e pediu praticamente nada no divórcio. Resultado da culpa que carregava, talvez.

August a viu olhar em volta e tentou imaginar qual era a sensação de estar ali. Familiaridade confortável? Familiaridade dolorosa? Talvez agora percebesse que tinha desistido de muita coisa?

"Tenho dois tipos de refrigerante, café e chá."

"Não foi isso que eu quis dizer."

"Mas devia saber. Você sabe que eu não bebo mais."

"Não tem nada para servir para uma visita?"

"É claro que não. Por que teria?"

"As pessoas gostam de uma bebida quando vão visitar alguém, sabe?"

"Eu nunca convido ninguém para vir me visitar. E, se alguém aparece sem avisar, não me interessa do que gosta. Se alguém quer beber e vem à minha casa, está batendo na porta errada. Pode beber antes de vir e quando for embora." Ele se perguntou se Maggie havia bebido. Se beberia depois.

Ela o encarou por um longo instante. Depois voltou à sala de estar e sentou-se no sofá. "Acho que me enganei", disse.

August se acomodou na grande poltrona estofada ao lado do sofá. Ela se esforçava para não olhar para ele de novo. "Sobre o quê?"

"Achei que seu telefonema naquela noite era uma tentativa de reestabelecer contato."

"Ah."

August sabia que devia dizer mais alguma coisa, mas não sabia o que dizer. A resposta sincera era não. Não tinha qualquer intenção de retomar contato com ela em caráter permanente. Mas agora ela já sabia disso e seria desnecessariamente cruel afirmar a verdade em voz alta.

"Toda aquela conversa estranha sobre Phillip não fazia muito sentido. Pensei que fosse um pretexto."

"Lamento se dei a impressão errada. O motivo do telefonema foi exatamente o que eu disse." Percebeu que estava reafirmando o que ela já sabia, o que tinha decidido não fazer. Mas fazia, e não conseguia parar. "Queria realmente uma resposta para aquela dúvida sobre Phillip, e depois, quando começamos a conversar, eu quis me desculpar. Já havia comentado com um dos meninos que viajaram comigo que eu devia isso a você, e por algum motivo, até estar falando com você pelo telefone, nunca tinha passado pela minha cabeça pedir desculpas diretamente."

August parou de falar. Não sabia o que dizer. Procurou aquela parte dele que a havia amado por tanto tempo, mesmo sabendo que seria doloroso tocá-la. Não encontrou nada, mas não achou que nunca houvesse existido.

Tinha um quebra-cabeça tridimensional de madeira em cima da mesinha de centro. Phillip o havia construído na marcenaria do colégio, e August viu a mulher tocar as peças quase distraída. Ela sempre teve a expressão de um jogador de pôquer. Diferentemente de August, cujo rosto sempre revelava tudo o tempo todo.

"Qual é a situação com essas crianças? São filhos de quem?"

"Ah, conheci dois meninos a caminho do Yellowstone. O pai deles passaria o verão na cadeia, e eu os levei comigo na viagem."

"Por quê...?"

"Não sei. Eram bons meninos. E eles precisavam disso."

"Perguntei por que o homem foi preso."

"Ah. Por dirigir alcoolizado."

August se sentiu perturbado, quase incapaz de falar. Não conseguia organizar os pensamentos necessários para dar sentido à conversa. Estava confuso, como se tivesse febre ou houvesse batido a cabeça. Como se estivesse acordando. Maggie parecia tranquila e atenta. Talvez fosse só uma consequência de comparar o lado de dentro de sua cabeça com o lado de fora dela.

"Não me diga que virou missionário."

"Não entendi."

"Faz parte do programa? Tem que encontrar e salvar alcoólatras por onde passa?"

"Não. Eu não procurei essas pessoas. Elas me encontraram. O trailer quebrou, eu telefonei para o Auto Club para pedir um guincho e aquele homem apareceu e me rebocou até sua oficina."

"Coincidência", ela comentou.

August não entendeu o significado do comentário. Na verdade, estava cada vez mais perdido. Compreendia cada vez menos de tudo.

"É piada?"

"Não. Por que seria?"

"Se eu tivesse encontrado alguém cujo filho morreu em um acidente de carro dois anos atrás, aí sim seria uma coincidência digna de comentário. Mas é quase impossível jogar uma pedra em um grupo de pessoas sem acertar um alcoólatra."

Ela o encarou. August ficou vermelho e virou o rosto. Mais uma vez, não conseguiu interpretar a expressão da mulher.

"Acho que isso depende de como você define um alcoólatra", disse Maggie.

Seguiu-se um silêncio vibrante, e August refletiu sobre o problema que já haviam encontrado. O assunto abordado era naturalmente difícil. Trazia a lembrança do motivo para as coisas terem desandado entre eles. Porque, aparentemente, elas sempre dariam errado. Queria expressar o sentimento, mas, antes de conseguir organizar os pensamentos, ela falou.

"Éramos bons juntos. O que aconteceu?"

August se surpreendeu com a pergunta, justamente quando ele absorvia o quanto não eram bons juntos. Ficou quieto. Não conseguia falar.

"Acho que me expressei mal", Maggie continuou. "Eu sei o que aconteceu. É óbvio. O que me pergunto é se o que aconteceu é permanente."

Ele abriu a boca para responder e mergulhou em águas ainda mais profundas. Porque, de repente, refletia sobre a ideia. E se o que aconteceu com seu casamento não fosse um beco sem saída, mas a maior lombada do mundo?

Uma parte dele se apegava à possibilidade, enquanto outra mais sutil, mais escondida, puxava sua manga e o avisava que estava esquecendo de alguma coisa. Havia um motivo. Era um beco sem saída. E sabia disso. Mas não conseguia lembrar que motivo era esse.

"Ah", ele exclamou quando lembrou. Ele não tinha a intenção de dizer aquilo em voz alta.

"Ah o quê?"

"Você bebe, e eu não."

"E isso é motivo para encerrar uma relação?"

"Eu acredito que sim."

"Não existe um casal em que um beba e o outro não?"

"Pode existir. Mas não creio que seja um plano viável. Quando você estava a caminho daqui para me dizer que devemos pensar em ficar juntos de novo... diga a verdade... pensou em parar de beber? Ou pensou que eu voltaria a beber? Ou acha que a diferença realmente não é importante?"

"Nem pensei nisso. Espere, deixe eu ver se entendi. Nunca mais esteve com alguém que bebe?"

August endireitou o corpo e tentou clarear as ideias. Também se sentia um pouco na defensiva, e resolveu mudar de atitude antes de continuar. Conseguiu, em grande parte. "Se eu conhecesse uma mulher que bebe uma taça de champanhe em uma comemoração ou que pede uma taça de vinho durante um jantar em um restaurante... não seria um problema."

"Interessante. Parece que se colocou no papel de juiz, júri e executor de quanto é aceitável e quanto é demais."

"De jeito nenhum." August sentia que finalmente pisava em terreno mais firme.

"Qual é a linha divisória, então? Se não é arbitrário e não é um julgamento seu, onde está o limite?"

"É simples", ele disse. "Uma coisa é beber em um restaurante. Outra coisa é beber na minha casa. As pessoas podem fazer o que quiserem em restaurantes. Não é da minha conta. Não posso livrar o mundo do álcool, e nem tentaria. São coisas que estão além do meu controle. Mas eu controlo minha casa. E entrar na sala de jantar ou na cozinha e encontrar uma garrafa aberta com bebida alcoólica no lugar onde eu moro ultrapassa o limite. Não tem nada a ver com julgar alguém. Eu sei como quero viver na minha casa, só isso."

August esperou, mas ela não respondeu. Pegou o quebra-cabeça de madeira e o colocou na palma da mão, sacudindo-o suavemente de um lado para o outro. Olhava para as peças lixadas que se mexiam sem sair do lugar. Se Phillip estivesse ali, teria tirado o quebra-cabeça da mão dela e o colocado novamente sobre a mesa. Ele odiava tiques nervosos e movimentos repetitivos desnecessários. Dizia que isso dificultava o raciocínio e que pensar já era suficientemente difícil. August compreendeu que podia ter se encontrado na situação, enquanto ela se perdia.

Maggie continuou em silêncio.

"E você?", August perguntou. "Conseguiria viver em uma casa sem nenhuma bebida alcoólica?"

Para sua surpresa, ele sentiu alguma coisa despertar no peito, uma mistura aflita de antecipação e esperança. Não sabia que ainda tinha algum resquício de esperança ali dentro. Estivera tão ocupado com a perda do filho que todas as outras perdas ficaram em segundo plano. Tão afastadas que as tinha perdido de vista completamente.

"É claro que poderia", ela disse. "Só não sei por que teria que ser assim."

O pássaro da esperança fechou as asas e voltou para as sombras. "Ainda tenho que terminar de preparar uma aula. Não sei o que deu em você para vir até aqui sem avisar antes."

"Ainda sente a eterna necessidade de controlar tudo, não é?"

Não, não sentia. Na verdade, August notou com uma agradável sensação de surpresa que nem precisava convencê-la disso.

"Eu te acompanho até a porta", disse.

August ficou sentado à mesa da sala de jantar por mais meia hora, esperando o computador tocar. Queria desesperadamente retomar a conversa com os meninos. Queria demais, na verdade, e sabia disso. Como se precisasse da chamada para se salvar. E sabia que isso não era certo. Mas não conseguia pensar em um jeito de reparar esse erro. Não podia trabalhar nas anotações, porque não tinha concentração.

Olhou no relógio e viu que já estava vinte minutos atrasado para a reunião habitual. Chegaria com meia hora de atraso, mas era a única opção que fazia sentido, por isso ele pegou uma jaqueta e as chaves do carro e saiu correndo.

"Queria falar com os meninos", August contou a Harvey enquanto tomavam café. "Porque queria que eles entendessem que sei exatamente como se sentem."

Harvey estreitou os olhos com desconfiança.

"Porque a ex-esposa também está tentando reatar com eles?"

"Porque eu não era o mais importante para ela. Perguntei se ela deixaria de beber por mim. E a resposta foi não."

"Ela é sua ex, August. E não existe ex-pai. Eles precisam ser o que há de mais importante na vida dos pais. E é obrigação de um pai colocar os filhos acima de tudo. Quantas pessoas você conhece e sabe que foram tratadas como prioridade pelo ex?"

"Acho que não está entendendo. Eu fui casado com ela por quase vinte anos. Criamos um filho. Ela foi à minha casa para tentar me dizer que podíamos resolver os problemas que nos separaram. Acha mesmo que uma parte de mim não se animou com a ideia? Acha que não existe em mim uma parte que ainda quer exatamente isso?"

A garçonete se aproximou para servir mais café na xícara de Harvey. Os dois ficaram em silêncio até ela se afastar.

"Tudo bem, entendi", Harvey falou. "Não quis dizer que não é importante. Mas quero te dar mais material para refletir. Você queria falar com os meninos para contar a eles que entende como eles se sentem. Muito bem. Somos todos seres humanos, e tem coisas que todos nós sentimos. Você também sabe como eles se sentem quando estão sozinhos, mas não se sente forçado a ligar para eles para contar. Acho que precisava falar com eles porque, nesse momento, sente necessidade de um salva-vidas emocional. E porque os transformou em seu salva-vidas emocional. E isso não é justo com eles. São crianças. Filhos de outra pessoa. Você devia tentar resgatar esses meninos, e não contar com eles para ser resgatado."

August franziu a testa e espetou com o garfo um pedaço de panqueca que nem queria mais. Sabia que Harvey estava certo, mas se negava a admitir, porque isso o obrigaria a cortar o cordão de uma vez por todas.

"Me explica por que ainda me dou ao trabalho de vir falar com você, Harv?"

"Se você não quer ouvir a verdade, pode ficar longe até mudar de ideia."

August suspirou. "O que eu faço?"

"A mesma coisa que fazia antes de conhecer os meninos. Vá trabalhar, participe das reuniões. Telefone para o seu padrinho. Cumpra os passos. Siga sua vida e deixe aquelas crianças seguirem em frente. É a única coisa que você pode fazer."

Naquela noite, August sonhou com Phillip. Foi a primeira vez. Bem, não exatamente, mas foi a primeira vez que Phillip apareceu de verdade. Nas semanas depois do acidente, August sonhava quase todas as noites que recebia um telefonema avisando que Phillip estava no hospital. Ferido, mas vivo. E quase todas as noites ele corria ao hospital para dizer ao filho que alguém havia avisado que ele estava morto. E que acreditava que ele estava realmente morto. Mas sempre acordava antes de chegar lá.

Dessa vez, o sonho foi diferente.

August sonhou que estava sentado à mesa da sala de jantar, rolando aquela velha garrafa pelos dedos. Mas ela não continha chá. Continha cinzas, como aquela que havia levado no porta-luvas do trailer. Quando finalmente levantou a cabeça, viu Phillip sentado à mesa com ele. E August não se surpreendeu. Sentiu-se gratificado. De fato, a sensação era de que o coração se distendia, crescia até quase dobrar de tamanho. Mas não se sentia surpreso, nem um pouco. Tentou falar, mas não conseguia. Literalmente, não conseguia.

"Eu *certamente* desceria as Cataratas do Niágara dentro de um barril", disse Phillip ao seu pai.

"É mesmo?" August de repente reencontrou a voz. "Pensei que não fosse o tipo de pessoa que iria."

"Eu estava vivo. E isso poderia ter me matado. Então, naquele tempo, não faria. Mas agora faria. Sem pensar duas vezes."

August olhou de novo para as cinzas na garrafa, pensando em como as palavras do filho afetariam os planos de espalhá-las. Quando levantou a cabeça, Phillip havia desaparecido.

August acordou sentado na cama. O relógio marcava quatro e dez, e ele só conseguiu pensar em quanto gostaria de telefonar para Henry e Seth e contar sobre o sonho. Só mais tarde ele percebeu que isso não seria possível, mesmo que ligasse no dia seguinte, porque havia dito a Seth que Phillip adorava aventuras e desafios. O sonho seria seu segredo.

Mas a urgência de falar com os meninos persistia e, por isso, ele entendeu que Harvey estava certo. Havia transformado aquelas crianças em salva-vidas, e isso não era justo com elas. Era ele quem devia resgatá-las, não o contrário.

Depois de dez ou onze dias digerindo aquelas palavras, August conseguiu aceitá-las. E foi bom, porque Seth não voltou a chamá-lo até o Natal.

E quando o fez, contou que o pai estava cumprindo o que havia prometido e só bebia duas ou três doses à noite. Com um pequeno detalhe. As doses eram cada vez maiores.

Quando Seth ligou, uma dose, de acordo com os padrões do pai dele, era um copo grande de água cheio de uísque ou vodca sem gelo, sem água ou qualquer outra coisa. Mas os meninos não se importavam, Seth contou, porque ao menos ele ficava em casa.

No fim da conversa, Seth agradeceu pela oferta de August, que disse que eles poderiam ir passar um tempo com ele. E ele agradeceu de um jeito que deixou claro para August que ele era um fator importante na relativa tranquilidade que estavam vivendo. Nada nesse mundo era garantido, mas Seth e Henry viviam em um estado razoável de tranquilidade porque podiam contar com August como plano B.

August se lembrou das palavras de Harvey e, quando se despediu, libertou os meninos mentalmente e em silêncio. Deixou que seguissem vivendo a própria vida. Torcia para o pai deles não se meter mais em qualquer confusão, mesmo que isso significasse nunca mais ver as crianças. Porque isso é o que a gente faz.

A gente supera.

Old
Faithful

CONTINENTAL

Bechler R.

Fall R.   Snake

Bodo

Huckleberry
Mtn.

Moose
Basin

JACKSON LAKE

Mt. Moran

YELLOWSTONE
National Park

PARTE TRÊS
FIM DE MAIO, OITO ANOS DEPOIS

1
FRAQUEZA

August atravessou a sala de estar devagar, tomando cuidado para não tropeçar em Woody, e sentou-se na frente do computador. De olhos fechados, fez uma prece simples, silenciosa. *Por favor, que Seth esteja lá.*
Havia se preparado muito para isso, e não tinha sido nada fácil. Se Seth estivesse fora do quarto, August perderia a coragem — podia sentir — e não tinha ideia de quanto tempo levaria para recuperá-la.
Ele ligou o laptop e abriu o Skype. Depois de oito anos, ainda tinha apenas um contato: Seth. Clicou no ícone de chamada, aliviado ao ver que o menino estava on-line.
August podia chamá-lo sem se preocupar, agora que ele estava fora de casa, na universidade. No ano anterior, o primeiro dele, haviam conversado com frequência. Oito ou dez vezes, mais que em todos os anos anteriores. Este ano, a previsão de Harvey sobre a vida seguir em frente parecia ter se reafirmado. Ou então August havia evitado a conversa que se preparava para ter agora.
"Oi, August", disse Seth, e seu rosto apareceu em uma janela na tela do computador.
Ele era alto como o pai. Desajeitadamente alto, como se a vida o tivesse esticado. Usava óculos pequenos e redondos de armação de metal, e o cabelo comprido e enrolado cobria a gola da camisa. Como o do pai.

Agora ele usava barba, um cavanhaque bem aparado que August ainda não tinha visto. Na última vez que o chamou, Seth ainda mantinha o rosto barbeado.

"Oi, Seth. Isso é novo, não é?" August tocou o próprio queixo para demonstrar a que se referia.

"Ah, sim", Seth confirmou, meio acanhado. "É um experimento. Talvez mantenha, talvez não. Escuta, August, desculpa pelos meses de silêncio. Estive ocupado com a faculdade. Minha carga horária é maluca este semestre, não sei onde estava com a cabeça quando me inscrevi em tantas disciplinas."

"Não foi culpa sua. Eu podia ter ligado. Mas também estive ocupado. Problemas de saúde..."

"Sim, você falou alguma coisa na última vez que conversamos, mas não entrou em detalhes. E parecia ótimo. Ainda parece, aliás. E aí... tudo bem agora?"

"Não, alguns problemas persistem..."

A expressão de Seth mudou quando ele percebeu o medo. *Comecei mal*, August pensou. *Devia ter escolhido outra via. Outro jeito que não o preocupasse tanto.*

"Por favor, August, fale de uma vez. É grave?"

"Não corro risco de morte."

Seth se soltou na cadeira, e August ouviu o barulho das costas batendo no encosto. "Bem, graças a Deus por isso. Mas o que é? Qual é o problema? Você parece bem."

"Não é o tipo de coisa que dá para ver pelo monitor do computador. Não é esse tipo de doença. É só... nos últimos meses... tenho tido problemas nas pernas."

Seth franziu a testa. Uma expressão que seria quase cômica, se o momento não fosse tão sério. "Nas pernas?"

"Sim. Elas estão enfraquecendo. Na verdade, vem acontecendo há mais tempo, não só há alguns meses, mas a gente sempre tem um milhão de explicações para essas coisas. E depois de um tempo, acaba descobrindo que é algo mais que normal. Estou correndo atrás de um diagnóstico há algum tempo. Acho que por isso não te chamo há meses. Não queria contar que tinha um quadro desses me atormentando, e ainda sem nenhum diagnóstico."

"E agora já sabe o que é?"

"Sim. Fiquei sabendo hoje. É um tipo de distrofia muscular."

August ficou em silêncio. Não sabia por quê. Talvez para o caso de Seth querer falar algo. Talvez por ser difícil continuar.

"Não sabe quanto eu queria poder conversar com você e pesquisar no Google ao mesmo tempo", Seth confessou.

"Não se assuste muito com a pesquisa, porque vai encontrar formas bem horríveis que eu não tenho. Distal. É como eles chamam. Afeta as extremidades. Mãos, braços, panturrilhas e pés. Minhas mãos estão bem, mas isso pode mudar. Existem muitas formas da doença, e a minha não é a pior delas. Vai continuar progredindo, mas a tendência é que progrida devagar. E não ameaça minha vida. Provavelmente, vou viver tanto quanto viveria sem a distrofia."

Seth piscou algumas vezes, depois tirou os óculos e esfregou os olhos com força.

Nesse meio tempo, seu companheiro de quarto passou por trás dele fazendo barulho, falando coisas que August não conseguiu entender. "Pete, estou no meio de uma conversa importante", avisou. "Ou cala a boca, ou sai."

"Caramba", Pete falou, olhando para August pela tela do computador. "Alguém está azedo."

E desapareceu.

Seth respirou fundo e se recompôs. "Isso é assustador."

E August, que não estava com disposição para joguinhos, respondeu: "Sim, é".

"Quais são as consequências disso, August? Como sua vida vai mudar?", perguntou.

"É difícil prever. Depende de como o quadro vai progredir, em quanto tempo. Mas tenho alguma dificuldade para andar. Estou usando bengala há um ou dois meses, mas logo terão que ser muletas. Talvez aparelhos nas pernas. Na pior das hipóteses, posso acabar em uma cadeira de rodas, mas pode não ser tão grave. Só depende da rapidez com que vai progredir."

"Ainda consegue dirigir?"

August se perguntou se Seth havia adivinhado o propósito da ligação ou se sabia exatamente aonde ele queria chegar.

"Tenho dirigido, sim. Dirigi normalmente até pouco tempo atrás. Nesse momento, meu carro está passando por uma adaptação para receber controles manuais. Mas depois, se eu tiver problemas nas mãos... talvez não possa mais dirigir. E isso me leva ao motivo da ligação. Quero dizer, eu te chamei para falar sobre o diagnóstico, é claro, mas tive que tomar uma decisão, e talvez eu esteja errado. Talvez não signifique nada para você, mas..."

"Fale, August."

"Vou ter que vender o trailer."

Seth ficou em silêncio. August tentou ler sua expressão, mas não conseguiu. Talvez fosse o excesso de especulação esperançosa sobre os meninos se importarem ou não com o trailer. Talvez só ele acreditasse nessa história sobre o verão inesquecível e o que o veículo representava aquele tempo, o que o tornava histórico e sentimental. Talvez o motor home fosse só um grande pedaço de ferro velho para eles. E talvez não devesse ser mais que isso para August.

"Não dá para instalar controles manuais no trailer?", Seth perguntou depois de um tempo.

"É mais que isso. Tem a escada estreita no fundo. Esvaziar os tanques, ligar a água e a eletricidade. É preciso ficar em pé e ter as mãos livres para esse tipo de coisa. Agora isso é demais para mim. Já é muito complicado. E não vai melhorar."

"Ah." Seth abaixou a cabeça, desviou os olhos da tela.

"Não sei se é importante para você. Sei que tem lembranças relacionadas ao trailer..."

"E como tenho."

O comentário aqueceu o peito de August. Ele tentou responder, mas não encontrou as palavras.

"Quanto está pedindo por ele?"

"Ainda não pensei nisso. Vou ter que pesquisar, nem sei quanto ele vale. É velho, tem muitos quilômetros rodados."

"Eu quero comprar o trailer, August."

Essa era uma resposta que August não esperava, e ele precisou de um minuto para se recuperar da surpresa e reorganizar os pensamentos.

"Tem certeza de que o quer só por razões sentimentais?"

"Não, não é *só* por razões sentimentais. Quero viajar nele. Posso usar o trailer quando for escalar. Mas vou ter que parcelar o valor. Parcelas pequenas. *Bem* pequenas. Tudo bem?"

"É claro que sim. Mas tem certeza? Como eu disse, o trailer é velho e tem muitos quilômetros rodados."

"August, eu cresci dentro de uma oficina mecânica. Sei consertar 75% dos defeitos que podem aparecer, e os outros 25% meu pai conserta de graça."

"Bom argumento."

"Está decidido, então. Assim que começarem as férias de verão, eu vou buscar o trailer em San Diego."

August sentiu o peito se expandir quando pensou em receber uma visita de Seth. Não havia considerado essa possibilidade ao fazer a chamada.

"Combinado, então. Pode contar a novidade ao Henry?"

"Não. Eu não conseguiria, August. Isso é sério. Ele precisa saber por você. Tenho uma ideia. Vou pedir para ele te ligar. Vou dizer para ele telefonar na primeira vez que meu pai sair de casa. Não vai demorar muito. Ele voltou a sair e passar quase todas as noites fora."

"Ah, não. Eu pensei que o seu pai estivesse cumprindo o que prometeu a vocês."

"Isso foi há muito tempo, August. Desde que eu vim para a faculdade... bem... acho que ele pensa que eu sou o fiscal desse plano. E você sabe, Henry tem quinze anos, não é mais uma criança."

"Mas você não me contou."

"Não queria que se preocupasse." Silêncio. Nessa pausa breve, Seth evitou encarar August na tela. "Enfim, Henry vai ligar, e você mesmo pode dar a notícia. Tudo bem?"

"Tudo bem. Combinado."

Odiava a ideia de ter essa conversa pela segunda vez. Mas Seth estava certo. Henry precisava ouvir a notícia de sua boca.

"Foi bom te ver de novo", Seth falou, com um sorriso tímido. "Puxa, oito anos! Hã? Como deixamos passar tanto tempo, August? Juramos que isso não ia acontecer."

"Não sei. Nem imagino por que o tempo faz essas coisas. Ou por que as pessoas fazem o que fazem. Tudo é um mistério para mim."

Henry telefonou pouco depois das dez daquela noite, interrompendo o sono de August. Confuso e sonolento, August levou um tempo para entender que não era tão tarde e que, portanto, a ligação não era um sinal de problemas graves. Quando percebeu que era Henry, ele nem se incomodou com o telefonema fora de hora. Na verdade, só se sentia humilhado por ter ido para a cama tão cedo.

"Desculpa, August. Sei que não é legal telefonar para a casa de alguém tão tarde, mas acabei de falar com Seth e preciso saber o que está acontecendo."

"Henry?" Sabia que era ele, mas ainda duvidava.

"Sim, sou eu."

"Meu Deus, como a sua voz mudou. Parece a voz de um homem adulto agora."

"Ah, para com isso. Você falou com a gente depois que minha voz mudou."

"Talvez, mas Seth falava o tempo todo." August se apoiou sobre um cotovelo, e Woody se aproximou como se quisesse saber o motivo de tanta comoção.

"O que está acontecendo, August? Seth disse que você vai vender o motor home. E ele me contou que vamos comprar o veículo. Bem, ele vai. Quero dizer, nós vamos. Ele disse que vai me levar quando for escalar."

"Você também escala?"

"Eu? Não! Está brincando? Ele me leva a Yosemite e Joshua Tree, mas não para escalar os paredões. Ele nunca me levou para escalar os paredões, nem com todos os equipamentos de segurança do mundo. Mas por que vai vender o trailer? Não parei para pensar na hora, acho que imaginei que ia só trocar por outro mais novo. Ele deve ser bem velho. Mas Seth disse que não, que você não vai mais passar o verão viajando. E eu sei que você adora viajar no verão. Os parques nacionais, as trilhas, a estrada. É quase como se, sem isso, não fosse mais você. E ele não me explicou por quê. Disse que eu tinha que ligar e que você mesmo me diria. Fiquei nervoso, não consegui dormir e... fale, por favor."

Quando ele finalmente ficou quieto, August quase perguntou de novo se era realmente o Henry. Nunca tinha ouvido o garoto falar tanto de uma vez só. Ele havia mudado tanto assim? Ou era a preocupação que o fazia falar?

August demorou um instante para começar a falar. Ainda digeria o comentário de Henry. Não seria ele sem aqueles verões. A ideia brincava pelos cantos de sua cabeça desde o diagnóstico, mas nem ele mesmo a havia expressado de forma tão sucinta. Agora que Henry havia tocado no assunto, ele estava chocado e tentando entender quem seria de agora em diante. Não conseguia escapar da sensação de que não seria alguém tão bom.

"Estou com alguns problemas de saúde..."

"Ai, meu Deus. Era disso que eu tinha medo. De você dizer que está morrendo. August, juro, vou morrer junto. Aqui, agora."

"Não estou morrendo."

"Ah, graças a Deus. Graças a Deus não está morrendo. Não sei se suportaria. E o que pode ser tão grave que vai te impedir de entrar naquele trailer de novo?"

"Distrofia muscular distal."

Silêncio.

"Espere", Henry pediu, com sua surpreendente voz de homem adulto. "Estou pesquisando."

August esperou agradecido. Era bom saber que não teria de repetir tudo de novo.

"Ah", Henry murmurou depois de um tempo.

"Poderia ser pior", disse August.

"Poderia ser melhor", Henry respondeu imediatamente.

Mais silêncio. August não sabia se Henry estava lendo ou simplesmente absorvendo o que já havia lido.

"Isso é horrível", ele falou depois de mais um tempo. "A única coisa que não é horrível nessa história toda é que vamos te ver logo. Dia dez."

"Vamos? Não sabia que você também viria. Que ótimo!"

"Merda. Ai, desculpa. Desculpa pelo palavrão, August. É que acabei de fazer uma bobagem. Devia ser surpresa. Não fala para o Seth que eu te contei. Eu disse que iria para ajudar na direção."

"Você dirige?"

"Tenho permissão de aprendiz."

"E só precisa disso?"

"Bom, eu não posso dirigir sozinho, apenas na companhia de um adulto."

"Quantos anos o adulto tem que ter para esse tipo de coisa? Dezoito ou vinte e um? Porque Seth não tem vinte e um."

"Não pensei nisso. Não sei. Mas... ah, se eu não puder dirigir, posso manter o Seth acordado enquanto *ele* dirige."

"São só seis ou sete horas."

Henry não respondeu. Era como se o comentário de August o tivesse paralisado. E August não sabia por quê.

"Mas, olha só, o que é que estou falando? É claro que quero que você venha, seja qual for o motivo. Sinto mais saudade de você do que do Seth, porque falo mais com ele, agora que saiu de casa para ir para a faculdade."

Uma pausa breve.

"Sente saudade de nós?"

"É claro que sim."

"Desculpa, não mantive contato como Seth mantém. Você sabe como é. Ele é mais rebelde que eu. Sempre foi."

"Não entendi. Por que tem que ser rebelde para manter contato comigo?"

"Aaaahhh!", Henry se irritou. "Burro, burro, burro. Estou estragando tudo. Não devia nem estar falando. Devia voltar para a rotina de silêncio, porque sempre estrago tudo. Vejo você em quinze dias. Mal posso esperar."

E ele desligou.

August ficou sentado por muito tempo assistindo à televisão, mas não via nem ouvia nada, na verdade. Tentava decidir se estava certo por ter achado que alguma coisa naquela conversa era estranha.

Na noite seguinte, por volta das sete e meia, Harvey parou na entrada da garagem e buzinou. Justamente quando August começava a sentir os efeitos da falta de sono. Woody pulou sobre o encosto do sofá e latiu alto o bastante para ferir os ouvidos de August.

"Quieto", disse ao cachorro, passando a mão nos pelos eriçados das costas do animal. "É só minha carona. É o Harvey."

O nome interrompeu os latidos e provocou um movimento do toco de cauda.

August levantou e pegou as duas bengalas, que estavam apoiadas na mesinha de centro. Ficou desapontado, mas não surpreso, quando Harvey chegou à porta antes dele.

"Já estou indo, Harv. Só um segundo."

Abrir a porta era um pouco complicado, porque ela se movia para dentro. Não queria se inclinar muito para a frente. Não queria que a porta acertasse as bengalas quando fosse aberta. Por isso se aproximou, destrancou a porta e, com cuidado, recuou vários passos.

"Entra."

Harvey entrou, ajoelhou-se no chão e cumprimentou o cachorro saltitante. "Ele não muda nunca, não é? Ainda se comporta como um filhote. Pronto?"

"Tanto quanto sempre estarei. Woody, quieto! Você fica. Vou à reunião, volto logo."

Harvey segurou a porta para ele sair, depois a fechou atrás dele. Enquanto August andava cauteloso pela calçada, Harvey trotava na frente para abrir a porta do passageiro do carro. Como todo mundo fazia hoje em dia. Portas eram abertas para ele na escola. Cadeiras eram puxadas por pessoas que ele nem via se aproximando e eram mantidas firmes até ele se sentar. Mãos aparentemente sem corpo seguravam seus cotovelos quanto tentava se levantar. Exceto em casa, é claro. Onde ficava sozinho.

Queria pedir para as pessoas pararem. Queria explicar que precisava se adaptar, encontrar seu jeito. Mas cada movimento logístico de sua rotina era cansativo. Era muito mais fácil seguir pelo caminho do menor esforço.

Harvey pegou as bengalas e as colocou no banco de trás, depois segurou o cotovelo de August.

"Não precisa, tudo bem. Vou segurar a alça em cima da porta, sem problemas."

Ele se sentou com um suspiro. Woody estava na janela, meio agitado enquanto os via partir. Um lampejo de memória passou pela cabeça de August. Um momento em Weeping Rock com os meninos em Zion. Seth perguntando se Woody ficava triste por ficar sozinho no trailer. August nunca havia pensado nisso antes. Devia ficar.

Mas cada um de nós tem alguma coisa que causa tristeza, ele pensou. *E ninguém pode nos salvar de todas elas.*

Harvey entrou no carro e ligou o motor. "Agora são duas bengalas? Isso significa que a coisa está progredindo mais depressa do que você imaginava?"

"Não. Significa que esperei tempo demais para usar duas bengalas. Caí duas vezes e tudo era mais duro do que deveria ser. Negação. Não que você saiba alguma coisa sobre isso."

"Espero que fique assim por um tempo."

"A não ser que as mãos enfraqueçam. Se isso acontecer, vou ter que usar aquelas próteses de metal presas nos antebraços."

Eles partiram da vaga em silêncio.

Um ou dois quarteirões depois, Harvey disse: "Mas você parece muito feliz. Por quê? Se não te conhecesse bem, poderia pensar que conheceu alguém. Que se apaixonou. Mas sou seu padrinho. Você teria me contado, se fosse isso".

"Não conheci ninguém."

"Eu já suspeitava. São os meninos. É isso? Eles vêm te visitar, por acaso?"

"Acho que sim. Mas nem imaginava que parecia tão feliz. Se pareço, é por isso."

"Acho que, quando a visita de dois garotos faz você ficar com cara de apaixonado, é sinal de que a sua vida ficou muito pequena."

"Não foi um comentário muito gentil. Sabe como me sinto em relação aos meninos."

"Desculpa", disse Harvey. "Não quis ser desagradável. Amor é amor. Só queria que você se abrisse mais para tentar outros tipos de relacionamentos."

"Eu sei que queria."

Já haviam falado sobre isso antes.

"Quando vai pegar o carro?"

"Eles não me deram uma data. Semana que vem, acho. Quero pegar o carro a tempo de ir buscar os meninos quando chegarem na rodoviária."

"Pensei que viessem dirigindo."

"Mudança de planos. Não sei por quê. Talvez queiram voltar para casa juntos, ou vão sair daqui direto para uma viagem."

"Você precisa perguntar." August ignorou o conselho.

"Bom, se o carro não ficar pronto, eu te levo."

"Obrigado."

Mais alguns quarteirões de silêncio.

Depois, August disse: "Já contei sobre a conversa estranha que tive com Henry outra noite?".

"Contou que falou com os dois. Mas não disse que foi estranho, não."

"Pode ter sido minha imaginação."

"Duvido. Se sentiu que foi estranho, provavelmente foi."

"É que... tive a impressão de que ele evitava dizer algumas coisas. Por exemplo, eu não devia saber que ele viria. Era surpresa. Mas ele deixou escapar, e depois pediu para eu não contar para o Seth. Depois ficou todo agitado, como se estivesse cometendo muitos erros. Mas não sei que outros erros ele pode ter cometido."

"Tente ser otimista. O segredo que ele deixou escapar era bom. Talvez haja mais alguma surpresa boa."

"Seria legal." E porque era muito pesado e óbvio para não dizer, ele acrescentou: "Para variar".

Harvey franziu a testa, mas não disse nada. Ultimamente, estavam trabalhando muito para ajudar August a aceitar o diagnóstico, sem minimizar a seriedade do problema, mas sem cair no oposto — autopiedade.

August se perguntou se não era esse o verdadeiro motivo para o cansaço que sentia sempre nos últimos tempos. Era como se andar em linha reta no sentido figurado, interno, fosse mais difícil do que no sentido físico, literal.

"No fim da conversa, ele me falou uma coisa que ainda não entendi. Pediu desculpas por não se manter em contato comigo como o Seth, com a mesma frequência."

"É mais fácil para quem costuma falar", Harvey interferiu.

"Henry falou bastante quando telefonou para mim naquela noite. Ele pode falar, quando quer. E a justificativa foi outra. Ele disse que Seth é mais rebelde. E eu não entendi."

"Acho que é autoexplicativo. O pai deles proibiu o contato."

"Mas eles ignoraram a proibição desde o princípio, nunca a respeitaram. Não sei. Talvez eu esteja imaginando coisas."

"Sabe", Harvey falou, naquele tom que costumava adotar quando ia dizer alguma coisa que fazia August querer espancá-lo, "se não entendeu o que alguém quis dizer, pode perguntar. O nome disso é comunicação."

"Engraçado. Eu perguntei. Foi quando ele ficou todo agitado e se comportou como se tudo que havia falado fosse um erro. E desligou depressa. E foi isso."

"Logo eles estarão aqui. E mais coisas serão reveladas."

E depois eles irão para Yosemite, August pensou. *E Joshua Tree. E vão fazer caminhadas. E acampar. E Seth vai escalar. E farão fogueiras à noite. E passarão dias inteiros na trilha ou na estrada. E eu não vou.*

E essa foi a primeira vez que August sentiu que caía da linha reta. Mergulhava em autopiedade. E nem tentou amenizar a queda. Só afundou. Deixou a correnteza levá-lo.

2

CRESCEU

August apoiou as costas na parede do lado de fora da rodoviária, aliviado por remover o peso dos braços cansados. Esperava que o ônibus parasse ali na frente para poder encontrar os meninos antes de eles entrarem na estação e minimizar o esforço de andar. Era o fim do último dia de aula, e estava dolorosamente cansado.

Três ônibus chegaram, todos vindos de outros lugares. Quando viu o ônibus que estava esperando, August lamentava profundamente não ter um lugar para sentar.

Eles os viu na janela quando o veículo passou e entrou na rodoviária. Teria de andar novamente. Viu as mãos erguidas num aceno estático, os rostos mudando com a emoção e o alívio. Não sentia o que esperava sentir.

Havia imaginado que esse momento seria marcado por uma enxurrada de emoção positiva. Resolveria oito anos de quase silêncio. Seria simples. Seria bom.

Quando eu vou aprender? Nada é tão simples. Nada é totalmente bom. Nunca.

No lugar do que havia imaginado, sentia um vazio retumbante, uma profunda sensação de perda. Uma das pessoas para as quais havia acabado de acenar era um homem. Um homem jovem, mas um homem. O outro era um adolescente. Um jovem adulto. Não eram mais as crianças de que se lembrava. Não eram crianças. Haviam se transformado em pessoas sobre as quais pouco sabia. E essa transformação não teve sua ajuda ou influência e nem mesmo, na maior parte, seu testemunho. Tinha a sensação de que algo muito valioso havia sido tirado dele.

August se livrou da sensação e começou a longa caminhada, pelos novos padrões que o regiam, até onde o ônibus havia parado. Olhava para baixo para não enroscar as bengalas nos pés das outras pessoas que caminhavam na mesma direção. Quando ergueu os olhos, Seth vinha ao seu encontro. Aparentemente, ele planejava abraçá-lo. Infelizmente, Seth não devia ter notado o quanto seria fácil derrubá-lo.

"Cuidado!", August falou de repente, sem pensar.

Seth parou, e seu rosto se fechou rapidamente. Ele havia tirado a barba. August tinha vaga consciência das pessoas que passavam esbarrando em seus ombros.

"É muito fácil me derrubar. Quero um abraço, mas quando eu levantar os braços para te abraçar você vai ser meu único apoio. Portanto, não me solte sem avisar."

O rosto de Seth suavizou, mas o que surgiu não foi alívio. Era mais uma mistura de alívio com uma dose de dor, ou piedade, diante da nova condição de August. Quando percebeu, August estava em seus braços surpreendentemente fortes. Ele ainda era magro, mas escalar o havia transformado. Mais uma vez, August constatou que Seth era um homem adulto.

Ele levantou os braços e, sem soltar as bengalas, retribuiu o abraço do rapaz. Por cima de seu ombro, viu Henry com aquele mesmo jeito tímido de sempre. August sorriu, e Henry desviou o olhar antes de sorrir de volta, para o concreto da calçada da rodoviária.

August se equilibrou nas bengalas de novo.

"Tudo bem", disse.

Seth o soltou e recuou um passo. Segurando August pelos ombros, sorriu para ele de um jeito preocupado e um pouco triste. Se segurar seus ombros era um gesto de apoio físico ou emocional, August não sabia. Talvez as duas coisas.

Henry se aproximou.

"Cuidado com o abraço", Seth falou para o irmão. "Não vá derrubar o August. E avise antes de soltá-lo."

"Sei, sei", Henry respondeu. "Eu ouvi tudo isso. Posso ser tão cuidadoso quanto você."

O abraço de Henry foi diferente. Mais gentil, com mais noção de que ele não só dava apoio a August, mas também o tirava.

"Temos que pegar a bagagem", Henry falou no ouvido de August. "Trouxemos muita coisa."

August se apoiou nas bengalas, e Henry o soltou com cuidado. "Para que tanta coisa? Não voltam direto para casa?"

August viu os meninos trocarem um olhar cúmplice.

"Não", respondeu Seth. "Vamos escalar."

"Direto daqui? Eu não sabia. Ainda bem que deixei tantas coisas no trailer. Lanternas, chaves de fenda, panelas, pratos, várias coisas que teria tirado se vendesse o veículo para um desconhecido."

Ou se tivesse condições de carregar um milhão de coisas por aquela escada estreita, pensou.

Por um momento, foi tomado por uma segunda grande onda de perda. Seth e Henry iriam para Yosemite e Joshua Tree. August, não. E, provavelmente, nunca mais iria.

"Cadê o Woody?", Seth perguntou enquanto atravessavam o estacionamento com lentidão dolorosa. "Pensamos que ele viria com você."

"Ficou no carro. Hoje em dia, é difícil passear com ele na coleira, porque preciso das duas mãos para andar. Pago uma vizinha para passear com ele."

August sentia o cansaço traduzido nos movimentos descoordenados. E eles eram cada vez mais lentos. Sentia o quão difícil era para os meninos acompanhar seu ritmo. Como tinham de se controlar o tempo todo. Os dois carregavam enormes bolsas de lona verde-oliva, uma em cada ombro. August se perguntou se eles teriam se oferecido para ajudá-lo a andar, se não estivessem tão carregados. Mas precisava andar sozinho, mesmo no fim de um dia tão longo.

"Bom, não precisa se preocupar", disse Seth. "A gente vai levar o Woody para muitos passeios."

"Ah, é? Pensei que fossem embora amanhã de manhã."

August tentava manter o tom neutro, tranquilo. Estava um pouco magoado — não, mais que um pouco — por eles não terem planejado uma visita mais longa. Mas, é claro, não tinha falado sobre isso. Ele viu mais uma troca de olhares entre os meninos.

"É verdade", disse Seth em seguida. "Bem, vamos ter que ser rápidos, então."

August quase falou. Quase sugeriu que ficassem um pouco mais. Qual era o motivo da pressa? Fazia oito anos que não se viam. Yosemite e Joshua Tree não sairiam do lugar em alguns dias. Mas sentia que resvalava rapidamente para o limite da autopiedade. Ficou quieto.

"Ele não lembra de nós", disse Henry, a voz traindo sua surpresa e seu desapontamento.

Woody apoiava as patas na janela do passageiro e latia para os garotos. E latia e latia. E latia.

"Vocês mudaram um pouco", August respondeu. "Esperem só até ele dar uma farejada. Talvez mude o tom." Era o que August esperava. Mas, na verdade, não fazia ideia de quanto tempo podiam durar as lembranças de um cachorro.

Só duas bolsas enormes cabiam no porta-malas do carro. Henry teve de dividir o banco traseiro com as outras duas, uma em cima da outra, e se espremer no espaço que sobrou. Seth se acomodou no banco do passageiro, e Woody pulou para o banco do motorista e o farejou de longe. O cachorro inclinou a cabeça. Depois se aproximou um pouco mais e cheirou com cuidado o antebraço de Seth. De repente, um ruído brotou da garganta do animal, uma mistura de latido e ganido. Ele pulou no colo de Seth e continuou farejando, depois lambeu seu pescoço enquanto Seth ria com a cabeça apoiada no encosto.

"Viu?", August comentou aliviado.

Ele começou a difícil tarefa de se acomodar ao volante.

"Quer ajuda?", Henry perguntou imediatamente.

"Ah, não. Obrigado, Henry. Quanto mais eu treinar, melhor."
Woody ainda se sacudia no colo de Seth, as patas no peito
do rapaz, as lambidas procurando seu rosto. Seth continuava
com a cabeça inclinada para trás. E ria. E a risada enchia um
enorme vazio aberto na vida de August, um buraco do qual ele
nem havia tomado conhecimento. Não havia reconhecido em
nível consciente. Mas devia ter notado.

Ele se sentou no banco com um suspiro e deixou as bengalas no lado do passageiro, perto dos joelhos de Seth.

"Ei, Woody", Henry falou do banco de trás, evidentemente
cansado de esperar. "E eu?"

E Woody voou. Nem parecia um pulo. August nem viu o impulso. Foi como se ele decolasse, como um daqueles aviões mi-
litares que simplesmente sobem e saem do chão. August olhou
para trás a tempo de vê-lo pousar no colo de Henry.

Henry não inclinou a cabeça para trás. Deixou a torrente
de beijos caninos cair diretamente sobre o nariz e a boca. Ele
abriu a boca para falar alguma coisa que parecia: "Ele se lembra de mim".

Mas não devia. Ele não devia ter aberto a boca. August ouviu Henry cuspindo, bufando, e o viu limpando o rosto na
manga da blusa, tentando se recuperar dos beijos do cachorro
em sua boca aberta.

"Precisa ficar de boca fechada", disse August.

"E só agora você me avisa?", respondeu Henry, segurando
Woody com os braços esticados enquanto falava.

"Isso é muito legal", disse Seth.

Ele via August usar um controle manual para acelerar. August ainda não estava acostumado com o novo controle e se
sentia desajeitado ao operá-lo, principalmente enquanto era
observado. Mas Seth nem parecia notar seu desconforto.

"Há quanto tempo usa isso?"

"Acabei de pegar o carro na oficina. A adaptação ficou
pronta anteontem."

"Você domina bem os comandos."

"Mesmo? Estou estranhando."

"Não parece."

"Tem certeza de que não podem ficar um pouco mais?"

Pronto. Havia falado.

August ouviu o eco silencioso das próprias palavras. Não sabia que as diria. E se arrependia por tê-las dito. Outra parte dele sabia que acabaria falando mais cedo ou mais tarde, e estava feliz por ter finalmente dado esse passo.

Viu os meninos trocarem outro olhar, mas Henry percebeu que August olhava para ele pelo retrovisor e virou o rosto para o lado da janela.

"É que... a gente não se vê há muito tempo."

"Verdade", Seth concordou.

"É mesmo", Henry acrescentou.

"Então por que sair correndo de manhã?"

"Não se preocupe", disse Seth. "A visita vai ser muito legal. Eu prometo pra você."

"Vão ficar mais um ou dois dias, então?"

"A visita vai ser incrível. Confie em mim."

"Não vou conseguir passar a noite acordado e conversando, como fazia antes. Eu me canso cedo."

Mais um olhar entre os meninos. "August. Confie em mim. É uma promessa. A visita vai ser ótima."

August não sabia como tirar informações mais específicas dos irmãos e não estava gostando muito de como se empenhava nessa tentativa. Por isso não tocou mais no assunto no caminho até sua casa.

No minuto em que terminaram de comer, Henry se levantou da mesa de jantar. Parecia meio nervoso. Bateu a coxa no canto da mesa, e o constrangimento se juntou ao nervosismo.

"Vou começar a levar as coisas para o trailer. Seth, você conversa com o August, certo?" E desapareceu sem esperar pela resposta.

August olhou para Seth, que desviou o olhar. "Conversar comigo sobre o quê?"

"Ah, bem... eu vou falar. Não, vou mostrar. Onde fica seu quarto? Vamos até lá e eu mostro qual é o assunto."

August tentou levantar, mas caiu novamente sobre a cadeira. Era mais difícil no fim do dia. Tudo o deixava cansado. Seth correu para o outro lado da mesa e foi ajudá-lo.

"Obrigado." August pegou as bengalas.

"Esquece isso", disse Seth. "Eu estou aqui. Vem, se apoie em mim. Vamos fazer isso logo."

"Isso... o quê?"

"Você tem que me levar ao seu quarto, lá eu mostro."

August suspirou. Estava curioso. E aceitar ajuda era o jeito mais rápido de chegar aonde queria ir.

Ele passou um braço sobre os ombros de Seth, e o rapaz o enlaçou pela cintura. Juntos, andaram em direção ao quarto de August. Estava desarrumado, porque o cansaço o havia impedido de limpá-lo, e não esperava que alguém entrasse ali.

Andar era fácil, porque Seth sustentava boa parte de seu peso. Com a ajuda dele, August se sentou na beirada da cama.

"Muito bem. Estamos no quarto. O que significa isso?"

"Quero que me mostre tudo que costumava levar quando ia passar o verão fora."

August suspirou de novo. Esperava um pouco mais que isso. "Não vai dar certo. Devia ter perguntado antes de sair de casa. É tarde demais."

"Quê?"

"Por que não me pediu essa lista antes de sair de casa? Tenho uma relação especial de bagagem para viagens de trailer. Podia ter mandado uma cópia."

"Ah. Que bom. Cadê essa lista?"

"No computador."

"Posso imprimir uma cópia?"

"Seth, é tarde demais. Se esqueceu alguma coisa, não tem mais tempo. Vai ter que comprar na estrada ou viajar sem ela. Perdeu a chance de organizar sua bagagem."

"*Nossa* bagagem." Seth sorriu. "Ainda não entendeu, não é? Não entendeu. Todos os erros de Henry, todas as coisas que deixamos escapar... e você ainda não sabe. August, não queremos uma lista de coisas para *nós*. Queremos a lista para arrumar as *suas* coisas."

As palavras giravam na cabeça de August sem chegar a lugar algum. Sem encontrar o objetivo. "Ainda não entendi."

"August. Caramba. Vou ter que desenhar? Você vai."

"Eu vou?"

"Você vai. Vamos te levar com a gente. Por que acha que fico repetindo que a visita vai ser incrível? Mesmo com nossa partida programada para amanhã cedo?"

August não respondeu. Ficou quieto, imóvel, tentando processar a informação. Deixando a realidade mudar. Ajustar-se ao que estava ali o tempo todo, menos em sua cabeça. Ou começar a se ajustar, pelo menos.

"Não posso dirigir."

"Eu posso."

"Aquela escada é complicada."

"A gente te carrega para subir e descer."

"Não posso..."

"August, para. Não interessa o que não pode fazer. Não precisa fazer nada. Nós vamos fazer tudo. Como você fez por nós. Naquele verão, não tínhamos nenhuma contribuição a dar. E você levou a gente mesmo assim. Fez tudo sozinho."

"Tem certeza?"

"Nunca tive tanta certeza de algo em toda a minha vida."

Mais uma vez, August ficou em silêncio. Queria demonstrar alguma forma de gratidão, mas ainda estava confuso. Tudo acontecia depressa demais. Além do mais, Seth não havia dado tempo para reação alguma.

"E agora, August, o que devo pôr na mala? Posso imprimir a sua lista?"

"Não precisamos de uma bagagem completa de verão só para visitar Joshua Tree e Yosemite."

"August. Preste atenção. Viu todas as coisas que levamos para o trailer? Não vamos só a Joshua Tree e Yosemite. Vamos aos dois lugares, mas isso é só um aperitivo. A viagem vai durar o verão todo."

"Para onde?"

"Não vai saber agora. Agora vamos resolver isso aqui. Temos que sair amanhã bem cedo, precisamos arrumar suas coisas. Vai falando o que quer, eu pego. Vai."

"Odeio falar sobre isso, mas é necessário", August avisou enquanto arrumava meias e cuecas. "Não me programei como costumava fazer com o dinheiro do combustível. Não estou preparado para uma longa viagem."

"Vai ser por nossa conta."

"Assaltaram um banco?"

"Não. Tenho um cartão de crédito. Todo universitário tem. E não surte, não venha com sermão. Sei que vou ter que pagar a fatura. Mas não me importo. Vou trabalhar o ano inteiro para pagar. Nós vamos viajar."

"Mais uma coisa que você precisa levar", disse Seth.

Ele entregou uma pilha de roupas dobradas para Henry, que estava na porta do quarto e desapareceu em seguida levando as roupas.

"Já pegamos tudo que estava na lista."

"Eu sei. Mas tem mais uma coisa."

"A lista é bem completa."

"August..."

"Tudo bem. Que coisa?"

"Um pouco das cinzas do Phillip. Não precisa ser tanto quanto da outra vez. Só um pouco. Ainda não espalhou o resto, não é?"

"Não, as cinzas estão na urna em cima da lareira. Só espalhei o que havia naquela garrafa."

"Confia em mim?"

"É claro que sim."

"Preciso de um saquinho plástico."

"Primeira gaveta na cozinha, ao lado do lava-louça."

"Já volto."

August continuou sentado na cama, ainda meio atordoado. Não havia se ajustado inteiramente à mudança repentina na rotina. Cada vez que tentava esclarecer em pensamentos os últimos eventos, alguma coisa o distraía.

"Seth", ele chamou, fornecendo a própria distração dessa vez. "Tem um saco plástico dentro da urna. Com um fecho de torcer. Melhor abrir em cima da pia. Sempre cai alguma coisa."

"Eu sei", Seth respondeu. "Já lidei com elas. Lembra?"

"É verdade", August concordou, mas falou tão baixo que o rapaz não ouviu.

Seth apareceu na porta três ou quatro minutos depois. August teve tempo para pensar. Estava mais próximo de entender que ia passar o verão inteiro viajando. E com os meninos.

Seth apoiou um ombro no batente quando August o encarou. "Ainda lamento ter derrubado aquela garrafa", disse.

"Pensei que tivesse superado essa história."

"Nunca, August. Eu não supero nada. Digo que supero para me livrar das pessoas falando na minha orelha. No seu caso, falei que havia superado porque sabia que você ficaria triste, se fosse diferente."

"Mas foi um ótimo lugar para deixar as cinzas."

"Mas a garrafa. Você queria guardar a garrafa."

"Nunca pensei de verdade no que faria com a garrafa."

"Não teria jogado fora."

"Não teria jogado no lixo, não. Porque não era lixo. Mas não sei se a teria guardado para sempre."

"Sim, teria. Você sabe."

"Teria?"

"Com certeza. Teria guardado a garrafa para sempre. Fala sério, August, você me contou a história. Como a garrafa tornou tudo real. Como ela *o* tornava real. Como se ele pudesse aparecer a qualquer momento para acabar de beber o chá."

August assentiu, perdido em pensamentos. Por um momento, não conseguiu sair da própria cabeça para responder. Quando conseguiu, disse: "Mas ele não teria voltado. No dia em que você derrubou a garrafa, já era hora de eu aceitar que ele não ia voltar".

HONESTIDADE RIGOROSA

August acordou devagar, como se viajasse por um véu de água translúcida. Mesmo com os olhos abertos, era como se continuasse dormindo, e estava feliz assim. Ou mais ou menos assim.

Olhou pelo para-brisa sujo do trailer, absorvendo ainda lentamente a mudança de perspectiva. Tudo era diferente visto do banco do passageiro. Até o início daquela manhã, nunca tinha viajado no banco do passageiro do próprio trailer. Maggie não era uma motorista muito confiante, nunca quis assumir o comando de um veículo que ela considerava uma besta superdesenvolvida. Estava anoitecendo. Quase escuro. A paisagem tinha a uniformidade vazia da planície do deserto da Califórnia.

Quando finalmente despertou um pouco mais, ele olhou para a esquerda, para o motorista, e Seth sorriu.

"Onde estamos?", August perguntou, com a voz ainda meio pastosa de sono.

A pergunta o fez se sentir jovem, muito jovem, como uma criança no banco de trás de um carro. Uma criança que perguntava: "Já chegamos?". Havia uma estranha sensação de falta de controle em não ser o adulto. Ceder o volante, o planejamento da viagem e outros detalhes para um adulto. Não estava acostumado com isso. Mas descobria que não se importava. Era quase confortável entregar as rédeas.

"Espero não estar muito longe de Joshua Tree", disse Seth.

August riu alto.

"Qual é a graça?"

"Acho que quebramos o recorde mundial de distância mais curta percorrida no maior tempo. Quanto teríamos demorado se você dirigisse em linha reta? Duas horas e meia?"

"Mais ou menos isso. Mas por que dirigir em linha reta, quando há tantos lugares para parar e escalar?"

August olhou para trás e viu Henry em seu assento habitual, no sofá. Se é que dá para chamar alguma coisa de "habitual" depois de um hiato de oito anos. Ele dormia profundamente, o queixo apoiado no peito estreito, a mão surpreendentemente grande descansando sobre as costas de Woody.

"Acho que vamos ter que achar um lugar fora do parque para passar a noite", disse August.

"Não."

"Como não?"

"Fiz reservas."

"Ah. Esperto."

"Posso não saber onde vamos passar a noite no restante da viagem, mas sabia que estaria aqui esta noite e nos próximos dias. E vai fazer muito calor por aqui, o que significa que amanhã bem cedo pode ser minha única chance de fazer uma boa escalada. Não queria perder um dia inteiro."

August ficou vendo a poeira do deserto lá fora por alguns instantes, pensando na sensação de liberdade de aproveitar a viagem sem qualquer responsabilidade.

"Não vai mesmo me dizer para onde vamos?"

"Não, não vou contar qual é nosso destino final. Mas *vou* dizer para onde vamos em seguida."

August riu de novo. "Deve ser Joshua Tree."

"Errou. Vamos a uma reunião."

"Encontrou uma reunião aqui?"

"Encontrei."

"Fez uma lista para a viagem inteira?"

"Não. Só liguei para o Serviço de Área do AA pelo celular."

"Vamos a essa reunião por mim? Por você? Ou pelos dois?"

"Sim", disse Seth.

August se recostou no banco e olhou novamente para fora, para a vegetação do deserto. Pela primeira vez — do que seriam centenas —, disse a si mesmo: *Guarde isso na memória. Aproveite. Não perca um momento. Nem uma imagem, nem um cheiro, nem um som. Tire proveito máximo desse verão inteiro na estrada, porque vai ser sua última vez.*

"Você fica aqui ou vai junto?", Seth perguntou para o irmão por cima do ombro.

"O quê?"

Aparentemente, Henry também demorava para remover completamente aquele véu do sono.

"Vamos a uma reunião. Fica ou vai?"

"Que tipo de reunião?"

"AA. Aberta. Qualquer um pode ir. Pense rápido, cara. Acorde."

"Fico."

"Tudo bem."

August abriu a porta do passageiro e usou a maçaneta da porta para se apoiar e descer. Seth saltou e correu para ajudá-lo, mas August o dispensou com um gesto. "Está tudo bem. Só precisa me dar as bengalas quando eu for andar."

Eles seguiram juntos para o local da reunião, uma lojinha transformada em centro comunitário por uma congregação Unitário-Universalista.

Havia escurecido quase completamente, exceto pelo amplo céu do deserto iluminado em uma das extremidades. August via estrelas e rasgos de luz alaranjada através das nuvens sobre uma cordilheira. As características naturais pareciam fora de lugar com os postos de combustível e os centros comerciais espalhados sob aquele céu incrível.

Seth andava devagar para acompanhar o ritmo de August.

De repente, August ouviu: "Esperem!".

Eles pararam, viraram para trás e viram Henry correndo para alcançá-los. "Mudei de ideia", anunciou, gritando. "Também quero ir à reunião."

Os três continuaram andando devagar e juntos. Poucos passos separavam o trailer do salão comunitário, mas a empreitada era lenta para August. Mais cedo ou mais tarde, ele disse a si mesmo, teria de se adaptar a essa nova realidade. Aceitá-la completamente.

"Não gostou da ideia de ficar sozinho?", ele perguntou a Henry enquanto andavam.

"Não é isso, não. Woody estava lá."

"Por que mudou de ideia?"

Henry não respondeu de imediato. Depois, parado na porta aberta, enquanto August sentia o cheiro de café e via membros do grupo em ação lá dentro, distribuindo material impresso e cadeiras, falou: "Só pensei que... ah, você sabe. Tenho que conviver com o cara".

August passou os primeiros três quartos da reunião observando Henry de canto de olho. Vendo como ele absorvia a informação que recebia. Porém, não conseguiu determinar o que ele procurava. Henry não havia perdido a capacidade de estar presente sem dizer uma palavra sequer, sem trair qualquer emoção, deixando claro que estava pensando muito, mas sem transparecer o que pensava, exatamente.

De repente, ele virou a cabeça e encontrou o olhar de August. E o encarou. Havia algo de determinado em sua expressão, mas August nem imaginava o que ela significava. Henry se inclinou e cochichou em seu ouvido: "Preciso falar com você lá fora".

August se levantou com cuidado. Henry entregou as bengalas. Ele teria pego sozinho sem dificuldade, mas as pessoas gostavam de ajudar, e não havia motivo para recusar ajuda. Eles se dirigiram à porta, e Henry segurou o braço de August.

Seth os observou com curiosidade moderada, mas não falou nada. Também não os seguiu.

"Que foi?", August perguntou, curioso, apoiando-se à fachada do prédio.

"Preciso perguntar uma coisa."

"Tudo bem."

August sentiu o estômago se comprimir levemente, apesar de dizer a si mesmo que era nada. Ou quase nada.

"Eu estava sentado lá dentro ouvindo. Ouvindo todas aquelas pessoas falarem com rigorosa honestidade. No começo, só conseguia pensar no meu pai. Fiquei pensando que, sim, ele devia estar na reunião, porque precisava disso. Mas, de repente, entendi. E também vou ter de ser rigorosamente honesto."

"Tudo bem", August falou, querendo que chegassem logo ao fim dessa conversa.

"Não pedi autorização do meu pai para viajar."

August ficou em silêncio por um momento, processando a informação. Mas, mesmo depois de processá-la, não sabia bem o que fazer com a notícia. O que ela realmente significava. Quais seriam as consequências.

"Viajou sem avisar seu pai?"

"Sim e não. Deixei um bilhete."

"Mas ele não sabe onde você está?"

"Eu disse que ia passar o verão viajando com Seth."

"Mas não disse que estaria comigo."

"Não! É claro que não. Ele não teria permitido."

"E não pensou em falar diretamente para ele que ia viajar com o Seth?"

"Ele teria feito perguntas. Teria arrancado a verdade de mim. E nada ia me impedir de fazer tudo isso, August. Nada."

August olhou para cima, para as estrelas. Elas brilhavam. Estava chocado com a quantidade e a luminosidade. Por um momento, havia esquecido que estava no deserto. A luz projetada pela pequenina cidade em que estavam não mudava muita coisa.

Antes que August encontrasse as palavras, Henry continuou. "A verdade é que não sei mentir. Provavelmente, porque não minto muito. Não gosto de falar coisas que não são verdadeiras, por isso não falo. Eu podia ter mentido. Ele teria percebido. E não teria me deixado vir."

"E se ele chamar a polícia?"

"Para quê? O que eu fiz de tão errado?"

"Ele pode dizer que você fugiu."

"Acho que não. Não se pensar que estou só com o Seth."

Como se o nome tivesse algum poder mágico, August viu Seth parar ao seu lado na noite fresca.

"Que foi, August? Tudo bem?"

"Eu estou bem."

"O problema é comigo", disse Henry. "Não falei com o pai sobre a viagem. Deixei um bilhete."

"Dizendo o quê?", Seth perguntou, apreensivo.

"Que ia passar o verão viajando com você."

Seth pegou o celular do bolso. Tocou a tela com o polegar algumas vezes e ficou olhando para a tela em silêncio. "Estranho, ele não ligou para mim. Por que será?"

"Tem três chances para adivinhar."

"Ah. Entendi. Ele ainda não voltou para casa."

August pensou um pouco, fez um cálculo rápido. Tentou definir quando os meninos haviam saído de casa. Aparentemente, fazia dois dias que Wes estava fora de casa.

"Não fica bravo comigo", Henry falou enquanto seguiam pela Indian Cove Road em direção ao acampamento. Os faróis do motor home iluminavam pilhas de pedras dos dois lados da pista, pilhas que chegavam a dez ou doze metros de altura.

August respondeu sem tirar os olhos delas. "Não estou bravo com você."

"Ele estava falando comigo", explicou Seth.

"Sim, estava falando com ele", confirmou o mais novo.

"Eu só não quero que nada estrague a nossa viagem, Henry", respondeu o irmão.

"E se eu tivesse falado mais... ou pedido a permissão dele... não teria estragado tudo?"

"Eu não teria lidado com ele desse jeito."

"Ah, larga do meu pé, Seth. Pode ser? Não vem jogar toda a culpa disso em cima de mim. Já percebeu que não me perguntou nada? Que não quis saber como consegui permissão para vir, nem o que eu disse a ele? Simplesmente não quis saber. Essa é a verdade, e você sabe disso."

Eles entraram em Indian Cove Campground em silêncio. Seth conduzia o trailer pela estrada estreita de terra, procurando a vaga com o número na reserva cujo comprovante impresso ele mantinha aberto sobre as pernas. Em um dado momento, ele parou e acendeu a luz da cabine. Conferiu novamente o número. Apagou a luz e continuou dirigindo.

Depois de um tempo, parou ao lado de um círculo de fogo e de uma mesa de piquenique, e os faróis iluminaram uma parede sólida de pedra vermelha. Seth estacionou deixando uns trinta centímetros de distância entre a parede e o para-choque dianteiro do veículo.

O celular dele tocou. Seth desligou o motor. Apagou os faróis. Tudo em torno deles estava escuro e imóvel, e August se perguntou por que todos os outros campistas pareciam silenciosos e invisíveis.

Mais um toque. Seth tirou o telefone do bolso da camisa, e a luz da tela iluminou seu rosto.

"É o nosso pai?", perguntou Henry, como se não conseguisse mais se conter.

"É", Seth respondeu com tom solene.

Mais um toque.

"Não vai atender?"

"Estou pensando. O que eu falo para ele? Minto?"

"Acho melhor."

"Não gosto dessa ideia. Me faz sentir que eu não sou melhor que ele."

Quarto toque.

"Se disser a verdade, ele vai mandar a polícia atrás de mim, ou alguma coisa assim."

"Preciso pensar."

O celular parou de tocar. August imaginou que a ligação havia sido desviada para a caixa postal.

"Ele vai pensar que estamos sem sinal", Henry opinou.

"É, acho que sim."

August ouviu a notificação de nova mensagem de voz.

"Estou morto de cansaço", Seth falou. "Vou deixar para pensar nessa confusão amanhã cedo." E jogou o celular dentro do porta-luvas. Ele caiu em cima do saco plástico com as cinzas de Phillip.

ꝯ
ESCALADA

August abriu os olhos e se surpreendeu ao ver o forro vermelho do teto do trailer. Era como se, no sono, tivesse esquecido que isso podia estar acontecendo de novo. Olhou pela janela e viu o dia amanhecendo. O sol brilhava através de uma fresta na parede feita de pilhas de pedras menores e arredondadas, cada uma delas alongada e posta no sentido vertical. A luz incidia sobre os olhos de August de um jeito que ele considerava estranhamente agradável, dividindo-se em raios visíveis que se espalhavam em todas as direções.

Registre, grave tudo, ele disse a si mesmo de novo. *Porque este é seu último verão na estrada.*

Um barulho chamou sua atenção, e ele viu Henry entrar na cozinha e ligar a cafeteira, que parecia estar preparada para fazer o café. Havia dois ovos em cima da bancada, e Henry os quebrou dentro de uma frigideira sobre o fogão. Empurrou a alavanca da torradeira e duas fatias de pão integral desapareceram dentro dela.

"Você se vira bem na cozinha", disse August.

"É. Bom... sabe como é. Se não tivesse aprendido a cuidar da minha comida, já teria morrido de fome."

August fez menção de sentar à mesa, mas Henry o deteve com um gesto. "Não. Não levanta. Não tem permissão.

A menos que precise ir ao banheiro. Aí você pode levantar. Caso contrário, vou servir seu café na cama."

August ficou parado enquanto Henry falava, depois se deitou outra vez. Woody estava encolhido com as costas apoiadas em seu quadril. "Por que café na cama?"

"Porque prometi ao Seth. Ele quer que você tenha só o melhor nesta viagem. Cuidamos de tudo para você. Como fez com a gente na última vez."

August absorveu a afirmação rapidamente. Depois, um pouco constrangido por abordar o assunto diretamente, fez a pergunta que queria. "E o Seth, onde está?"

"Três chances para adivinhar."

"Escalando?"

"Escalando."

August viu o sol se erguer sobre formações rochosas e acariciou o pelo branco de Woody. Apreciou o silêncio até Henry trazer para ele uma xícara de café. "Obrigado. Quando as coisas voltaram a ficar tão ruins com seu pai?", perguntou.

Henry fez uma pausa. Coçou a testa distraído com a palma da mão já perto do pulso. "Hum, acho que quando Seth foi para a faculdade... meu pai relaxou. Ele sempre achou que era o Seth quem observava cada passo que ele dava, mas eu também estou sempre de olho. A diferença é que o Seth avisava que estava observando, e eu não falava nada. Por isso ele se sente livre. Acho que nem se importa com o que vejo ou penso que vejo. Na minha opinião, ele só não quer ouvir nada sobre o que faz. Parece que pensa que, se ninguém fala nada sobre um problema, o problema não existe."

O telefone tocou de novo.

"É o celular do Seth?", August perguntou.

"Deve ser. A menos que você tenha um. Eu não tenho."

"Eu tenho um, mas não é o meu."

Mais um toque.

"Droga", disse Henry. "Vou ter que resolver isso sozinho. Sem envolver o Seth." E pegou o celular no porta-luvas. "Alô? Ah, oi, pai. Desculpe. Eu teria pedido autorização, mas foi tudo em cima da hora, e você não estava em casa. Não quis perder o verão inteiro só porque você não estava em casa."

Uma pausa. August daria qualquer coisa para ouvir o outro lado da conversa.

"Não, só nós dois", respondeu Henry.

Mas nesse exato momento outros dois campistas passaram pelo trailer, bem perto da porta dos fundos, e Woody latiu alto. August colocou a mão no focinho, mas era tarde demais.

"Não", disse Henry. "Só o cachorro. Trouxemos o cachorro porque ele quase não pode mais levá-lo para passear." Uma pausa. "Não, estou falando a verdade. Escuta, preciso desligar. Estou fazendo o café... sim, prometo. Tchau."

Henry desligou o telefone e correu para o fogão, apagando o fogo antes de queimar os ovos. "Ficaram perfeitos", disse.

"Acha que ele acreditou em você?"

"Não sei." Henry franziu a testa. "Não sei nem se *ele* sabe se acreditou ou não."

August estava sentado no sofá, já totalmente vestido, e observava Henry, que lavava a louça do café com concentração quase obsessiva. August não sabia por que achava tão fascinante aquela atitude simples, mas intensa. Talvez por ver nela dicas da pessoa em quem ele realmente se transformara.

Henry levantou a cabeça de repente e encontrou o olhar de August. As mãos pararam na água com detergente. "Desculpe se estraguei tudo", ele disse.

August deu de ombros. "Não sei o que deveria ter feito. Ou o que poderia ter feito."

"O que você teria feito?"

"Não sei. De verdade, não sei." August considerou a situação por um momento, uma pausa tão longa que Henry voltou a se concentrar nas louças. "Talvez tentasse mostrar como isso era importante para mim. Quanto queria viajar. Tentaria convencê-lo de que era o certo."

Henry balançou a cabeça com vigor. "Quanto mais eu demonstrasse a importância dessa viagem para mim, maior seria a probabilidade de ele não me deixar vir. É esse o problema. Ainda não entendeu?"

"Não. Acho que não."

"Se você não fosse tão importante para nós dois, ele não teria tanto ciúme."

"Ah."

August se sentiu oprimido pela constatação e não se sentiu confiante para responder. Achava estranho o comentário de Henry depois de quase não terem mantido contato, mas apontar essa estranheza não seria bom. Então August ficou em silêncio vendo o garoto enxugar a louça e guardar tudo no armário.

Finalmente, ele falou: "Não sabia que eu era tão importante para vocês".

Se arrependeu do que disse assim que ouviu as palavras e se deu conta da impressão que dariam.

Henry deixou de lado a tigela e a xícara que segurava e olhou para August, as mãos na cintura, a boca aberta. "Está falando sério? Você é nosso herói, August. Era como o Super-Homem. O cara que salvou o dia. A gente te idolatrava. Como assim, você não sabia? Por que não saberia?"

August olhou para as mãos sobre o pelo de Woody. Sentiu o rosto ficar vermelho. Não queria dizer o que tinha para dizer porque sabia que pareceria uma queixa. Uma reclamação desprezível. Mas havia ido longe demais para recuar agora. "Bem, vocês não mantiveram contato", disse, sem levantar a cabeça. "Tive a impressão de que seguiram em frente, tocaram a vida. Não que isso seja errado, na verdade, mas..."

Henry ainda estava boquiaberto. "Está tentando me dizer que queria que a gente ficasse te incomodando?"

"Vocês não me incomodavam. Nunca me incomodaram. Eu adorava quando davam notícias. Queria saber como estavam. Pensava em vocês o tempo todo."

Henry ficou em silêncio por um momento, depois fechou a boca. Sentou-se no sofá ao lado de August, empurrando-o com o quadril. Enquanto coçava a orelha de Woody, ele disse: "Droga. Por que a gente acreditava nele?".

Henry apoiou o rosto nas mãos. August esperou que ele continuasse falando, mas logo percebeu que nada aconteceria.

"Seu pai?"

"Sim", respondeu através das mãos.

"O que ele falou?"

"Que a gente não devia fazer você se arrepender de ter levado nós dois naquela viagem. Ele perguntou como você se sentiria, sabe? Se tivesse levado dois garotos desconhecidos para viajar no verão e no fim das férias descobrisse que não se livraria deles pelo resto da vida. Quem ia querer isso?"

"Eu", August respondeu prontamente. "E vocês não eram mais estranhos."

Uma longa pausa.

"Na verdade, essa foi uma das poucas coisas que ele falou e fez sentido", disse Henry. Em seguida suspirou, ficou em pé e voltou a guardar a louça.

"Sabe onde o Seth está?", August perguntou. "Onde ele planejava escalar?"

"Eu consigo encontrá-lo, provavelmente. Ele disse que ia voltar um quilômetro e meio pela estrada e seguir até o começo da Trilha do Escoteiro. Por quê?"

"Queria vê-lo escalar. Ontem não tive chance."

"Ah, não, você não ia gostar."

"Não?"

"Não."

"Por quê?"

"Ficaria apavorado."

"Ele não é cuidadoso? Não consigo imaginar Seth descuidado. Ele é tão responsável e metódico com tudo!"

"Ah, ele é tudo isso, sim, você tem razão. Mas estamos falando de um solo livre."

"Eu vou gostar de saber o que está querendo dizer?"

"Provavelmente não. Mas podemos ir ver o Seth escalar, se quiser."

"Não sei se consigo andar um quilômetro e meio e voltar."

"Eu posso dirigir até lá. Tenho a licença de aprendiz, só preciso de um adulto comigo. Você é adulto."

"Mas nunca dirigiu o trailer."

"E daí? Meu pai ensinou a gente a dirigir no caminhão do guincho. Aquele que levou seu trailer para a oficina. Ele disse que, se a gente conseguisse dirigir aquele monstro, poderia dirigir qualquer coisa."

"Tudo bem, vamos tentar. Com *cuidado*."

Enquanto fazia um esforço enorme para se acomodar no banco do passageiro e pensava em sua capacidade de locomoção, August falou: "Acho que agora não pareço mais o Super-Homem".

Henry sentou-se ao volante e ligou o motor. Olhando em direção ao paredão de pedra à sua frente, respondeu, aparentemente constrangido: "August, não fale essas coisas. Seus superpoderes nunca tiveram a ver com suas pernas".

"Ah!", Henry gritou quando viu o irmão, e Woody pulou no colo dele, na frente do volante, para ver o que havia causado tanta animação.

"Ah, que bom", August se manifestou. "Ele está bem pertinho da estrada."

Henry parou o trailer no acostamento estreito de terra arenosa. Havia ido bem até ali. Devagar, com cuidado, sem assustar August uma vez sequer.

O menino desligou o motor e ficaram sentados em silêncio. August pensou se todos naquela área do parque ainda estavam dormindo, ou no acampamento, pelo menos. Não via mais gente por ali.

"E lá tem sombra", Henry comentou, apontando um lugar onde uma pilha de pedras projetava uma sombra longa.

August desceu do trailer com cuidado, enquanto Henry levava duas das três cadeiras de camping para a sombra e as instalava lá. Depois ele voltou correndo e guiou August, segurando seu cotovelo. August quase disse que não era necessário, mas pensou melhor. Talvez não fosse necessário, mas era melhor, já que o terreno era rochoso e coberto de vegetação rasteira. Seria muito fácil tropeçar ali.

Quando August se acomodou na cadeira à sombra, Henry disse: "Vou buscar o Woody. E água mineral".

"Pode trazer minha câmera também, Henry? Quero tirar algumas fotos dele. Está naquele pequeno compartimento da porta do passageiro."

Henry se afastou apressado.

August olhou para Seth, que escalava de costas para ele. Estava perto o bastante para ser identificado como Seth, mas muito longe para o gosto de August. Ele vestia short e uma camiseta de mangas curtas, e o calçado não era muito reforçado. Pelo menos estava de capacete. Esperava que o zoom da câmera o ajudasse a ver mais alguma coisa. Seth não parecia ter percebido que era observado.

Woody pulou no colo dele e lambeu seu rosto, e a câmera surgiu em seguida à sua esquerda, na mão de Henry.

"Obrigado."

"Vou deixar a garrafa de água aqui." Apontou o porta-copos no braço da cadeira de August.

"Obrigado."

August ligou a câmera e acionou o zoom, usando-o para confirmar alguns detalhes. Tinha certeza de que os olhos não enxergavam corretamente sem ajuda. Depois olhou para o lado, para Henry, que o encarava.

"Que foi?"

"Por que não vejo cordas?", August perguntou.

"Quando falei que era um solo livre, era a isso que eu me referia. Seth diria que está só subindo nas pedras e que isso é diferente de escalar. Mas é um solo. E é livre."

"Eu sei o que é um solo. Mas... você está me dizendo que o 'livre' significa sem cordas? Sem ganchos? Pistões? Arreios? Todas essas coisas que os montanhistas usam para não se matarem? É isso que significa o 'livre' no jargão do montanhismo?"

"Ele usa tudo isso nos paredões. Quando vai escalar grandes altitudes. Quando escala Angels Landing em Zion, aí ele usa cordas. É claro. E Yosemite. Se sobe The Nose em El Cap, ele usa cordas. Seth idolatra os montanhistas que fazem grandes escaladas sem cordas, mas ele mesmo não faz. Mas aquilo ali é pouco para ele. Subir nas pedras. É só um aquecimento."

"Ele está a... não sei. Até chegar ao topo? Uns doze metros?"

"Nove, talvez. Ou dez."

"Dá para quebrar a coluna caindo dessa altura. Ele pode cair, bater a cabeça e morrer."

"Seth não cai nunca."

"O que não significa que nunca vai cair."

"August", Henry falou, num exemplo de paciência aplicada, "duas coisas: primeira, perceba que estou no chão na maior parte do tempo. Não sou eu quem está a dez metros de altura. Segunda, eu avisei que você não ia gostar de ver isso. Não pode dizer que não foi avisado."

August suspirou e olhou pela câmera outra vez. Tirou algumas fotos. "No que ele está se segurando? Só vejo pedras lisas."

"Tem fendas pequeninas. Às vezes são largas o bastante para ele enfiar a ponta dos dedos. Ou aquelas saliências que a gente nem vê, mas que servem de apoio."

"Isso é assustador."

"Não para ele. E, correndo o risco de ser repetitivo, eu avisei."

Um momento depois, Seth chegou ao topo da enorme formação rochosa, alongando-se e fazendo um giro de 360 graus. Ele os viu e acenou descrevendo um grande arco sobre a cabeça. August respondeu com um pouco mais de reserva. "Graças a Deus ele conseguiu."

"Seth sempre consegue", disse Henry.

August estava ansioso para ver como Seth ia descer. Mas observá-lo não respondia a muitas perguntas. Ele desapareceu do outro lado do cume das rochas. Alguns minutos depois, apareceu andando na frente delas, com os pés novamente no chão. August esperava que Seth caminhasse em linha reta para a sombra onde ele e Henry estavam sentados, por isso tentou pensar em alguma coisa positiva para dizer sobre a escalada. Mas não encontrou nada. E nem tinha importância, porque Seth não foi ao seu encontro. Viu outra formação rochosa e começou a subir pelo paredão vertical, aparentemente sem qualquer proteção.

"Ah", August falou, em parte para Henry, em parte para si mesmo, e olhou para a câmera que mantinha no colo. "Acho que preciso tirar mais fotos dele."

"Seth vai gostar. Ele não tem boas fotos das escaladas que faz. Os caras que escalam com ele nunca se incomodam com isso, nem levam uma câmera. Uma vez ele me levou a Pinnacles, e eu devia tirar as fotos do chão. Mas não sou um fotógrafo talentoso como ele é. As fotos ficaram boas, só isso. Nada que se aproximasse dos padrões do Seth."

August usou o zoom e viu que Seth estava quase na metade da subida. E também viu que havia pouco em que segurar, o que o fez suar frio. Sim, estava esquentando, mas o calor que sentia era diferente. Mesmo assim, se esforçou para tirar algumas fotos boas. Depois deixou a câmera de lado para não ter de ver a escalada em detalhes tão apavorantes. "Ainda tenho a sensação de que estou prestes a vê-lo cair e quebrar todos os ossos do corpo."

"Depois de um tempo isso passa", Henry respondeu enquanto coçava as duas orelhas de Woody.

Mas August sentia que, apesar de Henry ter superado essa sensação, talvez ele nunca a superasse.

Quando Seth chegou, aproximou-se das cadeiras de acampamento segurando o capacete embaixo de um braço e suando muito. Eram quase dez e meia. A sombra havia encolhido, forçando Henry e August a se juntarem perto das pedras, e August enxugava a testa com a manga da camisa de um jeito quase obsessivo.

"August está surtado", disse Henry.

"Por quê?", Seth perguntou. Como se August não estivesse bem ali para responder.

"Por causa da sua escalada."

"Eu achei que foi ótima."

"Ele esperava te ver com as cordas."

"Ah. Mas isso é coisa pequena, August. Eu só subi nas pedras."

"Mas... sem nenhum equipamento", protestou August.

"Eu tenho equipamento!" Orgulhoso, Seth mostrou o capacete. "E também", girou o cinto e puxou para a frente um saquinho aberto, "calcário para os dedos. É suficiente para o que eu estava fazendo. Nem fui tão alto."

Mais uma vez, Henry respondeu por August. "Ele acha que foi alto o bastante para quebrar a coluna ou alguma coisa assim. O pai ligou. Falei com ele. Menti para você não ter que mentir por mim, mas ele ouviu o Woody latir. Então, quando falar com ele, não esquece que trouxemos o Woody. O August não veio."

"Eu não ia esquecer esse detalhe. Você acha que ele acreditou no que disse?"

"Não sei."

"Acha que ele tem como conferir?"

"Não sei."

Seth olhou para August, e Henry seguiu a direção de seu olhar. "Acha que ele vai criar problema para nós, August?"

"Não sei", ele respondeu.

A fogueira estalava e crepitava, soltando uma fumaça leve que subia para o céu claro e estrelado da noite do deserto. August ouvia as pessoas acampadas ali perto, mas era como uma presença abafada, como se um muro invisível os cercasse e tornasse menos importante tudo que existia fora desse mundinho onde estavam.

Memorize cada detalhe, lembrou. *Último verão de fogueiras em acampamentos.*

De repente, August lembrou claramente de outra fogueira em outro acampamento, a que ele e os meninos haviam feito naquela primeira noite em Yellowstone. O fogo em que jogaram o primeiro punhado das cinzas de Phillip. Por que não espalhavam as cinzas que Seth fez questão de trazer? Se não as jogassem ali, onde mais jogariam?

"Estou cansado de ficar sentado", disse Henry. "Vou levar Woody para dar uma volta. Finalmente o calor diminuiu."

"Como vai ver por onde anda?", August perguntou.

"Vou levar a lanterna de cabeça do Seth."

Ele se levantou e limpou a terra da bermuda.

"Cuidado com os coiotes", disse Seth.

"Engraçadinho", Henry respondeu.

"É sério."

Henry balançou a cabeça e saiu do círculo. Deixou Seth e August com as palavras que pairavam no ar desde aquela manhã.

"Há quanto tempo está escalando?", August perguntou.

"Praticamente desde que você me levou para casa. Naquele mês de setembro, quando eu tinha doze anos, construí uma parede de escalada no fundo da oficina. Treinava cinco horas por dia. Depois, quando comecei a dirigir, fui atrás do que era real. Paredes de verdade."

"Você nunca me contou."

"Só tentei evitar o que estamos fazendo agora."

Os dois olharam para o fogo em silêncio por um tempo. As chamas eram mais fortes agora, e August sentia o calor no rosto. Nos olhos.

"Eu me sinto responsável por isso."

"Por quê?"

"Porque te levei a Zion. E te coloquei naquele ônibus de onde descemos para ver os montanhistas que escalavam Angels Landing."

"Caramba, August. Pensei que eu fosse o responsável obsessivo. Acha que, mais cedo ou mais tarde, eu não teria encontrado um lugar para escalar? Com alguém escalando?"

August não respondeu. Os dois olhavam para o fogo.

"É meu meio de vida, August", Seth acrescentou depois de um período de silêncio.

"Não, não é."

"Como assim? Acha que não sei com o que ganho a vida?"

"Obviamente não. Você ganha a vida com um trabalho."

"Não tenho um trabalho nesse momento."

"Não está entendendo, Seth. Não sabe o que significa 'meio de vida'. Não é o que te mantém vivo. É como você garante seu sustento. O que te alimenta. E te mantém vivo."

"Não parece ser o que deveria ser."

"Às vezes a língua é estranha."

"É, acho que sim."

"É sua *raison d'être*."

"Uau. Nossa língua é bem estranha mesmo."

"Isso é francês, na verdade."

"Eu sei. Estava brincando."

"Ah. E sabe o que significa?"

"Acho que o significado é o mesmo que eu atribuía para meio de vida."

"Significa motivo para existir. Mas ainda acho que uma atividade física não deve ser a razão da sua vida."

Mais silêncio.

Depois, Seth respondeu: "Só sei que isso é o que me faz sentir... sabe... eu. Sabe quando você trabalha ou vai à escola e repete as mesmas coisas todos os dias? Vai trabalhar, volta para casa, come. Lava a roupa suja. Vai dormir. E de repente percebe que os dias estão passando muito depressa. E que começam a ficar iguais. E daí começa a sentir que não pode ser assim. Não pode ser só isso. Isso não pode ser... sabe... a vida. Tem que haver mais. É isso que escalar representa para mim. É o mais. Aquela coisa que me faz sentir que a vida é suficiente. Eu sei que está entendendo, August. O que faz sua vida parecer suficiente?".

August suspirou profundamente, querendo ter uma resposta boa, imediata. "Minha vida tem sido bem tranquila."

"Mas você sempre viajava no verão. Todos os anos. Esse é seu algo a mais. Certo?"

"É, acho que sim."

"Então entende o que eu quero dizer."

August suspirou de novo. "Só não consigo imaginar que vale a pena trocar a vida por isso."

"Não sabe se *vou* trocar a vida por isso."

"E você não pode ter certeza de que não vai."

"Motoristas morrem, August. Tem ideia de quantos riscos já correu? Milhares de quilômetros na estrada todo ano, todos os verões. Pessoas morrem na estrada. Mas motoristas olham para o que eu faço e dizem: 'Ai, meu Deus. Você pode morrer'. Depois entram no carro e dirigem sem pensar em nada. Alguns dirigem a cento e vinte por hora. Alguns nem usam cinto de segurança. Não porque é mais seguro. Mas porque *parece* ser mais seguro. Porque eles estão acostumados com isso. Se pudéssemos analisar as estatísticas, aposto que descobriríamos que muito mais gente morre na estrada a caminho de Joshua Tree do que lá, escalando pedras de dez ou doze metros de altura. Mesmo assim, você não diria: 'Seth, por favor, não entre naquele carro. É muito perigoso. Você pode morrer'."

"Não, acho que não diria", reconheceu August.

Mas isso não mudava como ele se sentia com a situação.

"Entendeu, então?"

Ele quase disse não. Só um não seco. Mas se controlou a tempo e transformou esse não em uma resposta que não podia sequer chamar de apoio. "Estou tentando entender."

Quase como se já estivesse fazendo algum progresso.

Mas não estava.

5

RAISON D'ÊTRE

August abriu os olhos. Olhou pela janela do trailer. Zion estava lá fora. Não que não soubesse que estaria, mas havia esquecido enquanto dormia.

Henry preparava o café na cozinha, e Seth havia saído. Isso era exatamente o que tinha visto nos últimos oito ou nove dias ao abrir os olhos. Desde que começaram a viagem, praticamente. Henry cozinhando. Seth fora.

"Isso é um intenso déjà vu", disse, apontando a paisagem além das janelas.

"É verdade", Henry respondeu, como se estivesse metade ali, metade em outro lugar.

"Até o jeito como os fiapinhos do álamo voam por aí. Como há oito anos. Cada detalhe."

"Mas agora não sinto medo."

"Ainda estava com medo quando chegamos a Zion?"

"Sim, muito." Woody sentou-se implorando pela torrada em que Henry passava manteiga, mas foi ignorado. "Quero saber qual é o nome verdadeiro daquela coisa. Esse fiapinho de álamo. Você é um cientista, August. Deve saber essas coisas."

"Sou professor de ciências."

"Não é a mesma coisa?"

"Não. E o nome deve ser semente de álamo. Cadê o Seth?"

"Já saiu."

"Ele sempre sai antes de eu acordar. Não foi para aquela grande escalada, foi?"

"Não. Está procurando mais gente escalando solo. Ou uma equipe que o aceite, porque você atormentou o cara com a história de escalar sozinho."

"Ah, bem, isso é bom. Certo?"

Henry não respondeu.

"Às vezes você fica muito quieto", August comentou, "e isso parece ter algum significado. Parece se adequar a cada pergunta que não quer responder."

Henry quebrou dois ovos na frigideira sobre o fogão, tomando cuidado para não estourar as gemas. Continuou em silêncio.

"É só confirmar ou negar", disse August.

"Não gosto de dizer às pessoas o que elas devem fazer."

"E se elas perguntarem?"

"Mesmo assim, não gosto."

"Não é melhor ele não ir sozinho?"

"Não sei. Talvez. Mas acho que é por isso que ele sai antes de você acordar. Tem sido duro demais com o Seth com essa história da escalada."

"Porque me preocupo."

Henry não respondeu. August pensou se o silêncio significava a mesma coisa de sempre.

Olhou pela janela para os paredões altos, mas a visibilidade era parcialmente bloqueada pelos álamos. Sentia o cheiro do café e ouvia o barulho da correnteza no rio.

"Espero que ele escolha com cuidado", August falou quase para si mesmo. "Dependendo da companhia, pode ser mais perigoso do que ir sozinho. Entrar no grupo errado. Com alguém que quer subir muito depressa ou que não tem o cuidado necessário com o equipamento. Cordas, manutenção, essas coisas. Espero que ele saiba o quanto tudo isso é importante."

August olhou para Henry, que servia o café. O garoto mordia o lábio, literalmente. August imaginou que o gesto fosse uma forma figurativa de morder a língua.

"Está fazendo de novo", disse.

"Não gosto de dizer às pessoas o que elas devem fazer, August."

"Por que não fala de uma vez o que está pensando?"

August sentou-se, colocou almofadas atrás das costas, e Henry serviu seu café. O menino se acomodou no sofá com a comida, mas não estava comendo. Só olhava para o prato, como se a comida tivesse de tomar a iniciativa.

Woody se aproximou demais, mas Henry não tentou impedir. August chamou o cachorro com tom firme e ele se afastou envergonhado.

Ele já começava a achar que Henry não ia responder. Nunca diria o que estava pensando. Mas estava errado. Muito errado.

"Estou feliz por ele ter saído cedo, August. É isso que estou pensando. Fico feliz por ele não estar aqui para ouvir o que você disse. Tem ideia de como Seth teria se sentido? Ele escala há oito anos, August. Oito anos. Desde que tinha doze. Você nem imagina quanto ele sabe sobre isso. Fala como se você conhecesse os riscos e ele não. Seth sabe tudo sobre escalada, inclusive o que pode dar errado. Não tem ideia de quanto ele se esforça para minimizar os riscos. Ele estudou muito. Mas você nega todo esse trabalho quando fala desse jeito. Olha para o que ele faz, acha que é perigoso e começa a falar como se Seth não soubesse disso. Se fosse outra pessoa, ele simplesmente balançaria a cabeça e sairia de perto de você. Mas ele te admira demais, é muito difícil para ele. Machuca, August."

Henry parou de falar tão de repente quanto havia começado. Virou o rosto para o outro lado. Olhou pela janela. Ninguém falava. August perdeu o apetite.

"Desculpa", disse Henry.

"Eu perguntei."

"Não gosto de falar com as pessoas desse jeito. Não gosto de falar com as pessoas. Só com você. Gosto de falar com você. Mas não desse jeito."

August e Henry levaram Woody para um passeio curto mais tarde, naquela manhã, e pararam no centro de visitantes. August sentou-se em um banco com Woody, enquanto Henry entrava e olhava tudo por lá.

August via homens e mulheres vestidos para caminhadas entrando em ônibus fretados, levando mochilas e cajados, e sentiu que seu humor mudava. Quando Henry voltou e eles retornaram ao local do acampamento em uma área de terra ao lado do rio, o silêncio se impôs. Seth estava no acampamento e estava acompanhado por um rapaz alguns anos mais velho, com cabelos pretos e rebeldes e vestido apenas com short e tênis. Ele era magro e leve, com um peito estreito, mas em boa forma. A pele bronzeada anunciava muitas horas ao sol.

Ele e Seth verificavam uma grande quantidade de equipamentos para escalada, dispostos cuidadosamente sobre a mesa de piquenique diante deles. Cordas e ferramentas, dúzias de ganchos de metal, rolos de tiras de náilon, bolsas e outras coisas que August nunca tinha visto. Não imaginava o nome daquelas coisas, nem para que serviam. Perfeitamente enfileirados, os objetos cobriam cada centímetro da mesa.

Henry se inclinou e cochichou no ouvido de August. "Aposto que não imaginava que havia tanta coisa."

"August!", Seth exclamou ao levantar a cabeça de repente. Parecia animado, quase artificialmente contente. "Esse é Dwayne."

Ele se apoiou sobre a bengala esquerda, encostou a da direita na coxa e estendeu a mão para cumprimentar o rapaz.

"Ele tem um parceiro de escalada que está gripado hoje", continuou Seth.

"Talvez seja gripe. Ou ele olhou com mais atenção para Moonlight Buttress."

August percebeu que Seth reagia com algum desconforto. Dwayne continuou organizando o equipamento, enquanto Seth puxava August de lado. "Por favor, não fale nada negativo sobre escalar na frente do Dwayne", pediu.

August se sentiu surpreendentemente atingido. Pensou em quanto tempo Henry havia evitado se manifestar antes daquela manhã, evitando falar em nome do irmão, e se as coisas eram ainda piores do que ele havia sugerido. Talvez o comentário de Seth fosse apenas a ponta de um iceberg que ele mesmo havia construído.

"Eu não ia falar nada."

"Ah, que bom. Obrigado."

Podia não ser verdade, no entanto, August pensou. Talvez tivesse falado alguma coisa. Não tinha certeza. "Moonlight Buttress?", perguntou. "Pensei que iam a Angels Landing."

"É. Mais ou menos", respondeu Dwayne. "São vizinhos."

"Podemos descer pela trilha de Angels Landing", sugeriu Seth.

"Quando partem?"

"Hoje à noite. No último fretado."

"Não vão sair de manhã?"

"Não, essa é a hora em que todo mundo sai. No primeiro fretado. Vamos à noite. Escalamos com as lanternas de cabeça e a luz da lua. É seguro, em termos de apoio, mas se for muito difícil encontrar a rota talvez tenhamos que parar e acampar. Não tenho como dar todos os detalhes agora, August. O plano é seguir sem parar por cerca de vinte e quatro horas. Mas muitas coisas podem alterar os planos. Por exemplo, podemos ficar presos atrás de outras equipes em um lugar onde não dá para ultrapassar. Podemos perder a rota no escuro. Vai ter que aceitar que a gente pode ficar fora por dois ou três dias... talvez mais... e que isso não quer dizer que não estamos bem."

August engoliu com dificuldade, percebendo que a boca secava de repente. Pensou em como isso parecia ser difícil e assustador. Passar dois ou três dias no trailer. Aceitar. Confiar.

"Tudo bem", ele respondeu, e teve a impressão de que a voz estava mais fraca. "Talvez a gente pegue o fretado amanhã. Quem sabe dá para ver vocês?"

Seth prendia o equipamento em um cordão de náilon, e August tentou decifrar se essa era a única razão para ele não o encarar. "Hum... já estaremos bem longe", ele disse depois de um tempo.

"Minha câmera tem superzoom."

Seth fechou o cinturão e o deixou em cima da mesa com um ruído alto. Depois segurou o braço de August e o levou para a porta dos fundos do trailer.

"Não me leve a mal, August, mas... por favor, não vá", disse em voz baixa. "A situação parece mais assustadora do que é. Principalmente para quem não sabe muito sobre escalada.

Eu sinto que... se você estiver olhando... vou... vou absorver essa sua energia nervosa. Bem... não exatamente nervosa, mas... negativa. Uma energia negativa que vou conseguir sentir. Sei que não vou poder sentir de verdade, mas me preocupa pensar que vou ficar procurando essa sensação no ar, porque vou ficar pensando se posso sentir a energia, ou não. Vou ficar preocupado com a sua preocupação. Cada passo, cada apoio... em vez de pensar só no que estou fazendo. Vou pensar no que você está vendo, em como aquilo parece para você. E vou me preocupar com a possibilidade de isso ser uma distração. Por favor, me deixe escalar sem você estar observando, ok?"

"É claro. Sim. Claro, Seth. Tudo bem."

August passou as duas horas seguintes ouvindo os dois jovens escaladores conversando no que parecia ser outro idioma. Uma conversa salpicada aqui e ali por expressões na língua local, mas cheia de termos que podiam ser do russo ou suaíli, considerando o quanto entendia deles.

Enquanto ouvia, August tentava descobrir se havia conseguido disfarçar bem como tudo aquilo o magoara.

"Eu ia mesmo te procurar", Henry falou quando August voltou ao trailer andando devagar. "Juro, ia pegar o fretado e vasculhar cada canto do parque."

August queria responder, mas estava muito cansado. Andar já era um esforço enorme. Ele notou que o rapaz, Dwayne, tinha ido embora, e se sentia aliviado por motivos que nem conseguia identificar. "Pode me ajudar a entrar, por favor?"

Seth ouviu e se aproximou, e os dois juntaram forças para ajudar August a subir os três degraus da escada dos fundos. Um de cada lado, segurando seus braços com firmeza, eles o levaram para dentro.

"Segura minha bolsa", pediu August, entregando-a para Seth.

Seth a deixou no chão antes de levá-lo para cima. Estava frio dentro do trailer. O ar-condicionado estava ligado. August sentou-se no sofá com um suspiro, e Henry apareceu imediatamente com um copo d'água. Era como se o movimento tivesse sido ensaiado para garantir máxima eficiência.

"Eu não estava no parque", August respondeu a Henry. "Fui à cidade. Springdale. Peguei o fretado para lá."

"Por que foi sozinho?", Seth perguntou. "Fiquei preocupado."

"Eu posso sair sozinho."

"Eu sei. Mas por quê? Por que não quis nossa companhia?"

"Eu estava procurando uma coisa. Só queria ir sozinho para procurar. Comprei uma coisa para você."

Seth olhou em volta como se August pudesse estar falando com Henry. "Para quem? Para mim?"

"É, para você. Cadê a bolsa?"

"Opa. Deixei lá fora."

Seth saiu e voltou em seguida com a bolsa na mão. Limpou a terra vermelha no fundo e a estendeu para August.

"Não é para *mim*", ele respondeu. "Eu falei que é para *você*."

"Ah. Certo."

"Mas antes de abrir..." Foi como se tudo parasse. E todos. Nem Woody se mexia. August pensou no que ia dizer. Sinceramente, estava um pouco acanhado com o presente, meio inseguro. Ou seria um presente maravilhoso, ou seria terrível, a melhor ou a pior coisa que poderia ter feito. Mas, considerando as opções, não tinha de tentar, pelo menos? E descobrir. "Guardei a nota. Pode falar com sinceridade, se não for uma coisa que você quer. Se acha que vai ser uma distração. Não vou ficar chateado..."

Bem, eu vou, pensou August. *Um pouco.* Mas, ainda assim, queria que Seth dissesse a verdade.

Ele olhou dentro da bolsa.

"Ah, legal! Uma câmera para capacete!"

"Não precisa dizer que gosta, se não gostou."

"Não, isso é ótimo, August. É muito legal, de verdade. Já vi imagens que outros escaladores fizeram com essas câmeras. É bem intenso. São closes bem nítidos. Cada vez que você olha para baixo para pegar alguma coisa no cinturão, vê tudo que ficou para trás. Os apoios que segurou quase por instinto, por exemplo. Mas essas coisas são caras, August! Por que acha que ainda não tenho uma?"

"Eu também tenho cartões de crédito."

"Caramba, obrigado, August."

"Só pensei... eu quero muito ver o que você faz, Seth. Mas você não quer que eu vá olhar, e eu entendo, porque sou mesmo do tipo nervoso com relação a essa coisa toda. Se ligar a câmera quando estiver subindo, vou poder ver tudo mais tarde. Quando você voltar. E não vou ficar nervoso, porque você terá voltado. Mas se achar que vai pesar ou que vai ser desconfortável... sei que a câmera é leve, mas..."

"August."

"Quê?"

"Pare de se desculpar por isso. É um bom presente."

Seth se debruçou sobre o sofá, onde August estava sentado, e o abraçou meio desajeitado, mas com sinceridade. Era como reverter uma polaridade magnética. Seth o evitava há dias. Mas August só percebeu o quanto ele o evitava quando Seth se reaproximou.

"A gente devia pegar o ônibus para Cânion de Zion hoje", disse August. Era de manhã. August já havia tomado banho. Estava vestido, e Henry terminava de lavar a louça do café.

Seth estava fora desde a noite anterior, quando pegou o ônibus das nove da noite. Escalando. A informação pesava na cabeça de August, por mais que tentasse pensar ou falar sobre outras coisas.

Quando Henry não respondeu, ele disse: "Como nos velhos tempos. Sabe? Como fazíamos há oito anos. Vamos subir Weeping Rock. Andar um pouco pela Trilha do Rio. Temos que ver que distância eu consigo percorrer".

Nenhuma resposta.

"Henry. De novo isso?"

"Isso o quê, August?" Mas ele sabia do que estavam falando.

"Você sabe. Não fala nada porque não gosta de dizer às pessoas o que elas devem fazer. Não gosta de falar com as pessoas desse jeito."

"Não gosto de falar com as pessoas de jeito nenhum."

"Mas sou eu."

"Estava pensando se encontrou um jeito de quebrar a promessa de não ver Seth escalar."

"Bem, vamos poder ver uma trilha de formigas subindo aquela parede rochosa, mas não vai dar para saber quais delas são Seth e Dwayne."

"Você já falou que poderia usar o superzoom."

August suspirou. Henry não havia mentido ao dizer que via tudo, entendia tudo, mas não falava. August o pressionava para falar. E ele falava.

"Tenho uma ideia", disse August. "Só vou fazer fotos em ângulo aberto, e não vou fotografar Moonlight Buttress. Você pode me vigiar."

"Fale a verdade, August. Por que quer fazer isso?"

"Porque estou um pouco nervoso e sinto que vou ficar aqui só esperando Seth voltar. Vai ser um dia muito longo se passarmos o tempo no acampamento sem fazer nada."

"Entendi. Boa resposta. Vamos lá."

"Você fica olhando para lá", Henry comentou quando percorriam a estrada estreita e sinuosa a bordo do ônibus que seguia em direção a Angels Landing e Moonlight Buttress.

"É, acho que sim. Isso é trapaça?"

"Não sei."

"É que o paredão é enorme. E muito... vertical."

"Na verdade, é um pouco pior que vertical. Em alguns lugares ele fica meio pendurado. Ou... espere. Talvez não. Acho que estou confundindo essa parede com a rota The Nose em El Capitan. Mas um dos paredões que ele vai escalar neste verão tem trechos inclinados."

"Ah, que bom. Obrigado. Estou me sentindo melhor agora."

"O que você tem que lembrar, August, é que Seth escalou muitas paredes como aquela. Não é nenhuma estreia para ele. É só a primeira vez que você sabe que ele vai escalar enquanto ele está escalando."

Seguiram em silêncio por alguns momentos, ouvindo o motorista do ônibus anunciar os pontos turísticos e as paradas.

"E isso vai me ajudar?", August perguntou finalmente.

"Acho que não vai atrapalhar", respondeu Henry.

Henry segurava uma das bengalas de August na curta, mas íngreme, trilha para Weeping Rock, e August mantinha um braço sobre os ombros do menino. Devia estar apoiando metade de seu corpo em Henry, mas o garoto não parecia se importar.

"Isso é um flashback", Henry comentou. "Não é?"

"Ainda tinha medo quando fizemos esta trilha?"

"Ah, sim."

"De mim?"

"De você. Sim. Mas de todo o resto."

"Quando parou de ter medo de mim?"

"Quando você me carregou na trilha de Angels Landing."

Eles andaram em silêncio por mais um tempo, depois pararam sob a cobertura de pedra embaixo da queda d'água e se debruçaram na grade para olhar a paisagem. Era como ficar na varanda vendo a chuva cair do lado de fora. Henry não pôs a cabeça embaixo d'água.

"Também vai para a faculdade?", August perguntou.

"Não sei."

"Por que não iria?"

"Não tenho as notas do Seth. Ninguém tem. Acho que não vou conseguir uma bolsa integral, como ele conseguiu."

"Por que não pensa em uma faculdade comunitária?"

"Não tem nenhuma onde eu moro. A mais próxima fica a uns cento e quarenta quilômetros, se a gente contar ida e volta. Não sei como poderia conseguir um bom carro e dinheiro para todo esse combustível. Além do mais, quero me mudar quando fizer dezoito anos. Ir para longe."

August olhou para a água caindo além da grade. Pensou se Woody estava triste sozinho no trailer. Era tradição pensar nesse lugar. O único casal que estava embaixo da cobertura de pedra com eles começou a descer, deixando em August a sensação de que ele e Henry eram donos do parque e podiam aproveitar tudo ali com privacidade.

"Então vá para algum lugar onde tenha uma faculdade."

"Sim, mas... comida. Aluguel. Carro. Combustível. Não sei se vou poder estudar e me sustentar ao mesmo tempo. Talvez possa. Mas é assustador. Tudo parece muito grande."

August assentiu, e eles começaram a descer relutantes em direção à parada de ônibus, andando devagar e com algumas interrupções, com August se apoiando muito mais em Henry.

"Estou muito pesado?"

"Não. De jeito nenhum. Está tudo bem."

"Meu peso é muito maior que o seu. Deve ser cansativo."

"Como carregar uma criança nas costas na subida até o Mirante do Escoteiro em Angels Landing? Esse tipo de cansaço? Você fez sua parte, August. Agora é minha vez de ficar cansado."

Eles pararam e apoiaram as costas na pedra fria e úmida da parede que acompanhava a Trilha do Rio. Ficaram vendo a água correr. Deixando as pessoas passarem.

August sabia que estava fazendo muito exercício físico, mas não pretendia parar. Ficaria cansado, mas não morreria. E o cansaço talvez fosse bom para ele.

"Tem uma faculdade comunitária perto de onde eu moro em San Diego", ele disse depois de um tempo. "Bem, não é muito perto. Uns vinte, vinte e dois quilômetros, talvez. Mas temos transporte público. Ônibus. É uma solução barata."

Um longo silêncio.

"Está me convidando para ir morar com você quando for para a faculdade?"

"É, acho que sim. Se quiser."

"É uma oferta muito importante, August. Tem certeza de que não quer pensar nisso?"

"Não tem no que pensar. Seria um prazer ter você comigo. Mas seu pai não vai gostar muito."

"Quando eu fizer dezoito anos, o que ele gostar ou deixar de gostar não fará a menor diferença."

6

MÃOS BRANCAS DE CALCÁRIO

Henry e August estavam sentados juntos na frente da fogueira, nas confortáveis cadeiras dobráveis. Esperando. Eram mais ou menos oito da noite, e faltavam uma ou duas horas para poderem começar a esperar o retorno de Seth. August podia fingir que fazia muitas coisas, como relaxar e conversar. E não podia falar por Henry, mas, por dentro, estava esperando. Esperando e se preparando para vários dias a mais. Reprogramar o relógio interno para quarenta e oito horas, pelo menos. Porque preferia esperar o pior e ter uma surpresa agradável.

Bem, não o pior. O pior com relação ao tempo. O pior de verdade era algo que se recusava a considerar.

Abaixou uma das mãos e afagou as costas de Woody.

Henry o assustou ao falar. "Bem, vou perguntar de novo no fim da viagem. Você pode mudar de ideia até lá."

"Perguntar o quê?"

"Se quer mesmo que eu vá morar na sua casa por quatro anos."

"Não vou mudar de ideia."

"Mesmo assim, vou perguntar de novo."

Woody começou a puxar a coleira e ganir. August imaginou que fosse algum inseto. Nem se incomodou em olhar.

"Ei!", Henry falou. "Seth voltou mais cedo!"

August tentou pular e ficar em pé, mas não conseguiu. Felicidade e alívio baniram todos os outros pensamentos de sua cabeça. Inclusive o fato de não conseguir mais pular.

Seth cambaleava em direção ao acampamento como se os vinte passos que ainda precisava dar talvez nem fossem possíveis. Estava sem camisa. A camisa estava amarrada na cintura. O peito nu e as pernas pareciam dolorosamente queimados de sol e marcados por sujeira e suor. O cabelo colado na cabeça era resultado da combinação entre capacete e transpiração seca. As mãos estavam brancas, cobertas de resto de calcário. O equipamento pesado pendia da cintura numa ordem caprichosa, as cordas enroladas em voltas penduradas em um ombro. Embaixo do outro braço ele carregava o capacete, ao qual a câmera nova ainda continuava presa por tiras elásticas.

Ele parecia prestes a dormir em pé ou cair no chão. Mas, quando olhou para August, sorriu com uma alegria que era sincera. Na verdade, parecia mais sinceramente feliz do que August se lembrava de jamais tê-lo visto. Ou de ter estado.

Henry se levantou e ofereceu a cadeira. "Senta aqui, Seth. Eu vou buscar outra cadeira."

Ele largou todo o equipamento no chão a seus pés e desabou na cadeira. August se encolheu e esperou para ver se a cadeira ia quebrar. Não quebrou.

"Chegou cedo."

"Sim. Fizemos um bom tempo. Não ficamos presos atrás de ninguém, nem perdemos a rota. Umas dezenove ou vinte horas para subir, e duas para descer. Não sei. Perdi a conta na descida."

"Isso é um novo recorde?"

Seth riu, obviamente de guarda baixa. "Alex Honnold fez o mesmo percurso em oitenta e três minutos."

"Como isso é possível?"

"Ele é Alex Honnold. Além do mais, escalou sem equipamento. Sem cordas. O equipamento retarda a subida."

August nem imaginava quem era Alex Honnold, mas sentia que devia saber, por algum motivo, por isso não perguntou. Na verdade, havia muitas perguntas girando em sua cabeça, questões que nunca formulava.

O que acabou perguntando foi diferente: "Mas seu tempo inclui as horas de sono?".

"Não dormimos", Seth falou, meio enrolado, a fala prejudicada pela fadiga. "Nós escalamos."

Isso provocou ainda mais perguntas na cabeça de August. Como, por exemplo, o que teriam feito se ficassem retidos atrás de outra equipe. Até onde podia ver, não tinham barraca, saco de dormir ou comida extra. Aparentemente, abriram mão de tudo em prol de velocidade. Mas August não sabia como abordar esse assunto, e tinha uma forte intuição de que era melhor nem tentar.

"A câmera funcionou bem?"

"Acho que sim. Não deu nenhum problema. Eu esquecia que ela estava na minha cabeça, até ver a sombra na pedra. Acho que vamos descobrir quando assistirmos ao vídeo."

"Encheu o cartão de memória?"

"Não sei. Estou cansado demais para olhar. Mas gravei toda a subida, pelo menos enquanto havia sol. Não quis deixar para filmar no escuro, tive medo de que a luz não fosse suficiente para produzir boas imagens. Mas acho que coube tudo no cartão, sim. São sessenta e quatro gigas!"

"Foi o maior que encontrei."

Henry voltou com a terceira cadeira e a montou.

Seth estendeu a mão com o capacete para o irmão e esperou pacientemente que ele percebesse. "Faz esse favor, Henry. Tira o cartão de memória da câmera e deixa o vídeo descarregando no meu computador."

"Não quer dormir primeiro?", August perguntou.

"Não. Estou agitado demais. Não quero me mexer, mas não vou conseguir dormir. Quero ver o que filmei."

"Eu também quero", disse August. "Agora que sei que está seguro conosco."

"Mas e aí?", Seth perguntou quando Henry se afastou. "As mensagens que recebeu do meu pai são tão ruins quanto as que eu recebi?"

August sentiu que gelava por dentro.

"Não recebi nenhuma mensagem do seu pai."

"Hum. Engraçado. Ele disse que tinha telefonado para você todos os dias. Para sua casa e para o celular."

"Acho que nem tenho sinal."

"Certo. Verdade. O meu deve ter recebido as mensagens quando o levei lá para cima."

"O que ele queria?"

"Ele disse que ligou para você todos os dias. E que, cada vez que você não atende e eu não ligo de volta, ele tem mais certeza de que você também veio na viagem."

"Ah. E o que vamos fazer?"

"Não sei."

Eram quase nove da noite, e Seth ainda estava acordado, o que era surpreendente. Estavam em volta da mesa de jantar dentro do trailer, assistindo ao vídeo. Henry estava em pé atrás dele, com uma das mãos sobre o ombro de Seth e o corpo inclinado para conseguir enxergar por cima da cabeça deles.

No começo foi tudo bem. Uns vinte e cinco minutos de Dwayne escalando, visto de baixo. August ficou um pouco amedrontado com quanto a parede era vertical e como Dwayne escalava imediatamente acima da cabeça de Seth. Não dava para não imaginar o que aconteceria se ele caísse. Levaria Seth junto? Por outro lado, supunha que era esse o motivo do cuidado com que Dwayne posicionava o equipamento a cada dez ou doze passos e prendia a corda nos ganchos. Impedir esse tipo de acidente. O equipamento sempre evitava quedas? Ou nem sempre?

August olhou para o lado, para onde Seth estava sentado, como se quisesse lembrar que ele não estava mais no paredão. Seth respondeu com um sorriso fraco, exausto. Talvez um pouco envergonhado também.

"Ele foi na frente o tempo todo?", Henry perguntou.

"Não. Está quase na hora em que trocamos. Na verdade... a qualquer momento vou desligar a câmera para mudar de posição. Mais um pouco..."

Alguns segundos depois, o filme sofreu um corte repentino e pulou de uma cena para outra. Seth olhava para baixo, para sua cintura, e pegava algum tipo de ferramenta. August não viu o que era. A câmera também olhava para baixo, e August via além do peito nu de Seth, suas pernas e pés estranhamente pequenos vistos daquele ponto, como se mal se segurassem na pedra, e enxergou ainda além, um metro e meio ou dois pela parede perfeitamente vertical até o vale lá embaixo.

"Puta merda!", gritou, assustando os garotos. "Ah, desculpem. Não estava preparado para isso. Meu estômago fez aquela coisa de montanha-russa."

"Aguenta aí, August", disse Seth. "Vai ficar mais assustador de agora em diante."

August literalmente agarrou a mesa e olhou para a tela. A câmera virou. Olhou para o paredão, que parecia mais que vertical. Meio inclinado. Mas podia ser a perspectiva. Aquela estranha perspectiva panorâmica. Cada vez que Seth estendia o braço para cima, parecia que estava tentando alcançar o topo de uma saliência rochosa. E, quando ele puxava o corpo para cima, era como se aquele efeito fosse uma ilusão. Mas era uma ilusão apavorante.

A mão de Seth surgiu novamente na cena, branca de calcário. August viu Seth soprá-la. Bater com ela na pedra para remover o excesso de pó branco. Depois, a mesma mão encontrou uma fenda na pedra como se fosse guiada pelo instinto. A brecha já era branca de calcário antes de Seth tocá-la. Outros escaladores haviam passado por ali, August deduziu. E, sem qualquer outro apoio além dos dedos encaixados naquela fenda minúscula, Seth subiu.

August não esperava por isso. Esperava Seth agarrado a uma corda, puxando o peso do corpo. Mas a corda estava toda abaixo dele. Servia apenas para encurtar a queda em caso de acidente. Não para segurá-lo na parede. Nada o segurava àquela parede, só os dedos cobertos de calcário sustentavam Seth em sua escalada centenas de metros acima do chão do cânion. August sentiu dificuldade para respirar.

A câmera apontou para baixo outra vez, além do peito e das pernas de Seth, e August fechou os olhos. Quando os abriu novamente, a mão de Seth prendia um equipamento a uma rachadura na pedra. Era uma alça com uma espécie de clipe pendurado nela, e a mão branca de Seth prendeu a corda à alça. Mas ele havia apenas encaixado o clipe entre os dois lados da rachadura. August esperava que ele parafusasse ou afundasse o equipamento com mais firmeza. Mas ele se apoiou no clipe e continuou subindo. August não conteve uma exclamação quando Seth depositou o peso do corpo naquela alça.

"Isso não parece ser suficiente para te segurar!"

"Relaxa, August. O clipe expande."

"Ah."

"Senão eu não estaria aqui, certo?"

"Ah, sim. Certo."

August assistiu ao vídeo em silêncio por mais alguns minutos. Estava decidido a guardar para si mesmo suas exclamações de susto e espanto.

Dava para ouvir a respiração ofegante de Seth no vídeo, e isso dificultava cada vez mais sua respiração também. Ele viu a mão branca tatear em busca de apoios de um jeito que parecia exausto e desesperado. Ou August estava imaginando esses detalhes.

Tudo parecia terrivelmente cansativo, muito difícil, mas o que Seth poderia fazer? *Você não ia querer descer um paredão como aquele*, pensou, lembrando do jargão que havia começado a conhecer durante o verão. August se perguntava se Seth poderia desistir e descer, se não quisesse mais continuar. Mas é claro que Seth não descia. De repente, August sentiu como se não tivesse mais ar nos pulmões. E como se pudesse vomitar.

"Preciso de ar", ele gemeu. "Preciso sair. Ajudem, preciso sair. Por favor."

August ouviu a respiração ofegante no vídeo se afastar, enquanto os meninos o levavam rapidamente para a escada dos fundos. Na pressa, quase perderam o controle sobre August. Ele cambaleou para a frente, certo de que cairia de cara no chão, mas eles o seguraram.

"Vai buscar um pouco de água", Seth falou para o irmão.

Ajudou August a se aproximar de uma das cadeiras dobráveis, onde o sentou diante do fogo cada vez mais fraco. August ainda temia vomitar, por isso colocou a cabeça entre os joelhos, esperando a sensação passar. Quando levantou a cabeça novamente,

Seth o estudava com um ar de desagrado brando. "Bem, parece que não quer ver o que eu faço", disse.

"Eu pensei que quisesse. Mas agora acho que estou tendo um ataque de pânico."

"August, eu estou aqui. Você sabe como acabou."

"Mas também sei que vai continuar fazendo a mesma coisa. Isso é necessário, Seth? É como cometer suicídio. Tenho a sensação de que estou vendo você se matar."

E Seth, que estava exausto e privado de sono, explodiu. "Como pode me pedir uma coisa dessa, August? Por que essa pergunta? E me dizer essas coisas! Não é suicídio! Eu sou cuidadoso. Faço tudo direito, sou bom nisso. Não tem o direito de falar em suicídio! Você sabe que isso significa muito para mim! Só não quer que signifique tanto! Não quer acreditar que alguma coisa que exige boa forma física pode ser tão importante para alguém! Porque *você* não pode mais fazer essas coisas!"

Sem poder fazer algo, August viu Henry voar da cadeira e acertar o peito de Seth com toda força. A cadeira de Seth tombou. August viu seu copo de plástico com água cair no chão e a terra absorver a água rapidamente.

"Nunca mais fale com August desse jeito!", Henry gritou. "É o August! Você não vai falar com ele desse jeito! Nunca!" Henry falava debruçado sobre Seth e sua cadeira, e parecia que Seth não conseguia levantar. Talvez estivesse muito cansado ou surpreso, ou Henry o havia acertado com tanta força que ele não conseguia respirar.

August ainda não estava respirando.

"Dá para fazer menos barulho aí?", August ouviu um homem gritar de dentro da barraca na área vizinha.

"Henry", ele disse em voz baixa, com toda a calma possível. "Pare. Deixe seu irmão em paz. Deixe o Seth levantar."

Henry não se moveu. "Peça desculpas ao August", falou, com um tom um pouco mais controlado.

"Não. Deixa ele levantar, Henry. Seth não precisa pedir desculpas. Ele está certo."

Henry levantou e lançou um olhar fulminante para August, como se ele o tivesse traído.

"Bem, parcialmente certo", August corrigiu. "Seria muito difícil, neste momento, eu afirmar que escalada é um bom exemplo de objetivo na vida de alguém. Mal consigo andar meio quilômetro da subida de Weeping Rock."

Seth endireitou a cadeira e se levantou apoiado nela, arfando. "Desculpa, August", ele disse. "Sinto muito, de verdade. Estou tão cansado que nem sei o que estou dizendo. Não devia nem estar falando."

"Não, não se desculpe. Você tem razão. Eu tenho sido muito chato a respeito disso."

Silêncio e falta de movimento dominaram o cenário por um longo e desconfortável momento.

"Vou pegar outro copo d'água para você, August."

"Não precisa. Acho que já passou. Não vou mais vomitar."

Henry entrou no trailer sem falar. E não saiu mais.

"E qual é a outra parte?", Seth perguntou, apontando as brasas quase apagadas com uma vareta.

August estava admirado por ele ainda continuar em pé e acordado. Suspirou. "Como posso explicar? Todo mundo vive todos os dias sabendo que alguma coisa horrível pode acontecer. Pensando que esse pode ser o dia em que vai receber 'a ligação'. Sabe o que eu quero dizer. Aquela terrível ligação que lamenta informar que o pior aconteceu. Bem, não pensamos nisso todo dia. Mas, se pensássemos, saberíamos que pode acontecer. Mas é como se a natureza humana tivesse essa estranha característica que faz a gente pensar que nunca vai acontecer. Nunca aconteceu, então deduzimos que não vai acontecer. Outra pessoa recebe a ligação. Não nós. Mas um dia você a recebe. E parece tão real que pode acontecer de novo. Vai acontecer de novo."

"Estudamos isso no último semestre no colégio", respondeu Seth. "O jeito como nosso inconsciente informa que, se nunca aconteceu, não vai acontecer. Mas, se aconteceu, principalmente se foi recente, ele nos informa que vai acontecer de novo. É como alguém que é assaltado em uma esquina da cidade. Toda vez que essa pessoa passar por aquela esquina, seu coração vai disparar. A pessoa vai suar frio. Conscientemente, ela sabe que não vai acontecer de novo só por causa da localização. Mas aquela parte sorrateira do cérebro nos manda sinais diferentes."

August ficou sentado no escuro por um bom tempo antes de responder. Woody latiu dentro do trailer. Eles levantaram a cabeça e viram Dwayne parado no limite da área que ocupavam no acampamento.

"Dwayne", disse Seth. "E aí?"

"Estava arrumando o equipamento e percebi que fiquei com algumas coisas suas. A placa de ancoragem e um ascensor." Ele mostrou os equipamentos no escuro.

"Não acredito que veio andando até aqui. Imaginei que ia querer dormir antes."

"É. Bem, vamos embora amanhã cedo, e seu ascensor é dos bons. Essas coisas não são baratas."

"Ganhei do meu pai." Seth ainda não tinha levantado. August nem sabia se ele conseguiria.

August sentiu uma coisa estranha, desconfortável, quando ouviu Seth contar que o pai havia dado a ele um equipamento caro. Então ele o apoiava como August não podia apoiar. Wes era melhor em alguma coisa.

"Ainda não arrumei minhas malas, não sei se alguma coisa sua ficou no meio do meu equipamento."

"Não faz mal", respondeu Dwayne. "Não senti falta de nada muito importante. Talvez a gente tenha trocado alguns mosquetões, mas tenho o número certo deles, e o número certo de travas. E todos estão em bom estado, os seus e os meus. Tanto faz."

"Obrigado por ter vindo, cara. Não sei onde encontrou energia pra fazer isso."

"Tudo bem. Bem, fique em paz. Escale muito."

Dwayne deixou o equipamento em cima da mesa de piquenique, virou e voltou para a escuridão de onde tinha surgido.

August não sabia o que dizer a Seth. Por isso, disse apenas: "Você parece estar bem acordado. Alerta, até".

"Eu sei. Estava pensando nisso. Mas me diga, por que não tem esses ataques de pânico com relação a dirigir? Já que foi assim que aconteceu."

Ah, August pensou. *Ainda estamos falando disso. Que pena.*
"Não sei. Acho que é porque culpei o álcool. A combinação de álcool e direção. Mas nem sei se estou certo."

"Talvez a gente parta exatamente quando chega a hora, nem antes, nem depois, e as probabilidades não significam nada."

"Sou professor de ciências, Seth."

"Certo. Acho melhor eu ir dormir, então, August. Me desculpe. De novo."

"Não se desculpe. A culpa foi minha." Enquanto via Seth se arrastar para o trailer como um velho cansado, August perguntou: "Mais algum paredão durante a viagem?".

"Sim. Um. No fim do verão. Yosemite. El Cap. Vou encontrar amigos montanhistas. Não vou escalar sozinho. Nem com desconhecidos."

"No fim do verão. Que bom. Isso me dá um tempo", disse August. "Vou tentar melhorar até lá."

Seth sorriu, mas era um sorriso triste. Ou parecia triste, ao menos para August.

7
OU EXPLODIR

"Lá está", disse Seth, e saiu da estrada para entrar no estacionamento de um centro de visitantes.

"Aquilo é Pikes Peak?", August perguntou.

"Sim."

"Como sabe?"

"Já vi muitas fotos do pico."

Eles saíram do trailer e tiraram mais algumas fotos, enquanto davam a Woody uma chance de esticar as patas e fazer xixi.

August se surpreendeu por ver que ainda havia neve em Pikes Peak e nas montanhas em volta, em junho. Mas não devia estar surpreso. O pico ficava a mais de quatro mil e trezentos metros de altura.

"Mas não vai escalar, vai?", August perguntou.

"Não. Tem uma trilha para subir. Uma trilha bem longa."

"A que altitude ela chega?"

"Hum, não lembro exatamente. Mais ou menos dezoito quilômetros e mais de dois mil metros de altura."

"É muita coisa para um dia. Vai percorrer a trilha em um dia?"

"Se não tiver nenhum imprevisto, sim."

"É uma caminhada e tanto. Mas... eu entendo. Sei como é querer percorrer dezoito quilômetros e subir dois mil metros em um dia fatigante."

Silêncio. Dos dois meninos. August tentou definir se era *aquele* silêncio. O que significava que eles estavam escondendo alguma coisa. E por que ele se esforçava tanto para distinguir um silêncio de outro.

"Na verdade, queria poder ir também", disse.

Ninguém respondeu.

Dois dias depois, o assunto ainda não havia voltado à mesa.

Henry e August saíram com o trailer do estacionamento em Manitou Springs às dez da manhã, e Henry manobrava muito bem o veículo pelas ruas estreitas e sinuosas em direção à estação ferroviária Pikes Peak.

Resumindo, a estação ficava onde começava a trilha para o pico, e estava cheia de turistas naquela manhã de junho. Carros ocupavam todas as vagas dos dois lados da rua, deixando o leito de tráfego quase estreito demais para o grande motor home, mas Henry mantinha a calma. Seguia devagar, às vezes pedia a August para verificar o espaço à direita, e quando duplas ou grupos de pessoas apareciam andando por aquelas margens estreitas ele simplesmente parava e deixava os pedestres passarem, sem se preocupar com a paciência dos motoristas atrás dele. Ninguém buzinava.

Quando finalmente entraram em um grande estacionamento, onde um funcionário da estação indicou a ladeira que deviam subir para chegar a uma área destinada a veículos maiores, ele ouviu Henry soltar o ar. Foi a primeira indicação que August teve de que o estresse e a dificuldade para dirigir o perturbavam.

"Você fica aqui, Woody", Henry disse ao cachorro quando estacionou e puxou o breque de mão. "Ah, não. Olha isso, August. As orelhas dele sempre caem quando falo que ele vai ficar. Que triste."

"Cachorros não podem entrar na estação. É assim."

"É, acho que é", disse Henry.

Mas não acrescentou: *Mesmo assim, odeio que ele fique triste. A conclusão já havia sido decorada.*

August tentou deixar o assento na janela para Henry, mas ele recusou a oferta. Um funcionário uniformizado começou a falar enquanto o trem deixava lentamente a plataforma, mas August não o ouvia. Henry estava meio inclinado sobre ele, olhando para fora pela janela, mesmo que só houvesse árvores, por enquanto. A atitude fazia August se sentir mais próximo dele, em mais sentidos que o literal.

"Acho que podemos ter cometido um grande erro na forma de lidar com essa situação com seu pai", ele disse.

"Como assim, que erro?"

"Bem, ele liga todo dia para nós, certo? E vai ficando cada vez mais furioso."

"E como podemos estar cometendo um erro? Não estamos fazendo nada."

"Exatamente. Esse é o erro."

Um longo silêncio. Muito longo. Um silêncio que perdurou até deixarem para trás o limite das árvores.

Então, Henry falou: "O que acha que eu devo fazer?".

"Ligar para ele, talvez."

"E falar o quê?"

"A verdade. Aparentemente, ele já sabe de tudo."

"Isso não vai ser legal."

"Talvez não. Mas o que estamos fazendo também não é."

Henry suspirou. Mordeu a boca por um momento.

"Primeiro quero ir a...", e parou de repente. "Hum. Quero chegar no lugar em que estamos indo. Se isso não acontecer, eu juro... não posso deixar que ele me tire daqui antes disso, August. É muito importante para mim."

August assentiu em silêncio.

"Bem, a menos que isso seja tipo... uma ordem. Para eu telefonar para ele. Não só uma sugestão."

"Não é uma ordem", August respondeu. "É mais uma pergunta. Na verdade, não sei o que é certo. Só tenho a sensação de que não é o que estamos fazendo."

"Uau", August comentou enquanto esperava na fila de passageiros que saíam lentamente do trem. "Dá para sentir como o ar é rarefeito."

"Está tudo bem?"

"Acho que sim. Só aumenta a dificuldade."

"Apoie o braço em cima dos meus ombros."

August ameaçou protestar, quase por força do hábito, mas ficou quieto e se apoiou nos ombros estreitos, porém sólidos, de Henry. Eles pisaram na neve do pico. Fazia frio.

"Não sinto frio há muito tempo", disse Henry. "Onde a trilha acaba? Onde fica o topo?"

"Não sei. Vamos ter que entrar e perguntar."

"Fica olhando a paisagem. Eu vou."

August apoiou as bengalas com cuidado e olhou em volta. O longo trem vermelho compunha quase metade da paisagem que via. O cume parecia tão rochoso e desolado quanto a superfície da Lua. Um lugar onde ninguém vive e nada cresce. Mas, se virasse para trás, veria um restaurante e uma loja de presentes. Então, ele não virou.

August olhou para o céu. O tom de azul era incrível. Brilhante e uniforme, mas azul-claro. As poucas nuvens leves pareciam algodão-doce que alguém havia espalhado.

Ele olhou para longe e viu montanhas, vales verdes e lagos, e talvez até estados além do Colorado. Tinha ouvido falar que, em dias claros, era possível enxergar vários estados do cume de Pikes Peak. Ao longe, as nuvens pareciam muito mais escuras e mais sérias, talvez anunciando o começo de uma clássica tempestade vespertina nas montanhas. Mas muito longe.

Seth era forte na trilha. Chegaria antes da tempestade.

Ele fechou os olhos e pensou: *É um bom verão. Um verão pleno. Cheio de boas primeiras vezes. O que é bom. Porque certamente é o último.*

Eles sentaram sobre pedras, que eram baixas demais para servirem de assento, tão próximas da grade de proteção quanto se atreviam a chegar, e deixaram o trem em que subiram descer sem eles. Ficaram esperando Seth.

"Não dá para ver a trilha daqui", disse August.

"Não, mas vamos conseguir ver o Seth quando ele subir. Dizem que fica mais rudimentar quando vai chegando perto do cume. Menos trilha, mais buscas por lugares para firmar o pé. Mas ouvi dizer que muita gente que faz essa trilha vem até aqui. Nós vamos ver o Seth."

"Estou ficando com fome. Mas não quero comer sem o Seth."

"Nem eu."

August fechou os olhos e a jaqueta. A temperatura estava abaixo de quatro graus, e o vento entrava pelas roupas. "Espero que ele chegue antes da tempestade", disse.

Henry protegeu os olhos do sol com uma das mãos. "Ah, ela está muito longe", constatou. "Seth sabe que é melhor chegar aqui antes do meio-dia. E sabe que é bom ter medo dos raios. Por que acha que ele começou a trilha às três da manhã?"

Os dois esperaram em silêncio por mais alguns minutos. August se abraçava para suportar o frio. "Hoje estou com inveja de Seth", falou.

O comentário ficou pairando no ar na beirada do cume da montanha por um momento. Henry não respondeu.

"Olhei lá para baixo e pensei: 'Meu Deus. Que missão. Que grande empreitada para enfrentar. Para realizar em um único dia. Quantas horas de exercício!'. Sinto inveja dele. Porque sei como ele vai se sentir quando chegar ao fim daquela última subida. Entendo completamente um desafio como esse. Queria que ele fizesse mais esse tipo de coisa e menos escaladas de paredões verticais. Queria entender por que toda essa aventura e esse desafio não são suficientes."

Henry continuava quieto.

"Em que está pensando?", August perguntou.

"Não devia ser importante se você entende ou não, August. Ou se o desafio seria suficiente para você ou não. É o sonho do Seth. Não seu. E espero que não fale nada disso quando ele chegar aqui em cima."

"Ah. Certo. Eu fiz de novo, não fiz? Às vezes nem percebo. Só falo. E tudo parece muito certo e natural, até você me mostrar que não é bem assim."

"Lamento que Phillip tenha morrido, August. Você sabe que eu sinto muito. Mas isso não significa que Seth vai morrer."

Antes que August pudesse abrir a boca para responder, uma voz atrás dele o interrompeu.

"O que estão fazendo aqui?"

A surpresa quase o derrubou da pedra. Seth estava no cume da montanha com eles, a mochila pendurada em um ombro. Parecia relaxado. Nem estava ofegante.

"De onde você veio?", August perguntou enquanto tentava ficar em pé. Henry e Seth correram para ajudá-lo. "A informação que nos deram é que você viria por ali."

"Eu vim. Mas já faz duas horas. Estava sentado no restaurante esperando vocês. Estou morto de fome. Vamos comer alguma coisa."

Antes de embarcarem juntos no trem para a viagem de volta a Manitou Springs, Seth pediu a outro turista para fotografá-los em frente à placa que identificava o cume de Pikes Peak e anunciava que estavam a 430.728 metros acima do nível do mar.

Enquanto posava para a foto sob as nuvens pretas que se formavam, com um braço sobre os ombros de cada um dos meninos, August pensou em duas coisas sobre a fotografia. No quão diferente se sentiria de Seth ao olhar a foto e constatar que o rapaz havia subido 4.300 metros a pé — e não sentado no banco de plástico de um trem colina acima. E também se ele se sentiria melhor ou pior quando olhasse o registro desse momento dali muitos anos, preso em casa durante o verão.

8
A VERDADE

August acordou assustado no banco do passageiro do trailer. Estava escuro, e Seth dirigia. Havia passado o dia todo dirigindo, ganhando tempo. Para chegar aonde? August ainda não tinha certeza.

Ele olhou pelo para-brisa para a paisagem lá fora. O lugar onde estavam era uma planície. Não havia muita coisa em volta, não via construções.

"Onde estamos?", August perguntou.

"Kansas", respondeu Seth.

"Sério?", falou. "Kansas?"

"Está surpreso?"

"Estou, na verdade. Em todo o tempo que tive este trailer, nunca fui tão longe. Nunca saí do Sudoeste, acho, exceto para ir a Yellowstone. Não, não é verdade. Fui até o Pacífico Noroeste uma vez."

"Bom, agora está com a gente." Seth sorriu como se sorrisse para ele mesmo. "Sabe o que eu quero saber? Ainda estamos em junho. Como conseguia fazer uma viagem como essa durar o verão inteiro? Juro que não lembro."

Foi a vez de August sorrir.

"Você está correndo. Você marcou algumas atividades e tem alguns destinos programados, e está correndo de uma coisa para outra. Meu ritmo era diferente. É só uma questão de disposição, a minha era outra. Era mais sobre estar do que fazer. Quando você encontra um lugar de que gosta, simplesmente fica lá. Não precisa de uma coisa especial para fazer todos os dias. Não tem que ir para o lugar seguinte só porque não tem planos. Você acampa pelo prazer de acampar. Senta ao lado da sua fogueira em um parque e curte o fato de estar lá."

"Uau. Não tem nada a ver comigo. Foi isso que eu fiz há oito anos?"

"Se não gostou, também não reclamou."

"Bem, tanto faz. Prometo que vou tentar. Mais tarde, em outro momento da viagem. Agora, estou correndo por um motivo especial."

"Que motivo?"

Então Henry falou da mesinha de refeições. "Porque ele me prometeu."

Havia presumido que Henry dormia, não sabia por quê.

"Henry tem medo de que nosso pai surte e registre uma queixa de desaparecimento ou alguma coisa assim. Antes de chegarmos a... esse lugar. É importante chegarmos lá. Se ele tiver que voltar, abandonar a viagem, terá ido a esse lugar antes. Aguente aí, então, enquanto continuamos correndo mais alguns quilômetros."

August se acomodou, mais do que satisfeito por aguentar mais alguns quilômetros, e fechou os olhos.

Quando voltou a abri-los, o amanhecer se aproximava. Estavam parados. Não corriam mais.

A estrada se estendia para o nada, como se continuasse eternamente antes de afunilar para um ponto no horizonte. Esse mundo era plano. Estavam em algum tipo de planície. Não havia construções até onde os olhos podiam alcançar, mas, de vez em quando, outro carro passava com um ruído provocado pelo deslocamento de ar, balançando ligeiramente o trailer.

August virou e olhou para trás. Henry estava deitado de costas no sofá, acordado, afagando Woody, que estava sentado em seu peito. Seth devia estar no banheiro ou fora do trailer.

"Onde estamos?", August perguntou.

"Não faço a menor ideia", respondeu Henry.

"Ainda no Kansas?"

"Não sei. Agora já pode ser Missouri. Mas não sei mesmo. O trailer quebrou."

"Ah", August reagiu depois de um tempo. "Cadê o Seth?"

"Pegou uma carona para ir buscar ajuda."

"Ah. Não tem sinal de celular aqui? É tão plano. O sinal deve ser bom."

"O sinal de celular é bom. Ele não quis ligar para pedir um guincho porque é muito caro. Quer tentar consertar o trailer de um jeito mais econômico. Quer café? Está com fome?"

"Café seria ótimo. Eu tenho direito aos serviços de reparo de uma associação para donos de trailer."

"Mesmo assim, custa caro, se tiver que rebocar o veículo por muitos quilômetros. Além do mais, Seth tem medo de ser rebocado para uma oficina que custe ainda mais caro. Ele quer encontrar alguém que empreste as ferramentas, ou as alugue, e vai tentar consertar o trailer aqui. Não é nada complicado. Só a bomba d'água. Seth consegue trocar uma dessas até dormindo. E, se não fizer o serviço, ele sabe que o conserto vai levar boa parte do dinheiro que temos para o combustível. Bem, do crédito. E não vamos conseguir chegar ao grande objetivo."

Henry pôs Woody no chão e se levantou do sofá para ir fazer café. August riu.

"Qual é a graça?", Henry perguntou.

"Nenhuma, na verdade. Bem, graça não é a palavra ideal. Só lembrei muito bem dessa situação. Esqueceu como foi que eu conheci vocês?"

"Ah, é verdade."

Estavam sentados nas cadeiras dobráveis do lado de fora do trailer, a alguns metros da estrada e do veículo, bebendo café e vendo o sol nascer. O sol estava tão baixo sobre a planície que August podia quase olhar diretamente para ele com os óculos escuros. Mas não olhava.

O céu tinha uma cor que lembrava metal pintado de azul, com um padrão plano de nuvens finas que pareciam navegar sobre a cabeça deles. August achava isso estranho, porque não havia vento ali onde estavam. Mas, lá em cima, as nuvens se moviam como se fossem transportadas por uma esteira rolante tão larga quanto a Terra.

"É quase como olhar para uma fotografia em *time-lapse*", disse August.

"Eu estava pensando nisso! Estava aqui sentado imaginando se o tempo passava mais depressa do que eu percebia. Porque é como se estivéssemos aqui por um minuto olhando o que as nuvens costumam fazer em uma hora. Deve ter sido a isso que você se referiu quando falou em simplesmente estar."

"Sim, era isso que eu queria dizer", confirmou.

"Mas este é um lugar onde nunca quisemos estar."

"Não importa, na verdade. É aqui que estamos."

Ficaram olhando o céu em silêncio por mais alguns minutos.

"Você está certo sobre meu pai. Eu devia pelo menos tentar contar a verdade. Caso contrário, acho que ele vai fazer alguma coisa mesquinha e invejosa, mas se eu disser que é mesquinho e invejoso ele vai dizer que não, que é porque menti para ele. Vai usar minha mentira para me culpar pela atitude dele."

August pensou em quanto a nova decisão de Henry tinha a ver com o fato de não terem mais a opção de correr para o destino pretendido. E esperou, caso Henry quisesse falar mais alguma coisa.

"Não está falando nada, August."

"Eu nunca sei como comentar esse assunto, porque sinto que também não sei qual é a melhor coisa a fazer. Mas, se está com dificuldade para decidir, é difícil imaginar que pode errar falando a verdade. E mesmo que sinta que isso é um erro... ainda é difícil imaginar que as consequências de falar a verdade sejam muito erradas."

Henry levantou em silêncio e voltou ao trailer. Subiu a escada e desapareceu lá dentro. Um momento depois ele botou a cabeça para fora, e Woody apareceu ao lado dele abanando o toco de cauda.

"Seth levou o celular."

"O meu está no porta-luvas."

Henry voltou para dentro do trailer. August lamentava não conseguir ouvir pelo menos um lado da conversa, mas dava para entender por que Henry queria privacidade. Pouco depois, Henry saiu e sentou-se, dessa vez com Woody no colo.

"Não conseguiu falar com ele?"

"Consegui."

"Como foi?"

"Não foi bom."

"Acha que melhorou ou piorou a situação?"

"Não sei. Ele desligou na minha cara antes que eu conseguisse entender alguma coisa. Só espero que esteja certo sobre essa coisa de 'falar a verdade não poder ser errado'."

"É, eu também espero."

Seth voltou uma hora depois, talvez. August não estava atento ao relógio, nem sentia essa necessidade.

Ele pulou do banco do passageiro de uma picape verde, parecendo irritado. Tirou da carroceria da picape uma velha caixa de metal contendo ferramentas. A caixa era tão pesada que Seth teve de carregá-la com as duas mãos. August o viu levá-la para perto da frente do trailer e deixá-la no chão com um barulho metálico. Depois ele voltou à caminhonete e pegou uma embalagem de papelão em forma de cubo, acenou para o motorista, e a picape fez um retorno na pista e desapareceu na estrada.

August ficou esperando Seth cumprimentá-lo ou contar o que estava acontecendo. Mas ele só deixou a caixa de papelão no chão e foi destravar o capô do trailer pelo lado de dentro.

August ouviu Henry suspirar.

"Acha que a gente deve ir lá perguntar o motivo do mau humor? Ou ficamos aqui sentados e continuamos 'estando'?"

"Humm", August respondeu.

Na verdade, estava gostando da sensação de não ser responsável por tudo. Nunca havia sido passageiro. Antes, era ele quem tinha de pegar carona para ir buscar ajuda. Era ele quem carregava peso. Quem resmungava. Mas sabia que essa constatação era imatura, inútil.

"É melhor a gente ver se pode fazer alguma coisa para ajudar, pelo menos", disse August.

"Seth deve estar com calor e com sede. Vou buscar um pouco de chá gelado para ele."

"Me faz um favor depois? Leve minha cadeira até lá enquanto eu vou andando."

Seth parecia nem perceber que August se sentava na cadeira perto do para-choque dianteiro. Estava deitado de costas no chão, com quase metade do corpo embaixo do motor. August não sabia o que ele fazia lá. Ainda não havia tirado qualquer ferramenta da caixa. A bomba d'água continuava dentro da embalagem. Talvez estivesse só traçando um plano. Verificando a possibilidade de acesso por baixo do motor.

Seth saiu de lá e sentou-se, ainda sério e um pouco preocupado. "Ah, oi, August."

"Tudo bem agora?"

"Estou furioso com aquele cara. Ele me explorou. Cem pratas por um dia de uso da caixa de ferramentas. Cem paus. Para quê? Tudo que tem aqui foi tirado da caixa principal por algum motivo. Quero dizer, as coisas são úteis para mim, mas... cem paus? Ele sabia que eu não tinha escolha. E depois, como se isso não fosse suficiente, ainda ficou com minha carteira de motorista e meu cartão de crédito, como se eu fosse fugir com essas coisas. Como se fossem desejáveis, sabe? Incrivelmente valiosas. Antes, ele verificou meu cartão de crédito para ter certeza de que poderia sacar mil dólares, caso eu fugisse com a caixa. Quase ri na cara dele. Mil dólares! Mas estamos a setenta e cinco quilômetros de qualquer coisa que se pareça com uma cidade. Qualquer lugar onde eu teria opções. Foi exploração. Não gosto disso. Essas coisas me deixam furioso."

"Posso pagar as cem pratas."

"Eu também posso, August. Não estamos com um orçamento tão apertado que eu não possa absorver mais cem dólares. É o princípio da coisa que me incomoda."

Ele se abaixou na terra e abriu a caixa de metal, de onde tirou algumas ferramentas básicas que enfileirou no chão de terra. Henry apareceu com um copo plástico de chá gelado, e a expressão de Seth se suavizou pela primeira vez.

"Obrigado", ele disse. "Estava precisando." Seth aceitou a bebida e esvaziou o copo de uma vez só, inclinando a cabeça para trás. Depois devolveu o copo vazio a Henry. Os dedos sujos de graxa das ferramentas deixaram marcas no plástico.

"Certo. Vou levar Woody para dar uma volta", Henry avisou, e desapareceu.

August ficou sentado e quieto por um bom tempo. Mesmo sem conversarem, esperava que sua presença provocasse em Seth uma sensação de companheirismo. Ninguém gosta de se sentir sozinho quando o carro quebra longe de casa. Todo mundo quer um pouco de apoio moral em um momento como esse.

Depois de um tempo, August entrou no ritmo de simplesmente estar lá, e não era muito diferente de ficar sentado embaixo das nuvens em movimento. Não na essência. Ele viu Seth se debruçar sobre o motor aberto com uma ferramenta na mão. Viu a tensão em seu rosto e nos músculos do braço quando ele começou a remover um parafuso. Depois de cinco ou seis parafusos, Seth tirou a correia da ventilação e a deixou no chão.

Depois se deitou de costas e foi para baixo do motor outra vez. Uma fração de segundo mais tarde ele voltou e escolheu uma ferramenta diferente. Pegou o celular do bolso de trás do jeans, onde fazia um volume que o incomodava, e o deixou em cima da caixa de ferramentas antes de sumir de novo.

August assustou-se quando ele falou, a voz brotando da parte de baixo do motor do trailer. Ninguém falava havia um bom tempo. "Pode falar o que quiser sobre meu pai, mas ele nunca explorou ninguém que foi parar na nossa oficina."

"É verdade. Eu cheguei lá desesperado para seguir viagem, e os preços dele foram justos."

"Ele é honesto." Um longo silêncio. Depois, a voz distante de Seth disse: "Acho que isso soou estranho".

"Não. Por que soaria?"

"Bem, porque ele mente. Como alguém pode ser honesto e desonesto ao mesmo tempo?"

"Acho que a maioria das pessoas é uma combinação dos dois. Seu pai não mente para ter lucro. Não mente para magoar as pessoas de propósito. Ele tem um problema, e mente para encobrir esse problema e se proteger, porque não sabe como sair dele. Isso não significa que ele age deliberadamente para tirar proveito de alguém. Não significa que algum dia ele teve a intenção de magoar alguém. Espero que não pense que considero seu pai uma pessoa inteiramente ruim."

"Não. Você nunca disse isso. Eu sou mais crítico com ele do que você."

"Eu nunca tive que conviver com ele."

"Mas ele magoa as pessoas."

"Eu sei."

"É possível não ter a intenção de magoar ninguém, mas ainda magoar as pessoas, como ele faz?"

"Ah, sim."

"É como se ele fosse uma má pessoa e uma boa pessoa ao mesmo tempo. O que eu acho que é... impossível."

"Seth, não só é possível como descreve bem cada ser humano do planeta. Todo mundo é bom e mau ao mesmo tempo. A única variação real é no equilíbrio. Quanto de bom e quanto de ruim. Quando uma pessoa tem o lado bom maior, dizemos que ela é boa. Mas isso nunca é absoluto."

Seth segurou o para-choque e puxou o corpo para fora. Ficou em pé e se debruçou sobre o motor. Tirou a ventoinha. Deixou-a no chão com cuidado, com as lâminas para cima.

"Não sei", disse, ponderando. "Sinto que é muito mais fácil simplesmente ter raiva dele. Como se fosse absoluto. Quando penso no que ele tem de bom, como não explorar pessoas quando seria fácil arrancar dinheiro delas, fica mais difícil. É confuso. Seria mais fácil se as pessoas fossem simplesmente boas ou más, e pronto." Ele trocou as ferramentas de novo, e seu braço desapareceu até a axila dentro do capô.

"Eu sei", respondeu August. "Acho que por isso tanta gente tenta tratar o mundo como se fosse preto ou branco. É mais fácil. Enquanto você estava fora, Henry ligou para ele e contou a verdade."

"Ah. E como foi?"

"Parece que não foi muito bem."

"Ele vai tentar tirar o Henry da viagem? É possível?"

"Não temos certeza."

"Ele disse que tentaria?"

"Seu pai desligou antes de entrar nesse tipo de detalhe."

"Sim, é bem típico dele."

August viu Seth trabalhar em silêncio por vários minutos. Seth dispunha parafusos sobre a beirada do compartimento do motor na medida que os tirava de seus lugares. Em seguida, August ouviu um barulho molhado e viu uma poça de fluido verde se formar embaixo do trailer. Escorrer sob os pés de Seth. O rapaz ergueu o corpo e puxou para fora do capô a velha bomba d'água, segurando-a sobre a cabeça como se fosse um troféu.

"Muito bem", disse August.

"Parece que vamos voltar para a estrada hoje. Talvez a gente tenha chance de escapar dele." Seth tirou a bomba nova da caixa e se debruçou sobre o capô com ela nas mãos. "Às vezes penso nessa coisa de você também ter sido um alcoólatra."

"Eu *sou* um alcoólatra."

"Era um alcoólatra praticante, então. E agora é assim."

"Eu sempre fui assim. Por trás daquilo."

"Isso. É o que eu penso. No pai por trás daquilo. Em quem ele pode ser. Se algum dia vou descobrir. Ai, merda. Ah, não. Nem me fala. Não. Não, eu tenho que estar errado. Por favor, diga que estou errado."

"Que foi?"

"Acho que o cara me vendeu a bomba errada."

"Ah, não. Tem certeza?"

Seth tirou a bomba nova do capô e a colocou no chão ao lado da velha. August olhou para as duas. "Parecem iguais."

"São quase. Mas os furos dos parafusos não alinham."

Ele aproximou as duas bombas, colou uma superfície plana à outra e as levantou para August poder ver. Os buracos dos parafusos não se alinhavam. "Merda", Seth resmungou, e deixou as duas no chão.

Depois se deitou de costas com um braço sobre os olhos e ficou lá por um bom tempo. August não falava, porque não sabia se devia. Se tinha alguma coisa para falar que pudesse ajudar. Depois de um tempo, Seth disse: "Desculpa pelo palavrão".

"Eu nunca me incomodei com isso. Nunca entendi a preocupação. Você criou essa regra. Para mim, nunca foi importante."

Seth ficou quieto por mais um tempo. Três ou quatro minutos, August imaginou. Depois suspirou e sentou-se. Limpou a bomba nova com uma estopa que tirou da caixa de ferramentas e a devolveu à embalagem.

"Bom, lá vou eu", disse.

"Sinto muito."

"Você me avisou sobre a necessidade de manutenção."

"Mesmo assim, sinto muito."

"Eu não lamento por esse bom e velho trailer precisar de conserto de vez em quando. Só lamento por aquele idiota ter me cobrado cem paus para usar essas ferramentas velhas *e ainda* ter me vendido a peça errada. Mas ficar aqui sentado praguejando não vai resolver o problema, tenho que pegar uma carona e voltar à oficina."

Henry voltou quase uma hora mais tarde. Woody balançava a língua para fora da boca e parecia bem feliz.

"Cadê o Seth?"

"Teve que voltar para trocar uma peça."

"Ah. Que saco. Merda. Quando a gente mais quer correr. Ah, desculpa pelo vocabulário, August."

"Eu nunca me incomodei com isso."

August e Henry estavam sentados do lado de fora o dia todo com Woody, praticando o simplesmente estar.

Henry disse: "Se conseguimos simplesmente estar aqui em um momento como esse, imagine como vai ser fácil quando estivermos em algum parque nacional bem legal e tudo estiver bem".

"É esse o destino? Um parque nacional?"

"Você sabe que eu não posso contar, August. É surpresa", disse Henry, sorrindo.

O sol descia sobre o horizonte, e Seth ainda não tinha voltado. "Talvez ele não tenha conseguido carona", comentou Henry. "Ou o cara não tinha a bomba certa no estoque." Eles acharam melhor não se preocupar antecipadamente e entraram, porque estava frio.

Às dez da noite, sem que Seth tivesse voltado, decidiram que deviam ir dormir e não se preocupar com isso. Mas, depois de passar uma hora acordado e agoniado, August falou: "Henry. Está acordado?".

"Sim. Por quê?"

"Estava pensando... será que você pode trazer aquelas ferramentas para dentro? Se alguém roubá-las no meio da noite, o cara vai cobrar mil dólares do Seth."

"Mil dólares? Puta merda! Elas valem tudo isso?"

"Não. Mas é o que ele vai ter que pagar, se não puder devolvê-las, e esse é o problema."

Henry sentou-se, calçou os sapatos e saiu pela porta do motorista. Um minuto depois, deixou a grande e pesada caixa no assoalho do trailer, em frente ao banco do motorista. Olhou para ela por um instante sob a luz da cabine.

"Acho que acabei de entender por que ele não ligou."

"Por quê?"

"O celular dele está aqui."

"Ah", disse August. "Isso explica tudo."

9
ALERTA VERMELHO

August acordou de repente depois de uns quarenta e cinco minutos de sono. O ruído estático do rádio de transmissão o havia despertado. Ele abriu os olhos e viu a luz vermelha e pulsante das luzes de emergência girando no interior da cabine. Woody saiu de baixo do cobertor e latiu para o nada. August sentou-se e olhou para Henry, que estava se ajeitando, e também parecia ter acabado de acordar.
"Guincho?", Henry perguntou.
"Por que ele traria um guincho se só precisamos de uma bomba d'água?"
Henry deu de ombros. August pensou em outra coisa. Se Seth havia voltado com um guincho, por mais absurda que fosse essa solução, isso significava que ele estava de volta e bem.
As batidas na porta enlouqueceram Woody, que voltou a latir.
"Eu vou", disse Henry. "Consigo me mexer mais depressa."
Vestindo apenas a cueca samba-canção e uma camiseta, ele correu os quatro passos até a porta e a abriu. August piscou ao ver as luzes vermelhas do carro que parecia ser uma viatura da polícia. Dois policiais uniformizados estavam do lado de fora do trailer, alguns passos afastados da base da escada, cada um com a mão repousando sobre o coldre da arma.
August se levantou com dificuldade. As bengalas estavam apoiadas na porta do banheiro, mas não precisava delas

dentro do trailer, porque o corredor central era muito estreito e sempre havia onde se apoiar. Ele foi até a porta dos fundos para ajudar Henry, que parecia estar paralisado, como uma avezinha capturada pela mão de uma criança.

"Oficiais", disse. "Sei que isso parece acampamento ilegal, mas o trailer quebrou. Um terceiro membro do nosso grupo foi comprar as peças necessárias para voltarmos para a estrada."

"Senhor, por favor, saia do veículo", disse um dos policiais. Devia ter uns quarenta anos, era forte, com cabelo loiro e curto. O parceiro era um jovem de aparência apavorada que aparentava ter a idade de Seth.

"Sei que deve ser ilegal estacionar aqui, mas é apenas uma emergência, logo vamos."

"Senhor, não quero ter que pedir de novo. Saia do veículo." O tom de voz provocou em August a reação física a uma refeição azeda e indigesta.

Henry desceu a escada em silêncio, ainda com as roupas íntimas, as mãos para cima como se tivesse sido pego roubando um banco.

"Tudo bem. Oficial, eu ouvi a solicitação. E quero obedecer à ordem. Meu objetivo é obedecer. Mas tenho dificuldades, e é muito difícil, para mim, descer a escada sem ajuda. Posso sair pela frente, pela porta do passageiro. Lá tem uma alça onde posso me apoiar."

"Não", o oficial respondeu sem afastar a mão da arma. "Vai ficar sempre ao alcance dos meus olhos."

"Não consigo descer. Vou cair."

O oficial olhou para Henry. "Pode ajudá-lo?"

"Acho que sim", ele falou em voz baixa. August lembrou do ratinho de desenho animado no passado, quando ele tinha apenas sete anos.

"Não faça nenhum movimento brusco. E mantenha sempre as mãos onde eu possa vê-las."

Ainda assustado, mas pensando que a atitude do policial beirava o exagero tolo, August disse: "Oficial, com todo o respeito, estamos de pijamas. A ideia de que temos uma arma escondida não combina com as circunstâncias".

"Senhor, saia do veículo."

"Woody, quieto", August ordenou, e o cachorro se deitou no chão e virou a cabeça.

August segurou a escada de metal do lado de fora do trailer com uma das mãos, embora fosse mais difícil se sustentar na medida que descia. Henry o amparou com o corpo todo, colocando-se embaixo de seu outro braço e envolvendo seu peito. Ele tentou subir a escada para buscar as bengalas de August, mas foi impedido.

"Fique onde está", ordenou o policial.

"Ele não consegue ficar em pé sem as bengalas."

"Ele está em pé."

O oficial moveu a cabeça para indicar August, que mantinha as costas pressionadas contra a parte de trás do motor home, segurando a escada com as duas mãos para não cair.

"Fique onde está e mantenha as mãos onde eu possa vê-las."

August achou a repetição desnecessária, principalmente porque não poderia mover as mãos sem correr o risco de cair.

"Só preciso fechar a porta de tela", Henry avisou. "Para o cachorro não sair."

Nenhuma resposta. Então, ele foi fechar a porta. Bem devagar.

O amanhecer se aproximava lentamente, o céu metálico era limpo, sem nuvens. Nenhum carro passava pela estrada. Era como se estivessem em um planeta distante e deserto.

"O que significa tudo isso?", August perguntou. "O problema é estarmos estacionados no acostamento da estrada?"

O oficial o ignorou completamente e olhou para Henry.

"Henry Reedy?"

August viu o menino engolir em seco. Henry assentiu tão discretamente que o movimento quase passou despercebido na penumbra.

"Vamos ter que levá-lo conosco, filho."

"O que foi que eu fiz?", perguntou o ratinho de desenho animado.

"Foi denunciado como menor fugitivo. Por isso temos que te levar. Só vai poder sair da delegacia quando seu pai chegar para te levar de volta à Califórnia."

Henry fechou os olhos. E os manteve fechados por um bom tempo. August o observava à luz vermelha e pulsante. Tentava imaginar o que Henry sentia. Tentava identificar o que ele mesmo estava sentindo. E esperava Henry abrir os olhos. Ou alguma coisa. Qualquer coisa. Esperava qualquer coisa acontecer. Enquanto esperava, não só tentava adivinhar o que aconteceria a seguir como se perguntava por que não havia entendido tudo no instante em que viu as luzes vermelhas girando. Por que não percebeu?

E então lembrou que Seth estava desaparecido. E isso o fez sentir que tudo estava perdido. O que ele faria quando levassem Henry embora e ele ficasse ali, sozinho, dentro de um trailer quebrado?

"Isso é só vaidade e mesquinharia." A voz de Henry era um pouco mais grave. "Ele sabia que eu ia passar o verão fora. Não se incomodou quando soube que eu ia viajar com Seth. Ele só não gosta do August, porque tem ciúme e inveja dele."

"Filho", disse o oficial, "tenho uma ocorrência de fuga. Você foi denunciado. Não resolvemos essas coisas na rua. Não estou aqui no papel de juiz de família. Seu pai registrou uma ocorrência dando conta de que você havia desaparecido. Ele quer você de volta. Nós levaremos você de volta. Fim da história."

O oficial deu um passo à frente e segurou o braço de Henry, que se soltou num impulso.

"Tome muito cuidado com o que vai fazer de agora em diante, filho", disse o oficial com tom mais severo. "Estou pedindo para você atender às solicitações razoáveis de um oficial de polícia. Não brinque com isso."

August viu Henry murchar. Viu o ar sair de dentro dele, deixá-lo mais baixo, mais brando. Derrotado. O oficial segurou seu braço novamente, e dessa vez ele se deixou levar. August o viu se afastar e teve a sensação de que o perdia. A promessa de um verão juntos escapava passo a passo. "Não vai permitir nem que ele se vista?", August perguntou.

O oficial parou. Olhou para o menino como se fosse a primeira vez. Depois olhou para o jovem parceiro. "Leve o garoto lá dentro e espere ele se vestir. Você fica aqui", acrescentou olhando para August.

"Eu odeio ele", Henry falou em voz baixa ao passar por August, que ainda segurava a escada.

"Não. Não deixe que ele te faça odiar. Não deixe ninguém te fazer odiar", disse August. E ficou pensando em quanto tempo teria para dizer mais alguma coisa a Henry.

Alguns momentos depois, o garoto saiu do trailer vestindo jeans, camiseta e chinelo. Em pé no último degrau, ele pediu em voz alta e grave: "Posso telefonar para ele, pelo menos?".

"Não sei qual seria a serventia disso", respondeu o policial.

"Talvez eu consiga fazer meu pai mudar de ideia."

"Ele teria que retirar a queixa."

"Talvez eu consiga."

Os dois policiais trocaram um olhar. O mais jovem continuava parado atrás de Henry.

"Acho que não seria um problema."

Henry virou para voltar ao interior do trailer, mas o jovem oficial o deteve plantando a mão em seu peito.

"Vamos telefonar para ele da viatura", informou o mais velho. "Vamos pedir para a central fazer a ligação e te colocamos na linha."

O jovem policial se dirigiu à viatura com Henry e o colocou no banco de trás, exatamente como nos filmes da televisão. Com uma das mãos protegendo sua cabeça para evitar que batesse no teto de metal. Depois fechou a porta, trancando-o lá dentro. Então contornou o carro, sentou-se ao volante e começou a falar pelo rádio. August não conseguia ouvir o que ele falava.

Ele olhou para o policial mais velho, que continuava parado no mesmo lugar.

"Posso sentar na escada? Meus braços não estão aguentando."

"É claro", disse o policial, e era a primeira vez que falava com um mínimo de humanidade desde sua chegada. Ele se aproximou e apoiou as costas no trailer. "Peço desculpas por ter feito você ficar aqui fora de pijama e sem as bengalas. E pela mão na arma. Esse tipo de situação é sempre tensa.

A gente nunca sabe o que vai encontrar. Em noventa e nove vezes tudo dá certo, mas, na centésima, coisas acontecem. E, se algo acontece, é tudo muito rápido. Se não estivermos preparados, a reação pode acontecer tarde demais."

"Eu entendo", disse August. E, para sua surpresa, era verdade. "Sei que assuntos de família são sempre complicados. Também não gostamos disso. Mas, quando uma queixa é registrada, temos que cumprir nossa obrigação."

August assentiu lentamente. Houve um momento de silêncio. "O pai dele é alcoólatra", August falou em voz baixa. "Não acho que seja mau. Mas ele é difícil. Faz muitas escolhas ruins. Ele não gosta de mim porque sou um alcoólatra em recuperação. Sou um desses espelhos para os quais ele não gosta de olhar. Foi ideia dos garotos, eles queriam fazer isso por mim. É muito importante para eles me levar nessa viagem. E o fato de isso ser tão importante para eles o fez reagir desse jeito. Porque prova que sou importante para os garotos."

"É, eu sei. Bem, como eu disse, assunto de família é sempre difícil. Eu sei. Também tenho família."

Ficaram ali em silêncio por um momento, até a voz de Henry cortar o ar frio do começo de manhã. Uma voz forte e profunda. Uma voz tão alta que August conseguia ouvi-la de onde estava. Ouvia a voz que vinha do banco de trás da viatura.

Henry estava gritando com o pai.

"Essa é a pior coisa que você já fez comigo! Como teve coragem? Fez isso porque odeia August, porque acha que ele é um homem melhor que você. Bom, tenho uma coisa para te falar, pai. Ele é um homem melhor que você. Porque ele nunca faria uma coisa como essa. Você toma essas atitudes mesquinhas, invejosas e depois espera que eu te respeite. Como posso respeitar alguém que faz isso? Se acha que me espelho mais em August do que em você, talvez o motivo seja esse. Tente agir como uma boa pessoa e talvez eu também me espelhe em você. Por que não tenta, pai? Por que não tenta me mostrar algo que eu possa respeitar? Quem sabe assim eu *consiga* te respeitar!"

Silêncio. Talvez o pai dele estivesse falando do outro lado. Talvez Henry tivesse baixado o tom de voz. August não conseguia ver muito de onde estava sentado, não o suficiente para saber o que acontecia.

"Uau", disse o oficial. "Nunca falei com meu pai desse jeito." Mas não era uma crítica. Era quase admiração.

"Nem Henry."

Mais um silêncio prolongado. Dois minutos. Talvez três.

"Esse menino é um ratinho que quase não fala com ninguém", August continuou. "Durante anos, ele não falou com ninguém além do irmão. Agora fala com o irmão e comigo. Quando peço sua opinião, ele fica em silêncio. Diz que não gosta de dizer às pessoas o que elas devem fazer."

"Bem, alguma coisa acordou o leão naquele rato."

O jovem oficial se aproximava deles.

"O homem diz que vai retirar a queixa."

Era a primeira vez que August ouvia sua voz. O jeito de falar sugeria que era ainda mais novo do que parecia ser. "Mas acho que temos que ficar aqui até ele realmente retirá-la."

"Correto", confirmou o policial mais velho, e o rapaz voltou à viatura para esperar ao lado do rádio.

"Sabe, eu odeio isso. Fico muito furioso", o policial confessou a August.

Aquilo o surpreendeu. De repente, a conversa que tinha com ele parecia tão humana. "Odeia o quê? Que ele tenha decidido retirar a queixa?"

"Não, que a tenha registrado. Isso é brincar com a lei. Se realmente acreditasse que o filho corria algum perigo com você, ele não teria retirado a queixa. Portanto, não devia ter acionado a polícia. Nosso trabalho é sério. Não gosto quando as pessoas me envolvem em seus joguinhos."

"Ah, sim. Infelizmente, ele é esse tipo de homem."

Mais silêncio. August viu o sol surgir no horizonte, iluminar seus olhos de um jeito que era estranhamente confortável.

"Na verdade, temos outro grande problema aqui, mas acho que pode entender como os acontecimentos dos últimos minutos me fizeram esquecer disso temporariamente. O irmão mais velho do Henry, Seth, saiu daqui para ir comprar uma bomba d'água ontem de manhã. E ainda não voltou. Estou ficando preocupado."

"Em que direção ele foi?"

"Leste. Tem uma oficina por lá, e o dono alugou ferramentas para ele. Mas vendeu a bomba d'água errada, e ele teve que voltar para trocar a peça. Talvez não tenha encontrado a bomba certa no estoque, não sei. Mas imagino que entenda minha preocupação. Pegar carona sozinho no meio do nada e depois passar a noite toda fora..."

O policial suspirou. "As pessoas deviam ligar para a polícia quando o carro quebra na estrada. É nosso dever ajudar."

"Ah. Não sabíamos disso."

"Parece que ninguém sabe. Quando resolvermos o problema com o garoto, vamos na direção indicada para ver se o encontramos. A oficina é a Red's Automotive? É a que fica mais perto daqui para o leste."

"Não sei. Ele não falou. Vi quando o cara o deixou aqui, mas não olhei direito para ele. Só vi que dirigia uma picape verde."

"É, deve ser o Red. Vamos ver o que conseguimos fazer."

O oficial saiu da viatura e levantou o polegar. Depois abriu a porta de trás e convidou Henry a sair. Ele ficou parado por um instante na manhã fria, como se não conseguisse acreditar na própria liberdade. Como se houvesse passado anos preso e nunca tivesse visto o sol em todo esse tempo. Depois ele mudou de expressão e começou a andar na direção de August.

O oficial se despediu com um tapinha em seu braço, e os dois foram embora, desligando as luzes vermelhas que, de maneira surpreendente, August havia esquecido que estavam ligadas. Àquela altura, tudo parecia quase normal.

Henry ficou parado ao lado dele por um bom tempo, em silêncio, claramente em choque.

Até August falar. "Você foi incrível. Muito bom."

Mais alguns instantes de silêncio, e Henry sorriu.

"Eu fui, não fui?"

Meia hora mais tarde, quando terminavam a primeira xícara de café, ainda agitados demais para comer, o carro da polícia voltou. Parou no acostamento do outro lado da estrada, e Seth desceu dele carregando embaixo do braço uma caixa familiar. Ele acenou para os policiais, que foram embora.

August respirou fundo e se deu conta de que respirava superficialmente e com medo desde que Seth desapareceu.

Seth abriu a porta do lado do passageiro e pôs a cabeça dentro da cabine. "Desculpa, August. Sei que deve ter ficado apavorado. Mais tarde eu conto por que não deu para telefonar. É uma longa história. Só quero instalar a bomba e pegar a estrada. Ah!", ele exclamou olhando para o chão, "você trouxe as ferramentas para dentro. Boa ideia. Obrigado."

E olhou para Henry, que estava sentado no sofá e sorria de um jeito triunfante.

"Que foi?", Seth perguntou. "Qual é a graça?"

"Desculpa. Só estava pensando que é bom não ser o que volta para casa no carro da polícia."

Seth balançou a cabeça com um desgosto debochado. Depois puxou a caixa para fora e bateu a porta.

August sentou-se no banco do passageiro, saiu com cuidado e alcançou sua bengala. Ficou parado na frente do capô, com uma das mãos apoiada nele e a outra na bengala. Viu Seth comparar a superfície das duas bombas. Ao perceber que era observado, levantou as bombas para August ver. "Agora os buracos dos parafusos se alinham."

"Finalmente, alguma coisa deu certo." Seth começou a pegar as ferramentas. "Tive uma noite horrível, August. Meu Deus. Sei que a sua não foi das melhores se preocupando comigo, mas não foi pior que a minha. Cheguei na oficina, e eles não tinham a bomba no estoque. Tiveram que encomendar. Soube que teria que ficar lá até hoje de manhã. O dono da oficina, o ladrãozinho barato, não estava lá. E tinha levado meu cartão de crédito. E o mecânico que ficou cuidando de tudo era um babaca, ou sabia que o chefe era durão e que teria que acertar contas com ele depois. Esqueci meu celular. Ele não me deixou usar o telefone. A ligação ficaria cara, porque seu celular é da Califórnia. E eu não tinha dinheiro suficiente para usar um telefone público. E não podia alugar um quarto, porque estava sem o cartão de crédito. O babaca não me deixou dormir na oficina. Acho que ficou com medo de eu roubar alguma coisa. Tive que dormir em um carro velho estacionado no quintal. Um carro que não estava trancado. Queria esganar o cretino que ficou com a minha carteira de motorista e o meu cartão de crédito e foi para casa. E se eu tivesse voltado para devolver as ferramentas? Se estivesse pronto para pegar a estrada? Ele nem estava lá! E está me cobrando cem dólares por isso. Meu Deus. Por que deu tudo tão errado de repente?"

"Nem tudo. Você voltou inteiro e conseguiu comprar a peça certa."

"Sim, e os policiais me ajudaram. Eles me viram pedindo carona. Ninguém parava. Na verdade, é infração leve pedir carona aqui, mas eles não me multaram, só me fizeram prometer que eu chamaria a polícia se o trailer quebrasse de novo. Não sabia que isso era possível. Você sabia?"

"Acho que ninguém sabe. Eles não contaram por que vieram até aqui? Como souberam que você estava lá sem ter como voltar?"

"Não. Pensei que tivessem passado e me visto lá parado."

"Eles vieram aqui buscar o Henry. Seu pai registrou uma queixa, disse que ele havia fugido."

Seth levantou de repente, derrubou uma ferramenta e chutou outras sem querer. "Levaram o Henry? Por que não falou antes? Para onde o levaram?"

"Dã", Henry falou de dentro do trailer. "Estou aqui. Você balançou a cabeça para mim agora há pouco. Lembra?"

"Ah, é." Seth se soltou contra o para-choque. "Caramba, estou cansado. Não dormi muito. Não estou raciocinando direito. O que aconteceu?"

"Ele gritou com seu pai e o fez recuar."

"Ah, legal. Eu disse que eles eram gente boa."

"Não, não os policiais. O Henry."

"*Henry* gritou com meu pai?"

"E o fez recuar."

"Aquele Henry? Ali?"

"Ei!", Henry gritou.

"Puxa. E eu perdi!" Seth recolheu as ferramentas que havia chutado e as pôs em ordem novamente.

"Não quer comer alguma coisa primeiro, Seth? Deve estar com fome."

Seth parou para pensar. "Estou com fome. Mas eu tinha dinheiro, deu para comer alguma coisa da máquina. Nesse momento, nada é mais importante que consertar essa coisa e voltar para a estrada."

Pouco depois do meio-dia, Seth parou o trailer na frente da Red's Automotive.

"Se ele não estiver aí com meu cartão de crédito e minha carteira de motorista, vou querer machucar alguém."

Ele foi até o fundo do trailer, pegou a caixa de ferramentas e saiu pela porta de trás. Entrou na oficina.

August pegou as bengalas, desceu do trailer e o seguiu.

"Você também vai, August?", Seth perguntou. "Não precisa ir."

"Quero ter uma conversa com esse cara."

Red era um homem grisalho, de pele clara e marcada. August deduziu que ele havia sido ruivo quando jovem. Havia um cigarro apagado entre seus lábios. Ele olhava para Seth com uma espécie de desdém pré-programado.

"Você me vendeu a bomba errada", disse Seth. "Perdi um dia."

O homem não respondeu. Em vez disso, saiu de trás do balcão, abaixou-se ao lado da velha caixa de ferramentas, abriu a caixa e começou a examinar o conteúdo.

"Está tudo aí", disse Seth.

"Inclusive uma ou duas coisas que não são minhas." Red entregou o celular a Seth.

Depois voltou para trás do balcão e apertou um botão na caixa registradora. A gaveta se abriu com um som característico. Pegou a carteira de motorista e o cartão de crédito de Seth da gaveta e os empurrou por cima do balcão. Seth os guardou no bolso, furioso, mas em silêncio. E se virou para sair. August ficou onde estava.

Red olhou para August, que o encarou com firmeza.

"Mais alguma coisa?"

"Tenho um probleminha para resolver com você. Cobrou cem pratas do meu amigo pelo uso de um punhado de ferramentas velhas, sujas e enferrujadas. Depois vendeu para ele a peça errada. Ele teve que voltar aqui para trocar a peça. Que você não tinha no estoque. Por isso, ele teve que passar a noite aqui. Mas você estava com o cartão de crédito do meu amigo. Ele não pôde comprar comida decente, nem alugar um quarto. Seu empregado não teve a cortesia de deixá-lo dormir na loja. Ele não pôde nem dar um telefonema para me avisar que estava tudo bem com ele."

A expressão de Red era fria. Impassível.

"O cartão estava no caixa."

"Mas o único funcionário na loja não sabia disso. Todos nós tivemos um dia de pesadelo, graças à sua falta de cuidado. E, em troca desse pesadelo que você poderia ter evitado, quer cobrar dele cem dólares. Por nada."

Red o encarou por um longo momento com o cigarro apagado na boca, as mãos na cintura. "Foi o que combinamos."

"Não acha que uma parte desse combinado era vender para ele a peça certa e deixar o cartão disponível para quando ele viesse buscá-lo?"

"Tenho que trabalhar, senhor. Seu garoto deve ser capaz de resolver os próprios assuntos."

"Acho que ele tem medo de tentar, porque está muito furioso. Ele tem medo de perder a cabeça. Acho que vamos ficar aqui enquanto você pensa na sua responsabilidade nessa situação."

Red suspirou. Apontou uma placa na parede atrás do balcão. Ali ele anunciava seu direito de recusar a prestação de serviço a qualquer pessoa. "Posso pedir para irem embora."

"Ótimo. Nós vamos. Boa ideia. Vamos ficar estacionados na porta da oficina por um tempo. Com um grande cartaz ao lado do trailer informando a quem passar por nós o que pensamos sobre a Red's Automotive."

O rosto de Red ficou vermelho. Ele encarou Seth. "Assim que te vi eu soube que seria um pé no saco." E abriu o caixa de novo com um barulho mais alto, contou cinco notas de vinte dólares e jogou o dinheiro em cima do balcão, de onde as notas caíram no chão. Em seguida, ele se dirigiu à porta da oficina. Parou. "Eu o levei de carro até onde o trailer quebrado estava parado."

"É verdade", confirmou August. Depois pegou uma nota de vinte e deixou em cima do balcão.

Red balançou a cabeça e sumiu no fundo da oficina.

Seth olhou para August, o rosto tenso suavizando e mudando, um canto da boca se erguendo. Depois abaixou e pegou o resto do dinheiro.

Eles voltaram ao trailer, e August se acomodou no banco do passageiro, pronto para voltar para a estrada. Os três juntos.

Seth se sentou ao volante e sorriu de verdade pela primeira vez em dias. "Isso foi muito legal, August."

"O que ele fez?", Henry perguntou.

"Pegou meu dinheiro de volta. E não foi fácil. Mas ele pôs o cara no lugar dele."

"Aprendi com o Henry", August falou.

Seth ligou o motor e partiu. De volta à estrada. Finalmente. "Ainda não acredito que Henry enfrentou nosso pai", disse.

"Ei!", Henry reclamou. "Não fala de mim como se eu nunca fizesse nada de bom."

"Não, não foi isso que eu quis dizer. De jeito nenhum. Você faz muitas coisas boas. É que... normalmente... são coisas silenciosas."

10

CAINDO

August acordou de um cochilo no sofá e percebeu que o trailer estava parado. Isso não acontecia há algum tempo. Havia decidido cochilar deitado e sem o cinto de segurança, porque os meninos não queriam parar nem para descansar um pouco. Ele se sentou e piscou, notando que a cortina de privacidade que o separava da cabine estava fechada. E as persianas também. August deduziu que eles haviam fechado tudo para deixá-lo dormir.

Henry passou por baixo da cortina quando August começava a levantar a persiana para ver onde estavam.

"Ah, não, de jeito nenhum", Henry falou, e correu para abaixar a persiana de novo.

"Não posso olhar para fora?"

"Não por mais doze horas, mais ou menos. Faça de conta que está de olhos vendados. Poderia estar, mas achamos que assim seria mais confortável para você."

Seth passou por baixo da cortina e sentou-se à mesinha de refeições. Henry começou a tirar coisas da geladeira e colocar sobre o balcão.

August esfregou os olhos. "Onde estamos?"

Seth deu risada. "August, se fosse para você saber, a janela estaria aberta."

"Não foi isso que eu perguntei. Quero saber... estamos em um acampamento? Vamos passar a noite aqui?"

"Não. Estamos ganhando tempo. Vamos direto. Queremos chegar lá antes que mais alguma coisa dê errado. Aqui é só uma área de descanso na estrada. Paramos para comer alguma coisa, depois seguiremos em frente."

Quando August acordou de novo, estava em sua cama arrumada. Henry havia arrumado tudo para ele dormir direito, enquanto os meninos se revezavam na direção durante a noite inteira.

Ele se sentou quando o trailer parou. Olhou para o relógio. Ainda não eram cinco da manhã. Ouvia um barulho, mas não era um som que pudesse identificar. Um ronco pesado, como de uma grande máquina, mas não era bem isso. Como um avião pousando perto dali, mas não exatamente. Ficou sentado ouvindo, mas nada mudava, não havia alterações. Nem mais perto, nem mais longe.

Os meninos passaram por baixo da cortina, um atrás do outro. "Vista-se", disse Henry, a voz transbordando entusiasmo. "Chegamos."

"Que barulho é esse?"

"Vista-se e você vai ver."

August ficou em pé e abriu um dos armários altos. Vestiu o jeans e uma jaqueta leve por cima do pijama. Henry entregou a ele as botas de pele de carneiro, e August se sentou para calçá-las nos pés.

"Tem que fechar os olhos", disse Seth.

"Sério?"

"Ajude a gente, August."

E August fechou os olhos. A porta dos fundos foi aberta, deixando entrar uma versão mais direta do barulho. Era um som muito forte. August quase sentia medo de se aproximar dele de olhos fechados. Mas os meninos estavam ali. Confiava neles.

Caminhou para a porta aberta se apoiando em paredes e balcões, e sentiu o frio e a intensidade da aurora. Surpreendentemente úmido.

Eles o ajudaram a descer a escada. Depois, August sentiu as bengalas colocadas sob suas mãos.

"Não olhe", Seth falou. Virou para Henry: "Vai buscar o...".

"Já sei. Estou indo."

Seth guiou August com as duas mãos em seu braço esquerdo. Eles caminhavam juntos em direção ao som.

"Estou sentindo a umidade no rosto", August comentou. "Então acho que estamos perto da água. Esse barulho é de água. Uma cachoeira, mas nunca ouvi uma cachoeira fazer esse barulho."

"Talvez sejam as Cataratas de Vitória, na África. Ou as Cataratas do Iguaçu, na América do Sul."

"Ou as Cataratas do Niágara", August disse, sentindo um aperto no peito que era quase doloroso. É claro. Por que não havia imaginado? Mas como poderia imaginar que esses dois meninos malucos atravessariam os Estados Unidos na diagonal só por sua causa? E por seu filho morto? Como ele poderia sequer ter pensado nisso?

"Por que acha que é Niágara e não Vitória ou Iguaçu?"

"Porque eu teria percebido se tivéssemos atravessado o Canal do Panamá, mesmo com as cortinas fechadas. E também vale para o oceano Atlântico."

Henry se aproximou e segurou o outro braço de August. Eles continuaram andando e tremendo um pouco na névoa fria.

"Tudo bem", Henry falou. "Abra os olhos."

August abriu os olhos. Na frente dele havia uma cerca de metal de quatro níveis formando um ponto encurvado na beirada do que August só podia imaginar que fossem as cataratas americanas. Já que ninguém havia levado um passaporte. Logo além da cerca, o rio Niágara se derramava sobre o vazio com um estrondo e uma névoa densa na penumbra que precedia o amanhecer. Parecia haver luz na água, mas August não conseguiu entender se era um foco apontado para lá ou se a luz era proveniente das lojas, das torres e dos hotéis que ele via ao longo do outro lado do rio. Não eram luzes coloridas, como as que ouvira dizer que eram apontadas para as cachoeiras à noite, e estava feliz por isso. As quedas d'água pareciam brilhar.

Ele olhou para o céu e viu que o dia clareava, o céu começava a se iluminar, mas não tinha certeza de que isso era suficiente. Era surpreendente que não houvesse mais gente por ali, mesmo tão cedo. Em especial naquele ponto tão perfeito, onde dava para ficar encostado na grade e bem em cima de uma parte da cachoeira. Com o rio caindo no vazio logo ali embaixo.

August viu vários casais e um pequeno grupo, mas estavam bem afastados. Viu muitos carros estacionados e um a caminho do estacionamento, mas não muito perto dali. Por mais surpreendente que pudesse parecer, ainda mais por ser verão, estavam sozinhos.

"Vocês são malucos, sabiam? Espero que saibam que é no bom sentido, mas... estamos em um local que fica no extremo oposto àquele de onde partimos, do outro lado do país."

"E daí?", Henry perguntou. "Se você gosta, vale a pena."

"Eu gosto. Gosto muito."

"Então faça as honras, August."

August olhou para baixo e viu que Henry segurava um objeto que, na manhã ainda meio escura, parecia ser uma miniatura de barril. Um barril de madeira, porém com menos de trinta centímetros, e preso por faixas de metal, como um barril de verdade.

"Onde conseguiram essa miniatura de barril?"

"Seth comprou on-line. Estava com a gente o tempo todo. Escondido, é claro. Olha."

Henry segurou uma alavanca de metal, puxou com força e soltou a tampa do barril. Seth tirou do bolso o saquinho plástico com as cinzas de Phillip e o entregou a August. Ele notou que as mãos tremiam, mas não conseguiu determinar o que, na atual confusão de pensamentos e sentimentos, provocava essa reação. Mesmo assim, conseguiu abrir o saquinho e despejar as cinzas no barril. Henry pegou o barril de volta e encaixou a tampa no lugar com cuidado.

"Vamos os três juntos?", Seth perguntou. "Nós três seguramos o barril, contamos um, dois, três e o soltamos?"

"Acho que devíamos subir um pouco mais o rio", Henry sugeriu. "Assim, o passeio fica mais longo. Não é só cair na cachoeira. Certo? Tem a ver com descer o rio sabendo que vai cair na cachoeira. Essa é a parte da aventura."

"Mas eu adoraria ver o momento em que ele despenca", disse August.

Mesmo sabendo que talvez não visse. Ainda estava escuro. O barril podia desaparecer embaixo da água, ser empurrado para baixo pela correnteza e tudo acabaria aí. Quando jogassem o barril, talvez nunca mais o vissem. Talvez tivessem de acreditar, simplesmente, que ele havia descido a queda d'água.

O que não deve ser difícil, August pensou. *Quando uma coisa cai no rio caudaloso, para onde mais ela pode ir, senão para baixo? Inclusive objetos e até navios e pessoas, muito maiores que esse brinquedo de madeira.*

"Tenho uma ideia. Se aceitarem se separar, vocês podem subir o rio alguns metros e jogar o barril. E eu fico aqui e tento ver quando ele cair na cachoeira."

"Talvez seja melhor esperarmos até o dia ficar mais claro", Seth sugeriu.

"Não sei. Não tem mais ninguém aqui, isso é uma maravilha. Não sei como tivemos tanta sorte, e não imagino que ela vá durar muito."

Os meninos se olharam e assentiram.

August os viu parar uns cinquenta metros longe dele. Não estava completamente escuro, agora ele percebia. O céu clareava. Era difícil saber quanto dessa luminosidade vinha do amanhecer e quanto era reflexo das luzes da civilização. Ou focos de luz apontados para a água. Se realmente havia focos voltados para a água. Mas estava suficientemente claro para August enxergar o que precisava ver.

Ele viu os dois irmãos se debruçarem sobre a grade, e ambos seguravam o barril. Cada um mantinha uma das mãos nele. Trabalhavam juntos. August só viu o pontinho voando quando eles arremessaram o barril. Um ponto no ar. Ele subiu descrevendo um arco, depois foi como se perdesse velocidade. Ou como se ficasse ali parado. Só uma fração de segundo. E depois sumiu.

Os meninos correram. August os viu correndo em sua direção, aumentando o tamanho das passadas. Olhando por cima da grade enquanto corriam.

"Não consigo ver!", Henry gritou. "Está escuro demais!"

"Lá!", Seth gritou. "Acho que é."

Um ou dois segundos depois, o barril ficou mais rápido que eles. August percebeu pela direção do olhar dos irmãos. Adiante. O barril já estava bem mais adiante.

Um segundo depois disso, August o viu. A correnteza não o havia afundado. Aparentemente, o peso do objeto não era suficiente para isso. Era muito leve. Flutuante.

August o viu passar em alta velocidade.

Ele despencou com a correnteza, foi arremessado mais longe que a água. E foi como se ficasse suspenso no ar por uma fração de segundo. Como o coiote do desenho animado que para no ar, percebe sua situação, aceita a inevitabilidade da gravidade e cai. Ou a mente de August havia criado uma ilusão, ou o tempo havia criado uma ilusão na mente de August. Talvez, naquela fração de segundo, o tempo fosse ligeiramente diferente do que havia sido antes ou do que seria depois. *Viu?*, ele pensou, falando com Phillip no silêncio de sua cabeça. *Não nos esquecemos de você.*

O barril caiu e desapareceu rapidamente na penumbra e na névoa. Quando ele sumiu, os meninos chegaram ofegantes. August soltou as bengalas, que caíram na passarela de concreto. Caiu para a frente sobre os dois irmãos, que o ampararam. Ele os abraçou por um momento, e eles devolveram o gesto, sem que os três soubessem exatamente como haviam chegado àquele momento ou o que ele significava.

"Tudo bem, August?", Seth perguntou.

Queria responder, mas as palavras estavam presas no peito. Depois na garganta. Ele se esforçava para soltá-las, embora não soubesse exatamente que palavras elas seriam.

"Vocês são muito importantes para mim", ele disse.

E os três ficaram ali abraçados por mais um momento. August se sentiu envergonhado, recuou e tentou pegar as bengalas, mas Henry foi mais rápido e as devolveu a ele.

"Chega disso. Me desculpem, fiquei emocionado."

"Tudo bem", respondeu Seth.

"A gente não se importa", Henry declarou. "Gostamos quando você fica emocionado."

Ficaram parados junto da grade por mais um bom tempo, ouvindo o rugido das cachoeiras, vendo a paisagem clarear, observando os milhões de litros de água despencando no vazio.

"Não vimos quando caiu", disse Henry.

"Eu vi", respondeu August.

"Ah, que bom", Seth falou. "Isso era o mais importante."

"Como foi?", Henry quis saber.

"É difícil descrever. Mas foi... impressionante. Realmente valeu o preço do ingresso."

"Valeu ter atravessado o país inteiro na diagonal?"

"Se vocês se dispuseram a fazer essa travessia... sim, valeu!"

Ficaram olhando para a água em silêncio por mais um tempo. August ouviu mais alguns carros passando atrás deles. Soube que esse movimentado ponto turístico começava a despertar. A manhã se aproximava. Queria saber se os meninos haviam programado a chegada para encontrar a grade vazia, ou se isso havia sido uma feliz coincidência.

"Quero me desculpar com vocês por ter me emocionado tanto", ele repetiu.

"Caramba, August, pare com isso", Seth respondeu.

"É, pare de pedir desculpas por ter sentimentos", acrescentou Henry.

"Tudo bem, já entendi."

Mais um momento de silêncio, rompido a seguir pela chegada do primeiro ônibus de turismo da manhã, que estacionava e descarregava seus passageiros em uma área atrás deles. August nem olhou para trás. Não desviou os olhos da água fascinante. "Bem, chegamos ao grande destino. E agora?"

"Agora vamos praticar o modo 'estar', porque ainda tem muito verão pela frente. Vamos voltar bem mais devagar do que viemos, eu prometo."

"Mas vamos passar um tempo aqui nas cachoeiras, não vamos? Já que viemos até aqui."

"Vamos ficar quanto tempo você quiser. Quando cansar das Cataratas do Niágara, é só falar."

"É difícil imaginar que vou me cansar disso."

"Bem, acho que é como você me falou sobre as chaminés de fada em Bryce Canyon", disse Seth. "Até conhecer tudo tão bem que consiga ver essas coisas na sua cabeça quando fechar os olhos."

"Que memória!"

"Quando tiver esse tanto de Cataratas do Niágara dentro da sua cabeça, August, você me avisa. E então voltaremos para Yosemite. E depois para casa."

EPÍLOGO
AUGUST NO FIM DE AGOSTO

Snake

R.

Big Game

Bobcat Ridge

Huckleberry
Mtn.

JACKSON LAKE

Moran

GRAND
NATI.

YOSEMITE

August abriu os olhos, depois as persianas sobre a cama. Sentou-se e olhou pela janela para as grandes paredes de granito de Yosemite além das árvores.

Era o primeiro dia que Seth passava inteiro fora escalando. *Escalando com os amigos*, August pensou, mas se corrigiu. Três amigos haviam aparecido, mas dois olharam para a rota The Nose em El Capitan e optaram por subir de carro por Tuolumne Meadows.

August havia passado vários dias adiando a caminhada, usando o ônibus ou pedindo para Henry dirigir, e assim ele podia olhar para cima, para a rota de escalada em El Capitan. Esse era o segundo do que poderiam ser até cinco dias de escalada para Seth. Ou podia ser mais tempo.

Ele viu Henry na cozinha fazendo o café. Era uma rotina muito familiar. Agora que o verão estava quase acabando, August temia o momento em que teria de abrir mão de tudo isso.

"Acho que hoje é o dia", ele disse.

"Que dia?", Henry perguntou sem levantar a cabeça.

"O dia em que vamos andar até onde aguentarmos naquele prado, sentar nas nossas cadeiras e olhar pelo binóculo e pela lente da minha câmera com zoom para ver aquelas formiguinhas escalando o paredão."

"Hum", Henry reagiu. "Tem certeza de que está preparado para isso? Aqui não é Moonlight Buttress. Lá é bem pequeno, comparado com isso aqui. Moonlight Buttress deve ter uns trezentos metros. Talvez mais, não lembro. Mas tem menos que quinhentos. El Cap tem mais de mil metros. Tem certeza de que vai aguentar olhar?"

"Acho que preciso ver isso. É muito importante para mim, e não posso simplesmente olhar para o outro lado. Acho que tenho que enfrentar, mesmo que não me sinta capaz disso."

Henry foi levar as duas cadeiras para o campo, enquanto August esperava no trailer, que estava estacionado em um espaço junto da guia da via principal. Um espaço pelo qual tiveram que esperar por muito tempo. Ele também levou água, chapéus e filtro solar, e aproveitou a caminhada para dar uma volta com Woody. Depois voltou para ajudar August, e eles andaram com cuidado pelo terreno de vegetação rasteira.

August parou perto das cadeiras, mas ficou em pé. "Acho que devíamos chegar mais perto. Não acha?"

"Não queria fazer você andar muito."

"Eu consigo. Quero ter pelo menos meia chance de ver quem é ele."

"Duvido que a gente consiga chegar tão perto."

"Vamos chegar o mais perto que pudermos, então."

E os três andaram um pouco mais, Henry levando as cadeiras — que, felizmente, tinham alças para pendurar nos ombros —, a água, o binóculo e a coleira de Woody. Ele não reclamava, nem parecia querer reclamar. Na verdade, foi August quem ficou cansado. Mas continuou andando assim mesmo.

Finalmente, ficou claro que, se continuassem andando, as copas das árvores entre eles e as montanhas prejudicariam a visibilidade, então se acomodaram ao sol e ficaram à vontade.

August ouvia o barulho de portas de carro, pais chamando filhos e vice-versa. Poucos parques eram tão movimentados quanto Yosemite no verão. Mas o barulho vinha de longe, não sugeria que seriam incomodados. Alguns casais passaram pelo prado de mãos dadas, mas aquela era uma área menos movimentada. Uma das poucas.

August olhou para a rota na encosta. "Agora entendo por que chamam aquilo de The Nose", disse.

Havia uma seção vertical saliente que, August deduziu, era a rota cuja forma lembrava um nariz. Ele levantou o binóculo e o ajustou para enxergar os pontinhos que eram os montanhistas. Formigas na parede.

"Tinha razão", disse. "Não dá para ver quem é quem."

"É, eu sei", respondeu Henry. "Mas um deles é ele. E sabemos disso. É melhor ou pior do que imaginava?"

"Um pouco de cada. É um paredão assustador. Mas não é assustador ver daqui, não do mesmo jeito que é ver pelas imagens daquela câmera de capacete. Acho que a distância esconde muitas coisas que não quero enxergar."

"Acho que você melhorou muito em relação a tudo isso."

"Você acha? É bom ouvir isso. Não me sinto muito melhor."

Ficaram olhando o paredão em silêncio por um tempo, embora nada houvesse para olhar, na verdade. August mal conseguia distinguir os montanhistas sem o binóculo ou sem usar o zoom da câmera. Com eles, as formiguinhas pareciam nem se mover.

"É difícil imaginar a experiência de dormir lá em cima."

"Também acho."

"Eles devem ter levado muita coisa para passar cinco dias. Como conseguem escalar levando todo esse peso?"

"Saco de transporte."

Mas Henry não explicou como funcionava um saco de transporte, e August não sentiu necessidade de saber.

"Acho que devia me contentar por ele não estar escalando a mais de sete mil e quinhentos metros no Himalaia", disse.

"Ah, mas ainda vai acontecer. Assim que ele tiver dinheiro para isso, pode apostar."

"Ai, meu Deus. Por favor, diga que isso é brincadeira. Ele não quer escalar o Everest."

"Não. Ele não quer. Acha que é muito comercial. Muito barulho por nada, sabe? Depois de tantas expedições, com todos aqueles milionários pagando para serem levados lá em cima. Ele quer o Dhaulagiri ou o Cho Oyu."

"Nunca ouvi falar de nenhum dos dois."

"É exatamente esse o ponto."

"Estou viajando com ele desde o começo do verão e não sei nada sobre o Seth."

"Ele ainda evita falar sobre montanhismo perto de você."

"Que pena. Não devia ser assim. Vou ter que pensar em um jeito de mudar essa situação."

"Ele não gosta de te deixar nervoso, August."

"Não, não isso. Tenho que fazer alguma coisa com relação a mim mesmo. Tenho que mostrar que a minha parte que se orgulha dele é tão grande quanto a que se preocupa com ele. E, de algum jeito, ressaltar a parte do orgulho e lidar com a outra parte sozinho."

"Se conseguir, vai ser uma mudança muito importante para o Seth."

Ficaram observando a montanha em silêncio por mais um tempo. Quase uma hora, talvez. Mas, na verdade, era mais um estar ali do que observar.

"Odeio admitir", August falou finalmente, "mas isso é tão interessante quanto olhar tinta secando."

"Bem, eu já sabia disso. Mas você estava decidido. Podemos voltar para o trailer, se quiser."

"Daqui a pouco. É legal estar aqui."

Passaram mais alguns minutos simplesmente estando ali.

"Eu falei que ia perguntar de novo. Lembra? Eu avisei. Então vou perguntar. Já teve todo o verão para pensar nisso."

"Pensar em quê?"

"Você sabe."

"Ah. Sobre a faculdade? Nem pensei nesse assunto. Já falei, não tenho nada em que pensar. A oferta permanece. Por mim, está decidido, a menos que você mude de ideia por algum motivo. No dia em que terminar o colégio, só vai precisar entrar em um ônibus ou trem e seu quarto vai estar pronto. Se não tiver dinheiro para o ônibus ou trem, eu mando."

"Acha que consigo pegar um ônibus para San Diego com cinquenta dólares?"

August fez um cálculo rápido. "Duvido. Por quê? Cinquenta é um número mágico?"

"Porque ainda tenho aquele dinheiro que você deu para nós."

"Mentira!"

"Eu não mentiria sobre uma coisa como essa. Quando Seth foi para a faculdade, ele me deu o dinheiro e disse: 'Toma, este é o dinheiro que August te deu'."

"A mesma nota de cinquenta dólares."

"A mesma."

August refletiu sobre isso em silêncio. Oito anos guardando a mesma nota de cinquenta dólares. Escondendo o dinheiro do pai. Sem sucumbir à tentação de gastar a quantia em outra coisa. "É muito tempo para guardar esse valor."

"O dinheiro tinha vindo de você." Um silêncio breve. Henry continuou: "Por isso as coisas correram tão bem depois que você deixou a gente em casa. Sabe disso, não sabe?".

"Não acredito que uma nota de cinquenta dólares tenha todo esse poder."

"Não foi o dinheiro. Foi você. Por sua causa as coisas correram bem depois de tudo aquilo. Sei que acha que nós só seguimos em frente, e sinto muito por não termos percebido que você queria realmente que mantivéssemos contato. Agora lamento por não termos te procurado. Mesmo assim, aquilo mudou tudo. Mudou nós dois. Mesmo sem termos mantido contato. Antes de conhecermos você, vivíamos com medo de sermos abandonados, de nosso pai sumir. Mas, depois daquele verão, sabíamos que você estaria lá, se isso acontecesse. Não tem ideia da diferença que isso fez."

August olhou para o rosto de Henry, mas o menino evitava o contato visual. Devia estar com vergonha.

"Desculpe, August. Não queria ficar todo emocionado."

"Pare de se desculpar por ter sentimentos."

Os dois ficaram em silêncio por mais um ou dois minutos. August começava a sentir que não queria mais ficar olhando para as formigas que escalavam o paredão. Existem coisas que são muito diferentes de fazer e olhar, e essa era uma delas.

Ele pensou novamente na enormidade dos desafios que Seth enfrentava. Como eram inseparáveis de sua personalidade. E como eram inseparáveis dele.

"Estou pensando..." Mas ele não concluiu a frase.

"Em que está pensando, August?"

Mas ele não contou. Nem para Henry, nem para quem quer que fosse. Estava pensando em quem ele seria no fim do verão, quando a parte dessa vida que era tão singularmente *ele* chegasse ao fim. Alguma outra coisa apareceria para ocupar esse espaço? E, se aparecesse, como algum dia poderia ser igual? Pensar que alguma coisa poderia substituir esses verões não era meio parecido com dizer a um amigo que havia acabado de perder a esposa que ele encontraria outra mulher que seria igualmente boa?

Ou um filho.

Nem tudo é tão fácil de substituir.

"Nada", respondeu. "Acho que a gente pode voltar agora."

"Não, é sério, August. O que ia dizer?"

"Deixa pra lá. Prefiro pensar em coisas mais alegres."

Três dias depois, quando já havia escurecido, Seth voltou ao acampamento. Henry e August tostavam marshmallows no fogo baixo do que restava da fogueira. A terceira cadeira estava montada e vazia, um voto de confiança de que esta seria a noite da volta de Seth.

August o viu deixar cordas, ferramentas e uma bolsa de lona, que parecia ser muito pesada, sobre a mesa de piquenique. Woody ganiu e tentou se aproximar dele, e Henry soltou a coleira para deixar o cachorro livre.

"Ei, menino", disse Seth. "Também senti saudade de você. Também te amo, continuo te amando daqui de cima. Mas você está aí embaixo e não tenho força para me abaixar." Ele se arrastou até a cadeira e se sentou com cuidado. Woody pulou no colo dele.

"Ai! Woody, caramba! Minhas pernas doem!" Afagou o cachorro algumas vezes, depois o pegou e entregou para Henry. Gemeu quando sustentou o peso do cachorro com os braços.

"Marshmallow?" August ofereceu o que estava tostando para ele mesmo.

"Ah, esse está perfeito", respondeu Seth. Ele aceitou o espeto e soprou o marshmallow dourado na ponta para esfriá-lo. "Cansei de comida desidratada. E quase não dormi nos últimos dias. Acho que quero dormir por um ano."

"É justo", August concordou. E pensou em mais alguma coisa para falar. Desistiu. Pensou de novo. Hesitou. Finalmente, se obrigou a falar. "Sabe que me orgulho de você por ser capaz de fazer uma coisa tão grandiosa, não sabe?"

Silêncio. August não conseguia ver o rosto de Seth no escuro. Mas viu quando ele mordeu o marshmallow e descobriu que ainda estava muito quente.

"Eu não sabia." Mais silêncio. "E sobre o medo que você tem de tudo isso?"

"Ah, eu ainda tenho. Só estou contando a parte boa."

"Ah. Isso é legal. Obrigado."

Mais uma pausa silenciosa.

"Vou dormir", anunciou Henry. "Para um cara que quer passar um ano dormindo, você está bem acordado."

"É, a adrenalina ainda não baixou. Eu desci, mas não desci. Sabe como é", explicou Seth.

"Vejo vocês de manhã."

"Não vai me ver de manhã", brincou. "Como falei, vou dormir por um ano. Bem... você vai poder me ver, mas eu aposto que não vou ver você."

Henry balançou a cabeça, rindo, devolveu o cachorro ao August e desapareceu.

"Não quer comer mais alguma coisa, Seth?"

"Estou pensando nisso, mas não consigo fazer muito mais do que pensar."

"Onde está seu amigo? O parceiro de escalada?"

"Não quis dar nem mais um passo além da barraca, e dá para entender. Pode torrar outro marshmallow para mim,

August? Ainda não consigo nem pensar em levantar daqui."
Enquanto August espetava o marshmallow, continuou. "Foi
muito legal o que você disse."

"Não. Foi errado não ter falado antes."

"Não diga isso. Não é verdade. É só o seu jeito, como você
é. Pensei nisso quando estava escalando. Em como seu medo
é parte de você, como escalar é uma parte de mim. E eu não
devia tentar te convencer a deixar de ter medo, como você não
pode me convencer a parar de escalar."

"Mas tem uma grande diferença, Seth. Medo não é uma coisa que a gente quer alcançar. Não é uma coisa que eu quero."

"Mas isso não quer dizer que não posso ser paciente", concluiu. "E aí, o que quer fazer? Ainda temos seis dias. Quer ficar no parque? Ou já chega de verão? Prefere ir para casa e ter mais tempo para preparar sua volta às aulas?"

É isso, August pensou. *O fim. O verão acabou.*

Não sabia se poderia aproveitar ainda mais, se tivesse mais tempo. Mas sempre tem espaço para ficar melhor. "Você que sabe", foi o que conseguiu responder.

"Não, quero que você decida. O verão é seu."

"E foi ótimo. Tenho que dizer. É uma pena que tenha acabado, mas... percorremos uma grande distância."

"Sim, é verdade."

"Não quer me falar quanto gastou de combustível?"

"Não. Não precisa nem saber. Essa é uma das coisas que vamos ter que mudar para o próximo verão, August. Quando do voltar às aulas, vai ter que começar a guardar dinheiro de combustível, como fazia antes. Porque, quando sairmos novamente para a viagem de verão no ano que vem, eu ainda não vou ter terminado de pagar o combustível deste ano. Sem mencionar as parcelas do trailer."

August ficou pensando em tudo isso, tentando encontrar algum significado diferente do óbvio. Antes de se colocar, precisava ter certeza de que não estava errado. Mas a reflexão só o deixou mais confuso. "Próximo verão?"

"Sim. No próximo verão nós vamos abastecer esse trailer com o seu dinheiro."

"Vamos viajar de novo no próximo verão?"

"É claro que sim. Não sabia?"

"Você não falou nada."

"Pensei que fosse óbvio. Isso é você, August, é o que você faz. O que faz você ser você. Como é mesmo a expressão em francês? É sua..."

"*Raison d'être.*"

"Isso. Só não iremos a San Diego te buscar para a viagem de verão no ano seguinte ao seu funeral", brincou. "Desculpa. Não quis ser mórbido. Nem quis ser ofensivo."

"Não foi. Todo mundo vai morrer um dia. Não sabia que isso era um arranjo permanente. Pensei que esse fosse meu último verão. Com vocês."

"Ah, pare, August, a gente não faria isso com você."

"Pode piorar, sabe? Eu posso acabar em uma cadeira de rodas."

"E daí? Prendemos a cadeira em um rack para bicicletas na escada de trás do trailer e seguimos em frente. Se tivermos que carregar você pela escada, carregaremos. Músculos de montanhista", ele acrescentou, flexionando os braços na escuridão.

Ficaram ali sentados por um tempo, enquanto August se ajustava à novidade. Reformulava mentalmente todo o seu futuro.

"Não precisa pagar pelo trailer, então."

"Eu tenho que pagar."

"Não tem. Não vou aceitar. Sério, Seth. Continuo usando o trailer como antes. Tenho sorte por não precisar pagar o salário de um motorista."

"Ah, não tinha pensado nisso. Preciso ir para a cama. Não consigo mais ficar acordado. Então, quando quer voltar para casa?"

August pensou um pouco e descobriu que a ideia de ir para casa havia se tornado completamente neutra. Não era mais doloroso pensar nisso.

Até porque voltar seria temporário. Não tinha mais qualquer importância quando voltariam, porque só ficaria lá até o próximo verão.

"Tanto faz. Podemos ir quando quiserem. Durma por um ano e, quando acordar, começaremos a viagem de volta."

Seth continuou na cadeira. Não foi para a cama como disse que iria. Juntos, eles ficaram olhando para a fogueira até as últimas brasas se apagarem.

Na manhã seguinte, quando August acordou, Seth já estava acordado, sentado em sua cama no sofá aberto, com uma aparência exausta, mas feliz. Ele via Henry preparar o café.

"Oi", disse August. "Pensei que ia passar o ano dormindo."

"Acho que me enganei. Descobri que vou comer durante um ano. Henry está fazendo ovos mexidos, salsicha e panquecas, como ele sempre fazia quando eu saía para escalar."

"Parece ótimo", disse August.

"Quantos ovos você quer, August?", Henry perguntou sem olhar para trás.

"Dois."

"E você, Seth? Três?"

"Quatro."

"Quatro?"

"Ei, pare embaixo do The Nose de El Cap e olhe para cima, antes de me julgar."

"Tudo bem. Como quiser."

August levantou as persianas para enxergar melhor Yosemite. Para despedir-se. "Henry", ele disse. "Por que não me contou que íamos viajar de novo no próximo verão? E em todos depois desse?"

"Pensei que estivesse claro. O que esperava que fizéssemos? Que saíssemos por aí enquanto você ficava em casa e nos divertíssemos sem você?"

"Mais ou menos isso. Sim. Pensei que esse seria meu último verão na estrada."

A declaração ficou no ar por um tempo, enquanto Henry batia os ovos em uma tigela. August já sentia o cheiro da salsicha na frigideira. Ouvia o barulho da fritura.

"Qual foi a diferença?", Henry perguntou. "Quando pensou que esse seria o último verão? De que jeito isso mudou a viagem? Ficou triste?"

August pensou um pouco. Resistiu à tentação de responder por impulso. "Às vezes. Mas, de maneira geral, acho que só passei boa parte do tempo lembrando que tinha que gravar cada momento na memória. Tentei estar sempre presente. Não perder nada. E continuo pensando que tenho que aproveitar tudo, que não posso perder nem um momento. Não posso deixar de aproveitar e gravar na memória."

"Então fico feliz por não ter percebido. Porque é assim mesmo que a gente tem que viver o verão."

"Tem razão", August concordou, e parou de lamentar por não ter entendido tudo antes. Sentia-se muito mais leve e mais limpo sem esse pesar. "Acho que vou viver todos os verões desse jeito."

"Todos nós tínhamos que viver o verão desse jeito."

"Eu topo", Seth falou.

A promessa era suficiente para sustentar August pelo longo ano que tinha pela frente, e ele sabia disso.

CATHERINE RYAN HYDE nasceu em abril de 1955 e encontrou sua *raison d'être* muito cedo. Se apaixonou pela literatura e pela natureza, e escreveu mais de trinta livros ao longo da vida.

Em suas inúmeras viagens, fez trilhas por Yosemite e pelo Grand Canyon, escalou o Monte Katahdin, viajou pelo Himalaia e percorreu a Trilha Inca de Machu Picchu. Para documentar as experiências, Catherine tira fotos e grava vídeos que compartilha com seus leitores e amigos na internet.

Um dos seus livros de maior sucesso é *Pay It Forward*, que inspirou o filme *A Corrente do Bem* (2000), com Haley Joel Osment e Helen Hunt no elenco. A obra foi escolhida pela American Library Association para sua lista de melhores livros indicados a jovens adultos, e ganhou tradução em mais de 23 idiomas. A filosofia compartilhada no livro a levou a fundar e presidir (entre 2000 e 2009) a Pay It Forward Foundation.

Como oradora pública profissional, já palestrou na National Conference of Education, falou duas vezes na Cornell University, se reuniu com membros da AmeriCorps na Casa Branca e dividiu um palco com Bill Clinton.

Mora na Califórnia, escreve com regularidade em seu blog e divide seus dias com Jordan, Ella e Soul, seus animais de estimação. Saiba mais em catherineryanhyde.com.

darklove

*"Sinto saudade, sinto saudade sempre.
Eu queria sentir mais uma vez a luz dourada
do sol abraçando as árvores e nós dois."*

AQUELE VERÃO SEM VOCÊ
EM YELLOWSTONE

DARKSIDEBOOKS.COM